1781

Deutschland

Thaddäus Troll

deine Schwaben

im neuen Anzügle

Vordergründig und hinterrücks betrachtet
Mit Randbemerkungen versehen
von Dr. Hans Bayer
Illustrationen von Günter Schöllkopf

Hoffmann und Campe

CIP-Kurztitelaufnahme der Deutschen Bibliothek

Troll, Thaddäus
Deutschland, deine Schwaben: im neuen Anzügle; vordergründig und hinterrücks betrachtet / Thaddäus Troll. Mit Randbemerkungen vers. von Hans Bayer. Ill. von Günter Schöllkopf.– 20. Aufl. 301.–310. Tsd.– Hamburg: Hoffmann und Campe, 1983.–
ISBN 3-455-07745-5

1. bis 18. Auflage, 1. bis 275. Tausend, unter ISBN 3-455-07740-4
19., neu erarbeitete Auflage, 276. bis 300. Tausend 1978
20. Aufl., 301.–310. Tsd. 1983

Schutzumschlag und Einband Günter Schöllkopf
Gesetzt aus der Borgis Garamond-Antiqua
Gesamtherstellung Richterdruck, Würzburg
Printed in Germany

Kein Vorwort zur Neufassung – aber ein Bekenntnis an den Leser

Als vor mehr als einem Dutzend Jahren der Hoffmann und Campe Verlag, bei dem ich inzwischen meine literarische Heimat gefunden habe, bei mir anfragte, ob ich ein Buch mit dem Thema »Deutschland, deine Schwaben« schreiben wolle, lehnte ich zunächst recht brüsk ab: »Nein, ich bin doch kein Heimatschriftsteller!« Als ich in der Nacht darauf ganz gegen meine Gewohnheit am frühen Morgen aufwachte, fing mein Gedankenmotor von selbst an zu laufen. Ich kam mir wie ein Computer vor, der fast vier Jahrzehnte lang mit Daten aus der schwäbischen Geschichte, Sprache, Philosophie, Kunstgeschichte und mit persönlichen Erfahrungen im familiären, freundschaftlichen, militärischen und politischen Umgang mit Landsleuten gespeichert worden ist und sie nun auf einen Tastendruck hin ausspeit. Was dabei herauskam, schien den Inhalt eines Buches zu sprengen. Ich rief sogleich Hamburg an: »Ja, ich schreibe das Buch!« Aber als ich dann an die Vorarbeit ging: Hegel und Schelling und Wieland lesen, Geschichtsquellen anzapfen, Kunstwanderungen machen, Dialektausdrücke abklopfen und ihnen an die Wurzel gehen, auf Schwaben-Spurensuche in aller Welt Umschau halten, Anekdoten sammeln, mich in pietistische Schriften versenken, tiefer in die heimatliche Literaturgeschichte einsteigen, Erinnerungen auffrischen und fixieren, das Ländle bereisen – da hatte ich das Gefühl, mich übernommen zu haben. Schließlich wurde die Überfülle des Stoffes doch in ein knappes Buch gebändigt. Als der Verlag eine Erstauflage von 12000 Exemplaren vorschlug, erschrak ich sehr. Nein, dieses Buch war viel zu kritisch, als daß es vom Landsmann angenommen würde. Hätte ich dem Schwaben Honig ums Maul geschmiert, hätte ich nach des Lesers Wohlwollen geschielt, ja dann – aber so?

Ich hatte mich gründlich getäuscht. Vor allem in einem: der schwäbischen Freude an der Selbstkritik. Die erste Auflage war im Nu vergriffen. Der Verlag kam mit dem Druck für Weihnachten 1967 kaum nach. Es kam zu dramatischen Szenen im Buchhandel.

Nun hätte ich wenig Grund, dieses Buch, das nicht nur ein Bestseller, sondern auch ein Dauerbrenner und Vorlage für eine Fernsehreihe geworden ist und das meine Landsleute als grimmige Liebeserklärung immer noch selbstkritisch annehmen und die Nichtschwaben mit einiger Schadenfreude lesen und kaufen – ich hätte wenig Grund, es zu korrigieren. Aber ich habe unter dieses mit wissenschaftlicher Akribie erarbeitete Werk, das sich so leicht liest, daß man nicht merkt, wieviel Arbeit dahintersteckt, nie ein befriedigtes »Sodele!« gesetzt. Bei jeder der 17 Neuauflagen habe ich dem Setzer und dem Verlag Kummer mit Korrekturen und Textänderungen gemacht, und so unterscheidet sich die inzwischen zu einer bibliophilen Rarität gewordene 1. gründlich von der 18. Auflage. Als aber die 19. fällig war, beharrte ich auf einer gründlichen Überarbeitung, weil inzwischen so viele Porträtierte gestorben, einige mit Recht vergessen, andere zu Unrecht nicht erwähnt sind und sich die Zustände und die Zuständigkeiten im Ländle, in Bonn und in Stuttgart arg verändert haben. Ich bestand darauf, einiges, was nicht mehr gültig war, zu streichen, vor allem aber Neues hinzuzufügen, also dem Buch ein neues Anzügle zu geben, es mit mehr Stoff auszustaffieren, wobei Struktur und Kern des alten Buches erhalten bleiben sollten. Ich zog dabei meinen geistigen Zwillingsbruder Hans Bayer zu Rate, damit er das neue Buch mit kritischen handschriftlichen Randbemerkungen begleite und bekleide. Vorbild für diese Neufassung war mir die unverwüstliche Bleyleshose, die ich als Kind getragen habe und in die ich zuerst hineinwachsen mußte, bis ich endlich aus ihr herauswuchs. Inzwischen ist eine gründlichere, manche meinen sogar: bessere

Das bin ich.
Grüß Gott!

Fortsetzung, *Preisend mit viel schönen Reden,* erschienen. Aber meine Leser aus allen Bevölkerungsschichten nennen *Deutschland deine Schwaben* »onser Buach«. Es ist im besten Sinne des Wortes Volkseigentum geworden. Es hat eine Schwabenwelle ausgelöst, die mich teils mehr, teils minder freut. Es hat das schwäbische Standesbewußtsein gehoben, der Mund-Art wieder zu ihrem Recht verholfen, aber auch die Überheblichkeit der Schwabentümler korrigiert.

Dem sein Stolz sott mer habe!

Deutschland deine Schwaben im neuen Anzügle soll zeigen, daß unsere Heimat nicht das bis zum Schwachsinn harmlose, spätzlemampfende Disneyland ist, als das es von reigschmeckten Großkopfeten und verhockten Heimataposteln gern präsentiert wird. Ich glaube nicht an einen uniformen Volkscharakter. So wird das neue Anzügle nicht nach jedermanns Fasso sein. Ein paar Nähte sind gerafft, aber noch mehr Stoff ist zugesetzt. Wem's nicht paßt, der beklage sich beim Schneider oder beim Spiegel.

← Diesen Ausdruck hat er von Hanns-Hermann Kersten

Hinterrohrbach, im Juli 1978 T. T.

1. Kapitel | Schwabe ist, wer schwäbisch spricht

»Längst ist erkannt, daß der schwäbische Stamm der schwierigste, rätselhafteste aller deutschen Stämme ist. In ihm sind die heftigsten Gegensätze zusammengespannt, oft treffen sich in ein und demselben Individuum äußerste Kühnheit mit befremdlicher Zaghaftigkeit, Rebellentum mit Philisterei, gewinnende Freundlichkeit mit verstimmender Räsheit, Geschicklichkeit mit Tolpatschigkeit, Standfestigkeit mit Labilität, Mißtrauen mit Zutraulichkeit, Höhenflug mit Horizontlosigkeit.«

FRITZ RAHN IN »DER SCHWÄBISCHE MENSCH UND SEINE MUNDART«

Deutschland deine Schwaben ist kein zoologisches Buch. Denn mißgünstige Volksstämme haben die Küchenschaben, onomatopoetisch auch Kakerlaken genannt, um ein W erweitert und zu *Schwaben* gemacht. Diese ekligen Nachttiere lieben die Wärme, hausten deshalb mit Vorliebe in Bäckereien, gerieten einem *Ondit* zufolge auch einmal in den Brotteig und wurden mitgebacken. Aber was haben sie mit uns gemein? Daß sie auch wuselig und geschäftig sind und man ihnen schlecht beikommt? Bei uns zulande heißen sie übrigens Russen.

Das Schwäbische ist einer der markantesten deutschen Dialekte. Es ist nicht so derb wie das Bayrische, kann aber noch derber sein. Es ist nicht so weich wie das Sächsische, kann aber noch wabbliger klingen. Der schwäbische Dialekt ist so widersprüchlich wie der Schwabe. Der Sachse Peter von Zahn fragt, warum eigentlich das Sächsische schlimmer klinge als das Schwäbische. Antwort: Weil im Schwäbischen die Vokale meist voll und stark, im Sächsischen aber dumpf und schwach und die Konsonanten noch weicher gesprochen werden. Dennoch legt Peter von Zahn damit den Finger auf das Trauma des Schwaben, den seine Mundart und sein Ruf jahrhundertelang zum deutschen Nationaldeppen gemacht haben. Der Hanswurst im Theater trat in schwäbischer Tracht auf, in hirschledernen, enganliegenden Hosen mit dem großen Schwabenlatz. Zahllose Schwänke, zum größten Teil von Schwaben in lächelnder Selbsterkenntnis selbst erfunden, schilderten ihn als komische Figur. Die Schwabenstreiche der Sieben Schwaben wurden zum geflügelten Wort. Daß sich, wie bei Schwejk, hinter der Maske der Einfalt der überlegene Schalk, hinter der Einsicht, erst mit Vierzig gescheit zu werden, pragmatische Intelligenz verbirgt – das zu bemerken waren die, die sich über die Schwaben lustig machten, nicht intelligent genug.
Vielleicht sind es die urigen Naturlaute wie *aha* statt *ja*, *a-a* statt *nein* und *ha?* statt *wie bitte?*, die den Schwaben in den Geruch des Hinterwäldlers gebracht haben. An dieser Stelle stoße ich auf ein Problem. Das Stuttgarter Schwäbisch hat nämlich nicht weniger als 25 Vokale, wie Eberhard Frey in seinem Buch *Stuttgarter Schwäbisch* nachweist. Der Verfasser ist Sohn einer Bauerntochter und eines Methodistenpfarrers, war Mechanikerlehrling und Facharbeiter bei Bosch, studierte in Tübingen Sprachwissenschaften und in den USA Linguistik und hat heute eine Professur in diesem Fach in Kanada. Buch und Lebenslauf sind exemplarisch schwäbisch. Frey stellt die schwäbischen Laute in einer Schrift dar, an der gemessen sich die Lautschrift eines Wörterbuchs von Langenscheidt kümmerlich ausmachte. Der Leser wäre überfordert und das graphische Bild dieses Buchs versaut, wenn ich mich einer solchen Schrift bediente.

a = ə

ə̃hə̃

ə̃'ə̃

hə̃?

õagnẽm

Die ein paar Zeilen zuvor zitierten Verkürzungsformeln haben zweierlei Bedeutung, wenn man sie mit langem *A* wie in *Nase* oder kurz und nasal ähnlich dem englischen unbestimmten Artikel *a* ausstößt. Hell und lang ausgesprochen, bedeutet *ahaa* soviel wie *ach, so ist das,* wobei das *so* betont ist: Man hat etwas verstanden, ein Seifensieder ist einem aufgegangen. Kurz und nasal zwischen *A* und *E* ausgestoßen, bedeutet es eine Zustimmung. *A-a* kurz und hell sagt das kleine Kind, das Butzele, wenn es große Dinge auf dem Töpfchen (schwäbisch *Häfele*) vorhat. Lang und nasal ausgesprochen, bedeutet es eine Verneinung. Lang und hell ist *ha* eine Replik, die dem Partner zustimmt, kurz und hell leitet es Zweifel ein: *»Ha – sell isch jô net zom glauba.«* Kurz und nasal ausgestoßen, fordert es vom Gesprächspartner die Wiederholung eines nicht verstandenen Wortes oder Satzes. Meine unzureichende phonetische Schreibweise setzt also zuweilen voraus, daß der Leser den schwäbischen Sprachklang im Ohr hat. Die wohlklingenden Umlaute *Ö* und *Ü* wollen dem Schwaben nicht über die Lippen, er macht ein ordinäres *E* und ein *I* daraus. »Sondern erlehse uns von dem Ihbel«, beteten die schwäbischen Pfarrer, wenn sie an die Grävenitz, die Geliebte des Herzogs Eberhard Ludwig, dachten. Ein feines *S* vor *T* und *P* wird zum breiten *Sch.* Wo im Mittelhochdeutschen ein *I* schdahnd (wîp), da wird im *Weib* ein dumpfes *Ei* gesprochen. Eine Buchseite und eine Geigensaite, ein warmer Leib und ein warmer Laib sind im Schwäbischen auch phonetisch zweierlei. Willy Reichert stellte sich stets als *Raichert* vor, was sein Schwäbisch für den Urschwaben unglaubhaft machte. Auch das *Au* wird dumpf und geschlossen gesprochen, wenn es Nachfolger des Mittelhochdeutschen *U* (hûs = Haus) ist. Die Vorsilbe *ge-* wird nur leise angedeutet, das *N* in den Nachsilben immer verschluckt. Wie im Sächsischen werden die harten *K, P* und *T* oft zu *G, B* und *D* aufgeweicht. Das Schwäbische ist ebenso reich an komplizierten Nasalen wie das Portugiesische, das der Dichter Moritz Rapp deshalb mit Vorliebe in seinen Heimatdialekt übertragen hat. Die richtige Aussprache des Wortes *o'agnehm* mit seinen beiden aufeinanderfolgenden Nasalen, die wie aus dem Zoo entlehnt klingen, legitimiert den echten Schwaben.

Das Schwäbische kann überaus (schwäbisch: *saumäßig*) grob und saumäßig zart sein. Die Zärtlichkeit wird durch häufige Verwendung des Diminutivs *le* erreicht, das liebenswürdig, verniedlichend, manchmal auch komisch wirkt. Man kann es an fast jedes Wort anhängen; nur nicht an den Schwaben selbst. Das *Schwäble* ist von Ausländern erfunden und dem Ohr des Schwaben ein Greuel. Die entpathetisierende Nachsilbe macht aus dem reckenhaften *Horst* ein unheldisches *Horschdle*. Das Gefühl, das der Schwabe nur sparsam in seine Äußerungen legt, ist oft in der Nachsilbe *le* verpackt. Kaum ein größeres Kompliment für ein weibliches Wesen, als wenn von ihr gesagt wird: »Dia hot a Ärschle!« Der wortkarge Dialog: »Liesele!« – »Wasele?« – »E Vierdele!« – »Sodele!« beweist, daß die Diminutivform nicht an Substantiva gebunden ist. Das Wort *sodele* drückt die Befriedigung über die erfolgreiche Beendigung einer Tätigkeit aus, ob diese nun im Wirtshaus, am Schreibtisch oder im Bett stattgefunden hat. »Sodele!« könnte Schiller gesagt haben, als er den Schlußpunkt unter den *Wallenstein* setzte. Wenn man einer Person weiblichen Geschlechts, die schlecht gelaunt (schwäbisch viel treffender *ogattich*) ist, unterschiebt, sie habe *scho lang koi Sodele meh ghett*: Wie liebenswürdig klingt dieses *Sodele*, gemessen an dem gleichbedeutenden Wort *Orgasmus*. Ein *Amenaschlupferle* (von *an mich hin schlüpfen*) wird kaum Grund haben, so ogattich zu sein. Der Protest: »I ben doch net dei Geherdale!« beweist die Abneigung gegen den Imperativ: »Geh her da!« Denn der Schwabe läßt nicht gern *Hugoles* mit sich treiben.

Das ist neu. Aber muß das sein?

Für den Nichtschwaben, in diesem Buch der Stammeslogik zuliebe *Ausländer* genannt, klingt unser Dialekt gemütlich, ulkig, maulfaul, lustig, derb, komisch und langsam. Dieser Ausländer ist nur zu leicht geneigt, die Eigenschaften der Sprache auf deren Sprecher zu übertragen. Auf diese Weise ist der Schwabe zum deutschen Dorftrottel geworden. Oft wird er mit dem Sachsen verglichen, was dem Schwaben besonders weh tut. Denn während das Sächsische wie ein heruntergekommenes und verschlamptes Hochdeutsch klingt, hat das Schwäbische seine eigene Grammatik, zeichnet es sich durch seinen Reichtum an eigenen Wortschöpfungen aus. Man kann Nietzsche und

Richard Wagner vom Blatt sächsisch lesen – ein wahrlich großes und dekuvrierendes Vergnügen, das den Kern dieser Autoren gründlich bloßzulegen vermag. Eine wörtliche Übertragung aus der Schriftsprache ins Schwäbische ist dagegen unmöglich: »Feschdgemauerd in där Ärdn schdeht die Form, aus Lehm gebrannd« – das ist kein echtes Schwäbisch, sondern das Hochdeutsch einer Lehrerin aus Schwäbisch Gmünd.

Das Schwäbische hat seinen eigenen Wortschatz. Bei vielen Wörtern, die mit der Bewegung zu tun haben, widerspricht deren Bedeutung der schriftsprachlichen. Ich erinnere mich noch gut an das entsetzte Gesicht einer norddeutschen Verwandten, der ich als Bub (den *Knaben* gibt es im Schwäbischen nicht) den freundlichen Rat: »Sau, Dante, sau!« zurief. Ich meinte, die Tante solle sich beeilen, rennen, raifeln, sauen, um die Straßenbahn zu erreichen. Denn im Schwäbischen ist laufen = gehen; springen, raifeln und sauen = laufen; und hopfen = springen. Die Beine, mit denen diese Bewegungen ausgeführt werden, sind in der schwäbischen Anatomie unbekannt, dafür reichen die Füße, *d' Fiaß,* bis an den Rumpf.

Dees isch
ghopft wia
gschprunga!

Für den, der das Schwäbische beherrscht, ist diese Sprache ein feineres Instrument, um die Näherungswerte für das Gemeinte zu treffen, als das Hochdeutsche. Im Spekulativen vorsichtig und abwägend, im Konkreten bildhaft und treffend, in beidem logisch und nuancenreich, ist das Schwäbische eine Sprache für Dichter und Handwerker, für Philosophen und Erfinder. Ich zitiere wieder den gescheiten Fritz Rahn: »Schwäbische Mundart ist erstens behaglich und warmherzig, daneben zweitens zart und behutsam; sie ist zum dritten expressiv malerisch, mit einer Neigung zum gröblich gesteigerten Ausdruck, andererseits viertens schwerfällig und maulfaul. In frappantem Gegensatz zu dieser Eigenschaft erweist sich als deren dialektische Entsprechung fünftens eine hintersinnige und zugleich gefährliche Schlagkraft.«

Der Schwabe, der sich seine Mundart abgewöhnt, verarmt. Er ist jedoch selten, denn wollte er es schon, er könnte es nicht. Ich kenne wenig Schwaben, denen man die sprachliche Herkunft nicht anhört. Einer der seltenen Beherr-

Bänkle
Wäldle
Hundle
Häusle
Gärtle
Bule
Schätzle
Säule
Küßle
Städtle
Brünnele
Schläfle

scher der Schriftsprache war der verstorbene ehemalige Intendant des Stuttgarter Senders, Alfred Bofinger, der auch im Alltag wie ein Possart-Schüler deklamierte. Als zu diesem 1933 ein Ministerialbeamter kam, um ihn von Amts wegen peinlich zu befragen, wieviel Juden er noch beschäftige, donnerte ihm Bofinger entgegen: »Sagen Sie Ihrren Härren, Sie sollen mich am Arrrsche läcken!«, worauf der konziliante Beamte entgegnete: »Ha no, Herr Intendant, über die endgiltige Formulierung werde mer ons scho no einige!«

Diese Erinnerung mag verschiedene schwäbische Eigenheiten demonstrieren. Einmal, daß der Schwabe vor der Obrigkeit nicht ohne weiteres zu kuschen pflegt. Zweitens die Verbreitung des Schwäbischen Grußes. Bofinger benutzte ihn im ursprünglichen Götzschen Sinn als Zurückweisung. Er dient jedoch auch als Eröffnung eines Gespräches oder als Ausdruck des Erstaunens oder gar der Freude. Ich erinnere mich, wie Hans Bayer mit seinem Vater ein recht gutes Restaurant in der Schweiz betrat, und da scholl es diesem als lautstarker Ausdruck herzlicher Freude entgegen: »Jetzt leck mi doch glei am Arsch, dees isch doch dr Herr Bayer!« Die Szene der Schmausenden erstarrte, als ob ein Stummfilm stehenbliebe. Weiter taucht in der oben geschilderten Begebenheit das schwäbische *Ha no* auf, das noch mehr Bedeutungen haben kann als der Schwäbische Gruß. Der Ministerialbeamte gebraucht es als Ausdruck des Erstaunens, als konzilianten Puffer zwischen Auskunft und Amt, der die Möglichkeit eines Zusammenstoßes von vornherein ausschließen möchte.

Bei vielen bekannten Persönlichkeiten schlägt das Schwäbische gewollt oder ungewollt auch im Hochdeutschen durch. Gewollt gibt es der Hochsprache Würze, ungewollt eine Portion Komik. Bemüht sich der Schwabe zu sehr, hochdeutsch zu sprechen, so wird es ihm von seinesgleichen übelgenommen. »Der schwätzt net, der schbrichd!« sagt man dann von ihm abschätzig oder: »Dem sei Schbroch hot koi Hoimet!« Aber jeder Versuch schriftdeutscher Aussprache ist verlorene Liebesmüh. Es gibt neben dem singenden Tonfall genug Wörter, an denen sich seine Zunge verrät: *bäten, uhnahngenehm, ahn-*

trähten, Läben, Säle, Ausschteier, Sauerkraut, Reibeisen, Monnd, soäben, danäben. Bei dem Satz »Der Mond stand am Himmel« verkürzt der Schwabe, auch wenn er sich in hochdeutsch versucht, den Mond und verlängert sein Stehen: »Der Monnd schtahnd am Himmel.«

Schwabe ist, wer schwäbisch spricht. Aber das Schwäbische ist nichts Einheitliches. Es gliedert sich in eine Menge geographisch und sozial bedingter Spielarten. Das Wort *nicht* heißt schwäbisch *net, neta, et, eta, it* oder *ita.* Das Wort *nichts* reicht von Sebastian Sailers *nuitz* bis zum städtisch verwaschenen *nix.* Der *roate Klea* Ostschwabens wird in Mittelschwaben zum *raoten Klai.* Das geschulte Ohr des Schwaben erkennt aus der Sprache seines Landsmannes nicht nur dessen Herkunft, er kann ihn an der Freiheit oder Unfreiheit, mit der er sich der Mundart bedient, nicht nur soziologisch einordnen, er schließt daraus auch auf seine Intelligenz, seinen Takt, sein Selbstbewußtsein und seine Humanitas.

Die schriftdeutsche Hochsprache (*Dienstag, Fenster*) wird eigentlich nur von Schauspielern und Funksprechern beherrscht. In der Schul- und Einheitssprache, die hauptsächlich von Lehrern und Amtspersonen in der fälschlichen Ansicht, es sei Schriftdeutsch, gebraucht wird, heißt es *Dienschdag, Fenschdr.* Urwüchsiger ist die städtische Umgangssprache *(Denschdich)*, schwerer verständlich die ländliche Umgangssprache bis zur Bauernsprache. Hier wird das *Fenster* zum *Feeschdr, Feaschdr, Faischdr* und *Pfaischdr*, der *Dienstag* zum *Daischdich* oder gar zum *Zaischdich*, hinter dem sich noch der germanische Gott Ziu verbirgt. In einigen Orten heißt der Dienstag *Aftermedich*, der Mittwoch versteckt sich zuweilen noch hinter dem Dialektbegriff *Migda.*

Je mehr sich das Schwäbische vom Hochdeutschen entfernt, um so unverfälschter, bäurischer, derber klingt es. Daraus ergibt sich das Trauma des gebildeten Schwaben, das Fritz Rahn so beschreibt: »Der Schwabe leidet an einer Art Stammeskomplex, sobald es sich um sein Verhältnis zur angestammten Mundart handelt. Er verdrängt vor sich und vor anderen die Schwierigkeiten dieses Verhältnisses. Er geniert sich – vor sich selbst und vor

Wenn ein schwäbischer Philosophieprofessor vom GEISTE sprach statt vom GAISCHT machte er sich nach Otto Borst schon verdächtig

Nichtschwaben – nicht wie früher wegen seines Schwabentums, das ihm einst in dem bekannten abwertenden Zerrbild von seinen Verächtern entgegengehalten wurde, als vielmehr wegen seiner Mundart, die ihn in der geistig unzureichenden, dichterisch unfruchtbaren Abart des Honoratiorenschwäbisch gefangenhält; die er nicht abwerfen kann, weil er einerseits die Bauernsprache, die reine Mundart also, zu gebrauchen als ihm nicht angemessen und deshalb unschicklich ablehnt, weil er andererseits das Schriftdeutsch, das er in der Schule wohl verstehen und radebrechen gelernt hat, nicht ungezwungen zu sprechen vermag.«

So sitzt der gebildete Schwabe sprachlich zwischen zwei Stühlen. Spricht er ein unzulängliches Hochdeutsch, so leidet er dem Fremden gegenüber unter dem Gefühl sprachlicher Unvollkommenheit, dem Landsmann gegenüber unter der Furcht, daß er als *geschwollen* gilt, daß ihm ein *vornehmer Krattel* nachgesagt wird. Dieses Wort gibt mir Grund, ein wenig zu verweilen und der schwäbischen Sprache nachzuspüren. Der *Fischer*, ein Wörterbuch, ohne das einer, der sich für Schwäbisch interessiert, nicht leben kann, meint, *grattle* bedeute soviel wie *mit gespreizten Beinen gehen*, dann *mühsam, langsam steigen, klettern*. Er vermutet, es sei wie so viele schwäbische Wörter aus dem Mönchslatein entliehen und verkleinert und komme von *gradus* = Schritt. Aus dem Tätigkeitswort sei dann das Hauptwort *Krattel* zurückgebildet worden. Darunter verstand man die *Stellung mit gespreizten Beinen*, aber auch die *Gabelung der Beine als Teil des Körpers*, schließlich eine Anschwellung, eine *Zellgewebsentzündung zwischen Daumen und Zeigefinger*. Einen Krattel, ungefähr = Stolz, Hochmut, hat also ein Mann, der sich spreizt. Besonders lustig ist die Ulmer Redensart: »Der hot an Krattel wi-a Schtall voll Enta.« Schließlich hieß *der Krattler* das Lattengestell, auf dem der Weingärtner seinen Butten abstellte, um auszuruhen oder sich zu erleichtern.

Nach diesem schwäbischen Sprachausflug zurück zum Thema: des Schwaben schizophrene Haltung zu seiner Sprache. Denn spricht er schwäbisch, so fürchtet er, als ein *Klob*, ein ungeschliffener Mensch, angesehen zu werden.

Das ist ein Grund, daß er häufig nur dem Landsmann gegenüber unbefangen ist, daß er *fremdelet* und jedem Nichtschwaben mit Mißtrauen begegnet, daß er seine Sprache manchmal wie einen Mangel empfindet, dessen man sich nur vor seinesgleichen nicht zu schämen braucht. Nun sind sich die meisten Schwaben dieser Disharmonie, dieser Zerrissenheit gar nicht bewußt. Andere bekennen sich zu ihrem Schwäbischen, denn der Unsicherheit des Schwaben steht ein nicht geringes Selbst- und Stammesbewußtsein gegenüber. Viele retten sich aus dem schwäbischen Trauma in die Zweisprachigkeit, indem sie mit dem Fremden eine schwäbisch eingefärbte Schriftsprache, mit dem Landsmann einen dem Partner angepaßten, abgeschliffenen Dialekt sprechen.

Obwohl das Schwäbische nicht (wie das Bayrische durch Ludwig Thoma, das Plattdeutsche durch Fritz Reuter und das Alemannische durch Jeremias Gotthelf und Johann Peter Hebel) literaturfähig geworden ist, gibt es doch eine ganze Reihe namhafter schwäbischer Mundartdichter, von Sebastian Sailer bis Georg Holzwarth, auf die ich noch zu sprechen komme. Ein Greuel sind dem Schwaben jedoch jene Berufsschwaben, Kalendermänner, Blättleshansele und sogenannten Humoristen, die das Schwäbische breit nasalierend verblödeln, es neckisch nachahmen, mundartfremde Ausdrücke und hochdeutsche Wendungen fehlerhaft einschwäbeln. Nichts gegen Willy Reichert und die trefflichen Häberle-und-Pfleiderer-Szenen. Aber alles gegen sogenannte schwäbische *Gaude* im Fernsehen. Viel gegen die sogenannten schwäbischen Lieder. »Muß i denn zum Städtele naus« ist falsch, denn es gibt im Schwäbischen nur ein Städtle. »Auf de schwäbische Eisebahne wollt amol a Bäuerle fahre« ist falsch, denn das Imperfekt *wollt* ist im Schwäbischen unmöglich.

Dieses Buch, 1967 geschrieben, wurde von einer Welle der Besinnung auf die Heimat, von der Nostalgie, von der Renaissance der Dialekte getragen. Andererseits wirkte es auch als Eisbrecher gegen die immer mehr abstrahierende, sterile, technisierte, in den Massenmedien austrocknende, in Zeitungen wie *Bild* verramschte Hochsprache, die ihre Vorsilbe nicht mehr verdient, die man besser mit *Unterrichtssprache* bezeichnen sollte. Dieses Buch hat das

Jetzt nimmter aber 's Maul voll! 1967 war er viel bescheidener!

Karl Heinz Fuchs

Sprachbewußtsein der Schwaben wieder geweckt und dem Landsmann sprachliches Selbstbewußtsein wiedergegeben. Es hat eine ganze Literatur über Schwaben und auf schwäbisch nach sich gezogen. Das meiste davon war gut und notwendig. Manches wollte nur merkantil in eine Marktlücke stoßen. Einiges, was ein Kollege die *Veigeles- und Fürzleslyrik* nennt, ist, wenn auch herzhafter, so doch genauso ärgerlich wie das Verkaufsschwäbisch der Blättlesjockele und Provinzbachel. Wenn schwäbische Mundartlesungen mit dem Versprechen eingeleitet werden: »Leit, ihr werdet lacha, daß-r en d' Hosa saichet«, so ist das nichts anderes als eine höchst unappetitliche Vermarktung der Muttersprache.

2. Kapitel | Das Ländle

Oft werden die Schwaben mit den Einwohnern des ehemaligen Königreichs und späteren Freistaats Württemberg identifiziert. Das ist falsch. Nach unserer Definition: *Schwabe ist, wer schwäbisch spricht,* leben die Schwaben zwischen Lech, Bodensee, Schwarzwald, Enz und dem Schwäbischen Wald. Man kann sie nach ihren Siedlungsgebieten unterteilen in Augsburger Schwaben, Allgäuer Schwaben, Oberschwaben, Albschwaben, Neckarschwaben und Auslandsschwaben. Ihre Nachbarn sind die Franken, die Bayern und die Alemannen.

Das fränkische Sprachgebiet reicht tief hinein nach Württemberg bis über die Linie Pforzheim, Heilbronn und Schwäbisch Hall, das trotz seinem Namen fränkisch ist. Wo der Schwabe zäh, eigensinnig, bedächtig, langsam und verschlossen ist, da ist der Franke leicht, lebhaft, phantasievoll, lebendig. Während der Schwabe hart arbeitet, ist der Franke genußfreudiger. Wo der genügsame Schwabe feststellt: »Besser a Laus em Kraut wia gar koi Floisch«, meint der anspruchsvolle Franke: »Do san d' Lait gere, wou mer vor lauter Flaasch 's Kraut net siecht!« Der Hohenloher Pfarrer Rudolf Schlauch definierte den Unterschied: »Hält's der Schwabe mit dem Brechen, ist der weichere Franke mehr für das Biegen.«

Über den bayrischen Nachbarn mag der Schwabe nichts sagen. Als auf der Donaubrücke zwischen Ulm und Neu-Ulm noch der inzwischen von Souvenirjägern geraubte Grenzpfahl mit der Aufschrift *Freistaat Bayern* und dem bayrischen Löwen stand, fragte mich meine kleine Tochter: »Ist das ein Zoo?« Dabei war es doch schwäbisches Sprachgebiet, von Bayern annektiert. Wäre ich ein schwäbischer Chauvinist, so würde ich an dieser Stelle behaupten, dies sei das am längsten von Fremden okkupierte Gebiet Europas. Für den Schwaben beginnt das krachlederne deutsche Texas erst jenseits des Lech. Wie unverfroren der bayrische Nachbar die Unsitten seines Stammes als Folklore verkauft, wie er sich als Tiroler kostümiert und eine verschwitzte Politik in Hemdsärmeln oder Soutane, mit Maßkrug oder Gesangbuch, fingerhakelnd oder schlingenlegend betreibt und sogar für das Jodeln, die bayrischen Königsschlösser und die Oberammergauer Passionsspiele noch Geld nimmt, solche Kühnheit bestaunt der biedere Schwabe offenen Mundes.

Problematischer ist das Verhältnis zu den alemannischen Vettern in Südbaden, Vorarlberg, der Schweiz und dem Elsaß. Denn historisch betrachtet sind sie auch Schwaben. Sie sind nur durch eine Lautverschiebung, teilweise durch Staatsgrenzen, teilweise durch Ressentiments von uns getrennt. Aber ihr Verhältnis zur Mundart ist verschieden. In der deutschen Schweiz ist die Mundart, das Schwyzerdütsch, Umgangssprache. Man bedient sich der Hochsprache nur schriftlich oder im Umgang mit Landesfremden. Wer dort schriftdeutsch spricht, schließt sich aus der Gesellschaft aus. Im Elsaß war der Dialekt lange verboten. Er wird jetzt von Literaten und Liedermachern aus der Sprachlosigkeit herausgeholt; er ist ein regionaler Protest gegen den Pariser Zentralismus. Zweitsprache im Elsaß ist nicht Hochdeutsch, sondern Französisch. In Vorarlberg, von den übrigen Österreichern spöttisch *Gsiberg* genannt (weil man dort *gsi* sagt statt *gewesen*), markiert das Alemannische eine Grenze gegen Gesamtösterreich. Dort gab es 1918 auch eine starke Bewegung für den Anschluß an die Schweiz. Der Südbadener und der Bodenseeschwabe haben ein ungebrochenes, von Hebel literarisch gefestigtes Verhältnis zu ihrer Mundart. Nur beim Nordschwaben löste die Mundart ein Trauma, löste sie Insuffizienzgefühle aus. Er fühlte sich deshalb gezwungen, hochdeutsch zu sprechen, ohne es zu können.

Warum so viel Fremdwörter? Trauma = Wunde. Insuffizienzgefühle = Minderwertigkeitsgefühle. Oder net?

Alemannen und Schwaben – das waren zwei Namen für einen Stamm. Seine Väter waren die Semnonen. Sie saßen in der Mark Brandenburg, von wo die Sueven vielleicht das Preußische in ihrem Wesen mitgebracht haben. Die Ostsee hieß *Mare Suevicum*, ein Name, den später in deutscher Übersetzung der Bodensee bekommen hat. Im dritten Jahrhundert nach Christus zogen die Alemannen nach Süden, um in das früher von Kelten bewohnte römische Siedlungsgebiet um den Neckar, die Donau bis in die Alpen und in die Vogesen vorzudringen; sie stießen später bis nach Oberitalien vor. In der Karolingerzeit wurde dann der Name *Alemannen* allmählich von der Bezeichnung *Schwaben* verdrängt. Die in Südbaden wohnhaften Schwaben, welche die Württemberger nicht mögen, behaupten, sie seien Alemannen. Auch Martin Walser gehört zu ihnen. Ich habe ihn einmal gefragt, worin er den Unterschied sehe. »Schwaben sind erfolgreiche Alemannen«, antwortete er. Was mich berechtigt, ihn einen Schwaben zu schimpfen.

Unter dem Einfluß der zweiten Lautverschiebung trennte sich der schwäbische vom alemannischen Dialekt. Die Bewegung ging von Augsburg aus. Ganz langsam drang diese Lautverschiebung vor; sie brauchte über zweihundert Jahre, um das altwürttembergische Gebiet um Neckar und Donau zu erreichen. Zwei Barrieren vermochte sie nicht zu überwinden: geographisch den Schwarzwald und den Bodensee, geistig die Grenze des reformatorischen Einflußgebiets Zwinglis. So ist Alemannisch nichts anderes als eine ältere Form des Schwäbischen und Schwäbisch eine moderne Form des Alemannischen. Literarisch wurde dieser Unterschied erst mit dem Erscheinen von Johann Peter Hebels *Alemannischen Gedichten* fixiert.

Ein Zürcher, ein Schwabe und ein Berliner sitzen im Zug von Zürich nach Stuttgart. Der Zürcher zum Berliner: »Send Sia au z' Züri gsi?« – »Wie bitte?« – »Sind Sie auch z' Züri gsi?« Der Berliner sieht den Schwaben hilfesuchend an. Der übersetzt: »Gwä!«

Aber die Bezeichnung *Schwob* wurde für die alemannischen Vettern – eigentlich Brüder – ein Schimpfwort. »Sauschwob!« schallte es mir nach, als ich auf einer breiten Straße der Schweiz höchst korrekt einen gemütlich dahinzukkelnden eidgenössischen Vetter aus Uri überholte. »Chaibe Schwob!« sagen die Schweizer über jeden Deutschen, der ihnen nicht behagt, und das sind nicht wenige. Der Zürcher Alt-Regierungsrat Rudolf Meier erklärt es so: Trotz hundertfünfzig Jahren intensivster Volksschulbildung sei dem Schweizer Volk anzulasten, daß es Schwaben mit Preußen und Schwabenland mit dem Staate Preußen verwechsle. Typisch schweizerisch sei die Anekdote von dem Buben, der in einem französischen Aufsatz den Unterschied zwischen *Accident* (Unfall) und *Malheur* (Unglück) exakt bestimmen sollte. Der Vater erläutert es ihm: »Wenn überm Rhein drüben ein Schwabe in den Fluß fällt, so ist das ein Accident. Kann er schwimmen und sich ans Schweizer Ufer retten, so ist das ein Malheur.« Aber der Urschwabe ist dem Vetter in Zürich auch nicht allzu günstig gesinnt, weil Gott es nicht gewollt hat, daß Inflation und Währungsreform auch an dessen Vätererbe zehrten.

In Südbaden sind die Altbadener Museumsstücke noch nicht ganz ausgestorben, die sich gegen die Vereinigung mit Württemberg gewehrt haben, als sollten sie sich der UdSSR anschließen. Aber auch die Vorurteile der Schwaben gegen die Badener haben Tradition. Im vorigen Jahrhundert schilderte man den Lebenslauf eines heruntergekommenen Schwaben so: »Erscht hot-r bei dr Fuaßartillerie dient. Nô isch-r Sozialdemokrat worda. Schliaßlich hôt-r a

Katholischa gheiratet. Ond am End isch-r em badischa Ausland gschtorba.«

Heute ist es hüben und drüben besser geworden. Daran ist der Südweststaat schuld, dessen geistige Väter die Kommunisten sind. Sie brachten nämlich schon 1919 den Antrag ein, aus den ehemaligen Monarchien Württemberg und Baden einen gemeinsamen Verwaltungsbezirk Südwest zu machen.

Oho! Nach dieser Bemerkung wäre Troll als Beamter nicht tragbar!

Aber Baden, wirtschaftlich ein armes Mädle, zierte sich, von dem reichen Mann Württemberg geheiratet zu werden. Der bemühte sich nach dem letzten Krieg uneigennützig und uneingedenk württembergischer Heiratstraditionen um die spröde Schöne. Denn es gab im 19. Jahrhundert für einen schwäbischen Burschen nichts Schwierigeres, als ein Mädle, das kein Geld hatte, aus dem Nachbardorf zu freien. Die Heiratserlaubnis war von einem Vermögensnachweis abhängig, und selbst wenn die beigebracht war, seufzte der Schultes: »'s kommt halt doch a fremder Soma [Samen] rei.«

Alle diese historischen Vorbehalte waren vergessen, als Württemberg um den Bund mit Baden warb. Nordbaden, der Kopf der Braut, zierte sich kaum, aber Südbaden, das prüde Untergestell, erhob ein arges Geschrei und fühlte sich mehr oder weniger zu seinem Glück vergewaltigt. Und die Württemberger ließen es sogar zu, daß im Ehebund der Name der Braut Vorrang genießt. *Baden-Württemberg* heißt der neue Staat, in dem sich gewisse Altbadener immer noch unter dem Pantoffel der Schwaben fühlen. Merkwürdig: Altwürttemberger, die sich von Baden scheiden lassen wollen, gibt es nicht, obgleich sie nur Vorteile und die Altbadener nur Nachteile von einer solchen Trennung hätten. Und wie es zu sein pflegt, wenn ein wohlhabender Mann ein armes Mädle heiratet, so auch mit Baden-Württemberg: Die Frau hat es gut, ist aber voller Komplexe, droht oft mit Scheidung, fühlt sich benachteiligt und macht dem Mann das Leben manchmal schon saumäßig schwer.

Troll ist mit einer Badenerin verheiratet! Und das seit 30 Jahren! (1618-1648)

Der Schwabe hängt an seiner *Hoimet*, und diese Heimat ist das Ländle, ist Württemberg, obwohl er es mit Franken und Alemannen teilen muß. Ständig bereit, sich auf ein besonders intimes Verhältnis mit dem lieben Gott zu berufen, unterschiebt er diesem auch eine Art Sonderanfertigung seines Ländle.

Mäuerle und Staketen: das verschwindet mit der REB-LANDUMLE-GUNG (welch garstiges Wort).

Da habe der Schöpfer noch einmal eine Musterkollektion landschaftlicher Schönheiten zum schwäbischen Park vereinigt: im Süden ein Versucherle Hochgebirge aufgetürmt, wobei ein *Versucherle* nichts mit dem Malefiz-Versucher zu tun hat, sondern soviel wie ein norddeutsches *Kosthäppchen* bedeutet; die weitfahrende Donau als anmutiges Jungfräulein entspringen lassen; den Neckar in den Letten gegraben, ihn mit lieblichen Nebenflüssen versehen, die Ufer mit Weinbergen garniert, deren Mäuerle und Staketen der Rebpfähle die Landschaft graphisch besonders eindrucksvoll prägen; den dunklen und kühlen Schwarzwald aufgebaut und einen Teil davon in seiner übertriebenen Allgüte an die Badener verschenkt, dafür aber den Schwaben die steinige Rauhe Alb mit ihren Höhlen, Schafweiden, Felsen und markierten Wanderwegen zur Organisation durch den Schwäbischen Albverein überlassen; den Schwäbischen Wald nur für landschaftliche Feinschmecker geschaffen; das graziöse Hohenlohe wie Perlen vor die Franken geworfen; das Ländle mit Burgen, Kirchen und Schlössern übersät, da ein wenig Humus, dort eine Freie Reichsstadt, da ein wenig Wald, dort ein paar Äckerle eingestreut und das Ganze recht buckelig gemacht, damit sich die Industrie verkriechen könne und nicht das ganze Landschaftsbild versaue, damit der Schwabe Gefühl und Geschäft, Natur und Werkstatt miteinander zu verbinden vermöge, wie es seine Art ist. Und den Horizont hat er eng gemacht, damit sich der Einsasse entweder damit begnüge und ein verdruckter Hocker und kleinlicher Pfahlbürger werde oder in ihm, je nachdem, wie er geraten ist, durch die Enge der Heimat die Neugier auf die Welt geweckt werde. Zur Belohnung aber für sein umtriebiges Wesen ließ er diesen, der auf Wanderschaft ging, um ein Weltmann zu werden, hinter jedem der vielen Kurven und Bückele eine neue, andere, liebliche Landschaft sehen, wie man sie in dieser Vielfalt anderswo kaum findet. »Das Modell der deutschen Möglichkeiten« nannte Theodor Heuss seine Heimat und ihre Bewohner.

Leider hat man diese liebliche Landschaft, wo sie bebaut werden mußte, nicht den Architekten überlassen, die die Natur vor der Architektur dominieren ließen, sondern den Kleinkarierten und den Knallprotzen, die die Heimat

zerstört haben. Die einen haben Siedlungen gebaut, einfallslose, schlechtproportionierte Würfel mit Fenstern ohne Wimpern und Brauen, mit Giebeldächern, die wie ein um ein paar Nummern zu klein geratener Trachtenhut beim Kappenabend aussehen. Und so könnte man meinen, den schönen alten Dörfern sei es schlecht geworden, und sie hätten die Siedlungen bröckelesweis ins Land hineingekotzt. Mit Eternit und Plastik haben Besitzer alter Häuser deren Gesicht versaut. Nicht weniger schlimm aber sind die Handlanger des Kapitals, die alte Straßenzeilen und gewachsene Plätze mit neureichen Palästen in Glas und Beton verprotzt haben, die in heimelige Täler Energiedome und Müllverbrennungsanlagen zum Himmel schreien lassen und mit frechen Hochhäusern, dreisten Kirchtürmen und babylonisch unwirtlichen Wohnburgen die gewachsenen Konturen alter Siedlungen, den Wohlklang eines Flußtals und die lieblichen Kurven unserer Hügel zerstören. Musterbeispiele solcher Barbarei: die durch einen Betonkubus verschandelte Stadtsilhouette von Wimpfen, die ehemals wohl schönste deutsche; die Korber Höhe bei Waiblingen; die Stadtkerne von Nürtingen und Nagold; das von einer Stadtautobahn grausam zerschnittene Ludwigsburg; die Stadtdurchfahrt von Winnenden; die Energiedome vor Tübingen und im mittleren Neckartal vor Marbach. Die dafür verantwortlichen Architekten, Schultes, Kreisbaumeister, Umweltschützer und Gemeinderäte hat der Herrgott als Ausgleich zu seinem Paradiesgärtlein geschaffen.

Siehe das Gedicht „O Heimatland" von T.T.

Typisch: Marbach ist inzwischen stillgelegt weil's sich nicht rentiert.

Aber auch die Gemeindereform hat dem Ländle schwere Wunden geschlagen. Alte, geschichtsträchtige, wohlklingende Ortsnamen wie Beutelsbach, Schnait, Bonlanden, Plattenhardt, Ebingen, Tailfingen, Onstmettingen haben sterben müssen. Dafür wurden blutlose, sterile Begriffe in der Retorte gezeugt: Weinstadt, Ostfildern, Filderlinden, Albstadt. Wenn es nicht dem § 88a (Aufforderung zur Gewalt) widerspräche, so müßte man an dieser Stelle sagen: »Dô sott doch glei a heilichs, siadichs Donderwetter neischlaga!«

Dennoch, wo die Landschaft noch unverbaut und unversaut ist, da ist sie wahrhaft heiter. Aber der Schwabe selbst ist eigentlich nicht heiter. Er ist eher still, in sich gekehrt, ernst, sinnierend, wenn es sein muß fröhlich, manchmal auch lärmend, oft sentimental. Dann singt er traurige Lieder: »Mei Schätzle môg mi net« oder »Im schenschden Wiesengruhunde ischt meiner Heimat Haus«. Und das Motiv vom Rößlein, das irgendwo weidet, vom Tännlein, das irgendwo grünt, und die er sieht, ohne zu wissen, daß sie eine Funktion bei seinem Begräbnis haben, taucht nicht nur in dem Gedicht Mörikes, sondern immer wieder als Motiv in der schwäbischen Lyrik auf. Auch die Bewegung des Pietismus, der aus dem irdischen Jammertal nach einer schöneren Welt strebt, schließt diese Todessehnsucht des Schwaben ein, die so gar nicht zu dem kleinen Paradies passen will, das ihm der liebe Gott in seinem Ländle schon auf Erden bereitet hat.

Ravensburg hat die höchste Selbstmordziffer in der BRD

Nachdem der Schwabe den Schöpfer ins Spiel gebracht hat, ist er jetzt auch die Auskunft schuldig, was die Bewohner aus der schwäbischen Schöpfung gemacht haben. Der erste nachgewiesene Bewohner ist der Homo Steinheimiensis, 200 000 Jahre alt. Die schon erwähnten Alemannen, deren Völkerwanderung im Ländle endete, vermischten sich mit den Resten der Kelten und Römer und wurden Christen. Von 917 bis 1268 bestand das mächtige Herzogtum Schwaben. Der Name Württemberg stammt von jenem 1092 zum erstenmal erwähnten Konrad von Wirtemberc, dessen Burg in der Nähe des Stuttgarter Weingärtnervororts Rotenberg stand. Er erbte den reichen Besitz Beutelsbach und bekam den Grafentitel. Die Wirtemberger stritten sich nach dem Sturz der Staufer mit den Habsburgern um das Land. Zu diesem Sturz hatten sie selbst beigetragen. Graf Ulrich I. verließ als Bannerträger der Staufer mit seinen Truppen das Heer König Konrads IV. und ging zum Gegenkönig Heinrich Raspe von Thüringen über. Für diesen Verrat bekam Ulrich vom Papst viel Geld. Jetzt war er Anführer der Staufergegner und heiratete eine badische Markgrafentochter, die damals eine gute Partie war, denn sie brachte als Nachfahrin der Welfen und Hohenstaufen einige Erbansprüche mit in die Ehe. Auf Ulrich folgte eine Dynastie, die sich mit Hilfe schwäbischer Eigenschaften durchsetzte: Die Wirtemberger waren tatkräftig, umsichtig, erfolgreich und erwerbssüchtig und hatten dazu noch zwei unschwäbische Eigenschaften: Sie waren auch streitbar und skrupellos. Obwohl das Herzogtum Schwaben nach dem Sturz der Staufer zerfiel, wußten die Wirtemberger ihren Besitz zu mehren und besaßen bald die mächtigste Grafschaft des Heiligen Römischen Reiches. 1495 wurde Wirtemberg Herzogtum, beim Reichsdeputationshauptschluß 1803 bekam der Herzog die Kurfürstenwürde. Dann gingen die geistlichen Gebiete, 18 Reichsstädte und viele Feudalherrschaften in Wirtemberg auf. 1810 war das württembergische Gebiet, das noch 1792 aus 78 vielfach sehr kleinen Herrschaften bestanden hatte, doppelt so groß, unter anderen erweitert um die Territorien der Fürsten von Hohenlohe, der Thurn und Taxis, der Grafen von Waldburg, der vorderösterreichischen Landschaften in Oberschwaben und der Besitzungen der Deutschordensherren und der Johanniter. Herzog Friedrich wurde 1806 König von Napoleons Gnaden, und weil es ihn ärgerte, daß man seinen Namen fälschlich von einem »Wirt am Berg« ableitete – denn im Schwäbischen sagt man: »Wer nichts wird, wird Wirt« –, änderte er den Namen des Landes und seines Geschlechts, indem er zwei für seine Untertanen und wahrscheinlich auch für ihn unaussprechliche Buchstaben aufnahm: ein zweites *T* und ein vornehmes *Ü*. Aber Württemberg hieß auf schwäbisch deshalb immer noch *Wirdeberg*. So heißt es auch heute noch; die meisten Schwaben identifizieren sich mit ihm, wenn es auch den Namen hinter den des armen Mädle Baden stellen mußte und wenn seitdem auch die von Hölderlin besungene »bläuliche Silberwelle des Neckar«, der das Ländle durchfließt, eine schaumige, aber schiffbare Dreckbrühe geworden ist.

3. Kapitel | Der Schwabe und Deutschland

Das Schwäbische kennt das Wort *Vaterland* nicht. Vaterland: Das ist von Militärmärschen, von Schwertgeklirr und Wogenprall umtost; das fordert Identifizierung mit dem großen Ganzen und Selbstaufgabe des Individuums. Zu beiden aber ist der Schwabe kaum fähig. Nationales und militantes Pathos ist hierzulande so suspekt wie Heldenkult. Die heimelige Heimat liegt dem Schwaben näher als das Vaterland.

Dennoch wäre es falsch zu sagen, daß der Schwabe kein guter Deutscher sei. Es gab in Württemberg nie separatistische Tendenzen. Nie versuchten die Schwaben aus ihrer Eigenständigkeit, die der bayrischen nicht nachsteht, gesamtdeutsches Kapital zu schlagen. Im Gegenteil: Sie sind dem größeren und egoistischeren Nachbarn deshalb immer etwas gram. Er hat das Gefühl, die zentralistische Kuh zu hegen und zu füttern, während sie der östliche Stammesnachbar mit Fußtritten traktiert, sie dabei aber ganz munter melkt.

Schon wieder antibayerisch!

Immer war der Schwabe mehr nach Süden und nach Westen als nach Norden und nach Osten orientiert, ohne mit den Romanen mehr gemeinsam zu haben als einen Rest Römerblut, das der Kundige allerdings da und dort in Physiognomien, mehr aber noch in einem selbstbewußten Bürgersinn erhalten weiß. Noch vor zwei Generationen stieß man auf ein gewisses Bedauern, daß die Preußen bei Königgrätz gewonnen haben, denn »hätten sie verloren, so gehörten wir heute vielleicht einem Donaustaat an, und es wäre uns in der Vergangenheit manches erspart geblieben«. Auch die Spekulation, vor Jahr-

hunderten den Anschluß an die Eidgenossenschaft versäumt zu haben, wird gelegentlich an Stammtischen durchdiskutiert. Denn der Schwabe ist nicht militant. Er pfeift auf Großräume und erstrebt nicht einmal ein Groß-Alemannien, eine Wiederkunft des staufischen Herzogtums Schwaben. Obwohl ihn sein Bildungshunger in Scharen in die Stuttgarter Staufer-Ausstellung trieb. Diese war glanzvoll bestückt, aber für die Besuchermassen nur zum

Teil wahrnehmbar im Alten Schloß untergebracht. Die Ausstellung zeigte aber nur Stauferglanz und unterschlug das Elend der Untertanen, die ihn zu bezahlen hatten. Sie war eine Illumination der Herrschenden, in deren Glanz sich die Wohlstandsgesellschaft sonnt. Sie schlüpften ins etwas zu große Stauferkostüm: »Je staufer der Rummel, desto filbinger der Nutz.«
Dem Schwaben ist es lieber, wenn das von den Vätern Ererbte auf einem

Bankkonto statt in Territorien angelegt ist. Denn weil er um die Dinge herumgeht und auch die andere Seite zu betrachten pflegt – *so isch's nô au wieder!* –, denkt er im Fall Donaumonarchie an den Klerikalismus, der ihm im eigenen Land gelegentlich schon genug zu schaffen machte, und bei der Confoederatio Helvetica an den alemannischen Vetter, der viel zuviel Ähnlichkeit mit ihm selber hat, als daß er ihm allzu sympathisch wäre, und er fügt sich in die historische Schicksalsgemeinschaft mit den Preußen, ohne sie wie sein bayrischer Nachbar deswegen zu hassen.

Der Schwabe in seiner bäuerlich-bedächtigen Art, das Für und Wider gegeneinander abzuwägen, wobei er sich nur langsam für das eine oder andere entscheiden kann, dann aber dickköpfig bei seiner Entscheidung bleibt, neigt nicht zu Kollektivurteilen. »'s gibt iberall sottiche ond sottiche – ond manchmôl au meh sottiche wia sottiche« ist eine seiner sophistischen Erkenntnisse. Dem Schwaben ist es nicht gegeben, intellektuelle Erleuchtung geographisch zu fixieren. Zu herabsetzenden Bezeichnungen wie *Nordlichter* wäre er nicht fähig. Er wäre auch unfähig, die Vorsilbe *Sau*, die der Schweizer für ihn und der Bayer für den Preußen bereithält, mit irgendeinem Stamm, einer Nation, einer Rasse oder einer Konfession zu verbinden. Mit Vorliebe gebraucht er die Vorsilbe zwar individuell, um jemanden einen *Saudackel* zu nennen (wie er sich bisweilen selbst tituliert); ein *Saukerle* ist entweder lobend einer, der es mit nicht ganz feinen Mitteln versteht, es zu etwas zu bringen, abwertend ist dieses Wort gemeint, wenn dieses Zu-etwas-Bringen auf Kosten des Titulierenden gegangen ist; ein *Saumenschle* ist ein ganz und gar nicht feiner, aber dennoch in einem gewissen Punkt begehrenswerter Mensch weiblichen Geschlechts, mit dem man das gern täte, was er allzu bereitwillig mit anderen tut. Wie mancher solcher Ausdrücke ist auch dieser dem *Fotzaneid* entsprungen, der im Stammescharakter latent erigierend enthalten ist. Aber kein Preuße, kein Bayer, ja nicht einmal ein Badener wird mit der beliebten Vorsilbe *Sau* versehen. »Die vom große Vadderland« – und nur in dieser Bedeutung gebraucht er das pathetische Wort –, das sind die Preußen. Sie sind ihm fremd, aber haben viel zu viele Eigenschaften mit ihm gemeinsam, als daß er

Muß das sein?!

sie allzu heftig ablehnte; wie er sind sie sparsam, zuverlässig, unbestechlich, fleißig und genügsam. Und wenn die eigenständigen Schwaben manchmal auch recht widerwillig ihr Schicksal mit dem Reich teilten, ihren nationalen Pflichten haben sie sich nie entzogen.

Die Schwaben und Deutschland. Während ich 1967 dieses Buch schrieb, war ein Schwabe Bundeskanzler, ein Schwabe Präsident des Bundestags, ein Schwabe Präsident des Bundesverfassungsgerichts, ein Schwabe Präsident der Bundesbank. Heiligs Blechle! Wie sich die Zeiten ändern. Und heute werden die Schwaben in ihrem Ländle fast ausschließlich von Badenern beherrscht.

Obgleich die Schwaben mehr an ihrer Heimat als am Vaterland hängen, sind sie da, wenn es ruft, um mich preußisch-pathetisch auszudrücken. Viele große Herrscherhäuser des Mittelalters hatten ihren Stammsitz in Schwaben: die Staufer, die Welfen, die Hohenzollern, die Zähringer, die Habsburger. Unter den Staufern war das Herzogtum Schwaben *Fundamentum et columna imperii,* Säule und Fundament des Reichs. Der Fehderuf: »Hie Welf – hie Waibling!«, der das Abendland erschütterte, ist schwäbischen Ursprungs, denn die Welfen stammten aus der Gegend von Ravensburg, und das nahe bei Stuttgart gelegene Waiblingen war Königsgut und wahrscheinlich bevorzugter Sitz der Staufer. Karl der Große verlieh den Schwaben das Vortrittsrecht, sie durften an der Spitze des Heeres marschieren und den Kampf eröffnen. »Joggele, gang du vora, du hôscht Schtiefel ond Schpora a!« heißt es noch bei den Sieben Schwaben. Die Schwaben trugen die Reichssturmfahne, verbunden mit dem Lehen der Freien Reichsstadt Markgröningen, die 1336 ans Haus Württemberg fiel. Eberhard im Bart, Württembergs geliebter Herr, ließ sich mit dem Bart und mit der Reichssturmfahne konterfeien, und obwohl der Textilfetischismus, der die Fahne ins Mythische transsubstantiiert, den Schwaben widernatürlich erscheint, berufen sie sich heute noch mit Stolz auf die Reichssturmfahnenträgerschaft. Schwäbische Geschlechter hatten hohe erbliche Hofämter inne: Die von Limpurg waren kaiserliche Mundschenken, die von Waldburg Truchsessen, also Hofbeamte über Küche und Tafel.

Aber weit stärker als diese unmittelbare Verbindung war der geistige Einfluß des schwäbischen Stammes auf die deutsche Nation. Der Humanismus hatte eine seiner Zentralen in Schwaben. Das Drama Schillers, die Philosophie Hegels, die Karl Marx beeinflußte, die nationalökonomische Weitsicht Friedrich Lists, der die wirtschaftspolitischen Ideen des angehenden Industriezeitalters weit über Deutschland hinaus mehr befruchtet hat als irgendein anderer Nationalökonom: Diese wenigen Beispiele mögen genügen, um zu zeigen, wie Schwaben die Einigung der Nation geistig vorbereitet haben.

Freilich, als es dann politisch soweit war, zeigte man sich in Württemberg, dem Staatsgebilde und Königtum von Napoleons Gnaden, zaghafter. Württembergs erster König Friedrich wollte die süddeutschen Mittelstaaten als Gegengewicht gegen die Großmächte Österreich und Preußen stärken und selbständig erhalten. Er trat dem 1815 gegründeten Deutschen Bund nur widerstrebend bei.

Der schwäbische Demokrat Paul Pfizer dagegen festigte in seinem *Briefwechsel zweier Deutscher* den Gedanken einer Einheit Deutschlands unter Führung Preußens. Seine Ideen wurden von der Nationalversammlung 1849 aufgenommen.

Aber 1850 verbündeten sich die Königreiche Sachsen, Bayern und Württemberg gegen die nord- und mitteldeutsche Union unter Führung Preußens. Auch Friedrichs Nachfolger Wilhelm fürchtete die preußische Vorherrschaft und grollte, als er die preußische Laus im Pelz hatte, nachdem 1850 die von Württemberg umschlossenen Fürstentümer Hohenzollern-Sigmaringen und Hohenzollern-Hechingen mit Preußen vereinigt worden waren. Er wollte lieber unter Habsburg als unter Hohenzollern regieren. König Karl kämpfte 1866 auf Seite Österreichs gegen Preußen. Nach Königgrätz kreuzten die Schwaben zum letztenmal mit Preußen bei Tauberbischofsheim die Klingen, was wenig ruhmvoll endete, denn die Preußen siegten nach kurzem Scharmützel und marschierten in Nordwürttemberg ein. Jetzt schloß die württembergische Regierung ein geheimes Schutz- und Trutzbündnis mit Preußen ab. Zu gleicher Zeit wurde in Württemberg die Deutsche Partei gegründet, eine Vereinigung von Liberalen, die den Beitritt des Königreichs zum Norddeut-

Sind schwäbisch-preußische Ehen Fortsetzungen der Schlacht von Tauberbischofsheim mit anderen Mitteln?

schen Bund betrieben. Dagegen erstrebten die Führer der katholischen Volkspartei einen Südbund, wollten sich jedoch nicht Bayern unterordnen. Die Veröffentlichung des Militärbündnisses und der Beitritt zum Zollverein machten diesen Gegenströmungen ein Ende. 1870 nahm Württemberg als Verbündeter Preußens zur Überraschung Napoleons III. am Krieg gegen Frankreich teil; 1871 billigte der Landtag mit 74 gegen 14 und die Ständekammer mit 26 gegen 3 Stimmen den Beitritt des Bundesstaats Württemberg zum Deutschen Reich.

Das Königreich sicherte sich ein paar Reservatrechte mehr als Baden, ein paar weniger als Bayern. Das Postwesen blieb landeseigen; bis 1902 hatte Württemberg eigene Briefmarken. Kirchen, Schulen, Eisenbahnen blieben württembergisch; die eigene Militärverwaltung wurde gewahrt, und der König behielt sein Recht, Offiziere zu ernennen. Im großen und ganzen aber hatte sich Württemberg fröhlich, klaglos und ohne sich wie der östliche Nachbar allzu viele Extrawürste zu reservieren und ohne der eigenen Staatshoheit bis heute nachzujammern, in das gemeinsame, nicht immer leichte Schicksal eingeordnet.

Auch nach dem Zweiten Weltkrieg strebte das in zwei Besatzungszonen geteilte Württemberg zur Einheit des Landes, zur Gründung des Südweststaats, zur Eingliederung in ein geeintes Deutschland. War es nach dem Ersten Weltkrieg der Nichtschwabe Kurt Schumacher gewesen, der als Redakteur der *Schwäbischen Tagwacht* und als sozialdemokratischer Landtagsabgeordneter einem starken Zentralismus gegen partikularistische Strömungen das Wort redete, so unterließ Württemberg nach dem letzten Krieg die liebäugelnde Spekulation auf einen Donaustaat, der Österreich und die süddeutschen Staaten umfassen sollte und von gewissen französischen Kreisen gefördert wurde. Die beiden Erzdemokraten Gebhard Müller und Reinhold Maier waren es vor allem, die in Württemberg die Wege zum südweststaatlichen und bundesdeutschen Zusammenschluß gegen innere und äußere Widerstände freikämpften.

Ein kurzes Wort sei an dieser Stelle zum Verhältnis zu Frankreich, der Hebamme des württembergischen Staates, gesagt. Während das Volk wenig Konnex mit den Franzosen hatte und selbst die alemannischen Vettern im Elsaß als *Wagges* nicht eben beliebter als die Eidgenossen waren; während das Bürgertum im 19. Jahrhundert den nationalen Phrasen, die sich gegen die *Welschen* und gegen den *Erbfeind* richteten, nicht widersprach, war für die absoluten Fürsten, besonders den Herzog Karl Eugen, der französische Hof das Vorbild, dem man krampfhaft nacheiferte und das man nie erreichte. Ende des 17. Jahrhunderts wußten es die Protestanten brüderlich zu verhindern, daß die Hugenotten in Württemberg aufgenommen wurden, denn als Kalvinisten hatten sie fast ein solches Teufelsgeschmäckle wie die Katholiken. Mehr Kirchlichkeit als Christlichkeit, dieser Wahlspruch galt unter den Protestanten schon immer im Ländle, wobei Christlichkeit und Menschlichkeit zumeist Synonyme, gleichbedeutende Begriffe sind. Aber 1699 fanden fast 3000 aus den Tälern Piemonts vertriebene Waldenser in Württemberg Zuflucht. Sie brachten den Anbau der heute noch wenig geschätzten Kartoffel und der Luzerne mit und bewahrten ihre eigene Kirchenorganisation und ihre eigene Bauernsprache in geschlossenen Siedlungen bis ins letzte Jahrhundert.

Luzerne = Klee nach der Heimat der Waldenser VAL LUCERNA

Ob es die Gäste waren, ob der fast 400jährige Besitz der Grafschaft Montbéliard (Mömpelgard), ob die Bewunderung des Hofes für die französische Kultur, ob die französische Soldateska, die Württemberg immer wieder heimsuchte und brandschatzte: Bis in die jüngste Zeit war das Schwäbische mit französischen Sprachbrocken überschwemmt. Je näher uns die Franzosen rückten, um so mehr verschwanden diese Überreste aus dem Sprachgebrauch. So sagte man *äschtimiere* statt *schätzen;* ein Feuerzeug ist, weil es nur vielleicht (peut-être) funktioniert, schwäbisch-skeptisch ein *Petäterle;* der Bub *geniert* sich nicht, mit dem Mädle zu *poussieren;* und das Häfele hieß vornehm *Potschamber* (pot de chambre).

Ein schwäbischer Schultes (der gute alte Schultheißentitel wurde 1930 durch den farblosen *Bürgermeister* ersetzt) hatte einen Büttel, wie hierzulande der Gemeindediener heißt, der aus dem großen Vaterland stammte. Der machte ihm folgende Meldung: »Also, die Frau Schweinle, die im Untergeschoß wohnt und die sich immer beklagt, weil die Decke ihrer Wohnung so niedrig ist, daß sie nicht einmal ihre Anrichte aufstellen kann, also die lag auf dem Sofa ...«

»Was«, warf der Schultes ein, »am hella Dag liegt dui uffm Sofa! Mer merkt doch glei, daß dui faul Dengere koi Hiesiga isch!«

Und der Büttel fuhr fort: »... und da sah sie, wie draußen die Kinder zum Zeitvertreib ein Waschbecken voll Wasser auf den Gehweg gossen, weil sie auf dem Eis schlittern wollten. Frau Schweinle wollte die Kinder zurechtweisen und ging die Treppe hoch ins Erdgeschoß, dabei kam sie im Flur zu Fall. Glücklicherweise fiel sie aufs Gesäß ...«

Da unterbrach der Schultes den Büttel und sagte: »O ihr Obergscheitla ausm groẞa Vadderland, dui Meldong, dees isch wieder an Exempel, wia ihr net richtich deitsch kennet! Jetzetle bass amôl uff, jetzetle sag i dir, wia mer dees en onserer Hoimetschprôch richtich ausdriggt: Also dui Frau Schweinle, wo em Sudderai wohnt ond sich emmer alteriert, weil der Plaffoh so nieder isch, daß se net amôl ihr Kredenz uffschtella kô, dees faule Mensch isch uffm Schesslo glega ond hôt gseha, wia dia Kender zôm Bassleda [›pour passer le temps‹] a Waschlaffohr uffs Trottwar gleert hen, weil se a Schleifez hen macha wella. Sia hôt dia Kerle Mores lerna wella ond isch d' Schtaffel ens Barderr nuffgschpronga. Em Korridor isch se naghagelt, aber gottseidank bloß uffs Fiedle ... So, Schorsch, wenn mer so deitsch schwätzt, nô vrschtandet oin d' Leit, ond dômit baschta!«

4. Kapitel | Das Bäuerliche

Ob ein Schwabe Minister oder Straßenbahner, Universitätsprofessor oder Monteur ist, man braucht in seiner Ahnenreihe höchstens drei oder vier Generationen zurückzugehen und stößt auf einen Bauern. Dieser Bauer, der in keiner Familie fehlt, ist der Erblasser des praktischen Sinns; der wägenden Bedächtigkeit; der Sparsamkeit, nicht nur mit Geld, auch mit Ehrfurcht und Bewunderung und in der Äußerung von Gefühlen; der Solidität und der Querköpfigkeit, die auch urbane Schwaben mitunter kennzeichnet; der Unfähigkeit, seine Fähigkeiten zu präsentieren, und nicht zuletzt der Wertschätzung des Überkommenen, der Skepsis gegen Neuerungen: »Dô hôt mei Vatter gmiggt [gebremst], ond dô migg i au, ond wenn's da Berg nuffgôht.« Der Schwabe ist eben konservativ. Noch im Jahr 1707 entging, wie Walter Jens berichtet, der Tübinger Student Heinrich Jacob Amend knapp der Strafe lebenslänglicher Haft, weil er angeklagt war, einen Pakt mit dem Teufel geschlossen zu haben. Hauptpunkt der Anklage: Lektüre des Teufelsbuches vom Doctor Faustus.

Das Bäuerliche ist nicht nur das Fundament des schwäbischen Stammes, jeder einzelne Schwabe hat die rustikale Komponente als unmittelbares Erbgut mitbekommen. Auch wenn er nicht Sohn eines Bauern oder Handwerkers ist, so ist er doch in eine Familie hineingeboren, welcher der Lebensstil des Bauern oder Handwerkers nicht fremd ist.

Trolls Vorfahren mütterlicherseits waren Bauern in Ohmden und in Oberkochen.

Zwar ist das Land stark industrialisiert; aber die Industrie, die sich meist aus Handwerksbetrieben entwickelte, hat keine Arbeiterschicht gebildet, der das Bewußtsein bäuerlicher Herkunft verlorengegangen ist. Den Typ des Proleten gibt es nicht und hat es in Schwaben nie gegeben. Bis zum letzten Krieg war der Arbeiter keine seltene Erscheinung, der in der Stadt in die Fabrik ging, auf dem Land wohnte und dort sein *Gütle* bewirtschaftete, bestehend aus einem Acker, einer Obstwiese und einer Kuh.

Der Kleinbauer, der sich hart abrackern muß, gab dem Land das Gepräge. Die Parzellierung, die Aufteilung der Markung, die Dreifelderwirtschaft waren alemannisches Erbe. Nur in Oberschwaben und in Hohenlohe galt das Anerbenrecht, das den Hof ungeteilt entweder dem ältesten oder dem jüngsten Sohn übereignete. In Altwürttemberg dagegen wurde der bäuerliche Besitz bei jeder Erbschaft zerstückelt und verkleinert. Während man in Oberschwaben zur rentableren Viehwirtschaft überging, baute man in Altwürttemberg Getreide, Futterrüben, Kartoffeln an. Die Bauern waren arm, der Besitz war zu klein zum Leben und zu groß zum Sterben. Durch Heiraten innerhalb des Dorfes, bei denen *das Sach* wesentlich und die Liebe unwesentlich war, versuchte man den Besitz zu mehren, die weit auseinanderliegenden Äkker und Wiesle und Baumgütle zu vergrößern. Es gab eine starke Inzucht; bis zum letzten Krieg fand man Dörfer, in denen zwei, drei Familiennamen überwogen. Konservativ und mißtrauisch, wehrten sich viele Bauern gegen die Flurbereinigung. Schwäbischer Individualismus und Argwohn stellten sich auch lange dem Genossenschaftswesen entgegen. Das ist heute allerdings überwunden. Man hat auch auf dem Land erkannt, daß ein Interessenverband mehr einbringt als *oizechtes* Schaffen und Raffen. Aber noch vor einem Jahrzehnt kam es vor, daß der Karle die Milch am Morgen mit dem Mercedes, zu dem ihm der Grüne Plan verholfen hatte, in die Zentrale fuhr und zwei Stunden später das Nanele im Nachbarhaus mit dem Handwagen ihre 20 Liter zwei Kilometer zur Molkerei zog. Sie schaffte es kaum mehr, die Nane mit ihren 84, wer aber glaubt, der Karle sei nicht hilfsbereit, der kennt meine Schwaben nicht. Es bestand da zwar vom Großvater her ein Familienstreit, es soll ein versetzter Markstein gewesen sein, die Väter haben deshalb nicht miteinander geschwätzt, aber heute war der Streit fast und sein Grund ganz vergessen, und so hatte der Karle dem Nanele mehr als einmal angeboten, ihr bißchen Milch mit in die Molkerei zu fahren, aber die Nane hatte immer mit dem Kopf gewackelt und gesagt: »Solang mer no schaffa kô, soll mer's au do.« Der Karle meinte, die Nane sei wegen der alten Familiengeschichte so stolz (denn der Begriff *stolz* deckt sich im Schwäbischen oft mit der Demonstration eines fast selbstmörderischen Starrsinns), aber auch der kennt die Nane schlecht, denn die dachte in urschwäbischem Mißtrauen: »Wer weiß, was der Kerle mit meiner Milch macht!« »Dô isch nix z' machet!« heißt eine der beliebtesten schwäbischen Redewendungen, und wenn dieser Satz gesagt ist, dann ist ein Sachverhalt für alle Zeiten fixiert, mögen sich diese auch ändern und mag er sich auch noch so sehr wider die Vernunft und wider die eigenen Interessen wenden. Wer aber glaubt, das Nanele sei eine Erfindung des Autors, mit welcher er Schaffigkeit, Zähigkeit und Mißtrauen seiner Landsleute bildhaft darstellen wolle, der irrt sich, denn ich habe sie oft in meinem Auto mitgenommen, wobei sie mich, auf alles gefaßt, nicht aus dem Auge ließ – wer weiß, ob der Kerle kein Mädchenhändler ist, der einen an die Heiden verschachert!

"Ye größer Narr, ye größer Stolz." (Seb. Franck)

Die Armut der Bauern war ein fruchtbarer Boden für die Reformation und für den Pietismus. In der Reformation hoffte man auf eine soziale Besserung; durch Luthers Lehren wurde auch der Ärmste ohne Mittler der Gnade teilhaftig; und der Pietismus brachte die Hoffnung, daß dies irdische Jammertal nichts als eine Prüfung sei, nach der man in ein Land eingehe, in dem es keine Armut und keine Plackerei mehr gebe. In den Bauernkriegen mißglückte der Versuch, dem Bauernstand wie dem Adel und dem Bürgertum einen Einfluß auf die Staatsführung zu verschaffen. Der Dreißigjährige Krieg rottete ganze Dörfer und Landstriche aus, aber auch nach diesem Krieg blieb die Form des kleinbäuerlichen Betriebs erhalten. Noch im letzten Jahrhundert waren

Landwirtschaft, Weinbau und Handwerk in Schwaben vorherrschend. Große Städte fehlten, die Verbindung von Stadt und Land war fließend. Um wenigstens einem Kind den Zugang zu den »besseren Ständen« zu ermöglichen, schickte mancher Bauer den Sohn auf eine der vielen Lateinschulen, damit er ein Beamter oder Buchhalter werden könne; dieser entwickelte dann den Ehrgeiz, die Töchter gut zu verheiraten und die Söhne entweder Handwerker werden oder sie studieren zu lassen, wobei es dann passieren konnte, daß ein Theologe sein Studium nicht beendete, sondern in eine Weinwirtschaft einheiratete – eine Verbindung, die fast immer recht ersprießlich war. So bildete das Bauerntum den Nährboden für den breiten schwäbischen Mittelstand, der weder eine Gesellschaft noch ein Proletariat aufkommen ließ. Dieses von bäuerlichen Ahnen und Anverwandten gestützte und durchsetzte Bürgertum war ein gesunder demokratischer Humus, auf dem die eingeschwäbelte Akademikerschicht und das patriarchalische Unternehmertum gediehen.
Sieht man von der Armut der Bauern ab, so hatte Schwaben immer eine gesunde Wirtschaft und eine ausbalancierte Volkswirtschaft, die auch in Krisenzeiten nicht anfällig waren. Radikale Strömungen gediehen nur im Untergrund. Die *Roten* waren nur rosa; weder in der SPD noch in der KPD dominierten Schwaben. Prototyp des schwäbischen Sozialisten, obgleich in Hessen geboren, aber schon in jungen Jahren in Württemberg akklimatisiert, war der ehemalige Landtagspräsident Wilhelm Keil, ein besonnener, maßvoller, bedächtiger und urdemokratischer Mann, der in allen Schichten der Bevölkerung und in allen Parteien ein hohes Ansehen als Veteran der Arbeiterbewegung genoß. Die schwäbischen Kleinbauern wählten in der Weimarer Zeit vorwiegend den »Württembergischen Bauern- und Weingärtnerbund«, der im Landtag eine starke Fraktion bildete, auch im Reichstag vertreten war und sich dort den stockkonservativen Deutschnationalen anschloß. Nach dem letzten Krieg hatte die FDP, die sich in Württemberg DVP (Demokratische Volkspartei) nannte, in protestantischen ländlichen Bezirken viele Wähler. Ihr Erzvater Reinhold Maier war ein politischer Liebling der Bauern und Weingärtner aus dem Remstal, was er mit der Gegenliebe zu den Produkten

des Remstäler Weinbaus vergalt. Im letzten Jahrzehnt verließen die Konservativen die F.D.P. Die wahrhaft Liberalen blieben und bewahren die Reste jenes Liberalismus, der jedoch entgegen der allgemeinen Meinung in Baden von jeher besser gedieh als in Württemberg.

Bäuerlich am Schwaben ist sein geringes Mitteilungsbedürfnis. Wobei sich, wie stets bei der Charakterisierung dieses widersprüchlichen Volksstammes, das übliche *Ja, aber* anschließt. Die erste Zeitung der Welt ist 1609 in Augsburg erschienen. Das im schwäbischen Siedlungsraum gelegene Rorschach bestreitet das allerdings seit neuestem: Hier soll die erste periodische Zeitung schon 1597 herausgekommen sein.

Ein schwäbischer Bräutigam kommt am Hochzeitstag mit vier Worten aus. Wenn er der Braut auf die Schuhe tritt, sagt er: »Hoppla!« Vor dem Altar ein gedehntes: »Jô.« Angesichts der Hochzeitstafel händereibend: »Sodele!« Und wenn er dann am Abend die Hosenträger abstreift: »Etzet!« Was auf honoratiorenschwäbisch *Jetzetle* hieße.

Bäuerlich ist auch das Arbeitsethos. Eine Insassin des Stuttgarter Dreifarbenhauses, in dem das Gunstgewerbe kaserniert ist, nahm drei Wochen Urlaub. Aber schon nach acht Tagen kam sie wieder zurück und erklärte: »Wenn mer nix schafft, kommt mer bloß uff domme Gedanka.«

Bäuerlich am Schwaben: Er ist *oizecht,* ein Eigenbrötler, ein Einzelgänger, ein Individualist. Die Zunge scheint ungelenk, das Höfische und das Höfliche sind ihm fremd, Höflichkeit als äußere Form liegt ihm nicht. Der bäuerliche Hang zur Unabhängigkeit geht bisweilen so weit, daß verbindliche Umgangsformen als Anbiederungsversuche gewertet werden und deshalb anrüchig sind. Ich kenne Schwaben, welche die gesellschaftliche Etikette vollendet beherrschen, sie aber nur sparsam anwenden, weil sie meinen, sie widerspreche der schwäbischen Kernigkeit.

Der Schwabe ist bäuerlich schlau. Wo er sein Ziel nicht mit Dickköpfigkeit auf geradem Weg erreicht, da scheut er einen Umweg nicht, um zu seinem *Sach* zu kommen. Er hat einen realistischen Sinn, der unerschrocken allen Möglichkeiten ins Auge blickt, um gegen sie gewappnet zu sein. »Wia schtôht's, Herr Dokter«, fragt die Frau eines kranken Weingärtners, »gibt's uff da Sonntich a Leich?« Wobei eine Leich im Schwäbischen – »I gang uff d' Leich« – soviel wie Beerdigung bedeutet.

Aber bei aller Wertschätzung des Bauern gibt ihm der städtische Vetter auch gern eins auf den Deckel, schwäbisch auch *Däz* (vom französischen *tête*) genannt. »Warum ist auf dem Land die Luft so gut?« – »Weil die Bauern nie ein Fenster aufmachen.«

In der Sprache ist das bäuerliche Erbgut noch lebendig. Zahllose Redensarten weisen auf ländliche Herkunft hin. Nutz und Unnutz des Viehs haben sich bis heute auch in der städtischen Umgangssprache erhalten: »Dr Ochs gibt koi Milch«, »Mer muaß melka, solang d' Kuah Milch gibt« oder, noch unumwundener, »Airscht melka!«, wie das Prinzip euterfixierter Arbeitgeber hieß. Man geht vor Zorn *uff dr Sau naus.* Der Nutzwert eines Schweins oder einer Kuh wurde für den armen Schwarzwälder Bauern durch den Nutzwert des Sommergastes übertroffen. »Hen Sia au no Saua?« – Noi, mir hen jetzt Kurgäscht.« Als sich ein solcher beschwerte, daß er unhygienisch über dem Saustall schlafen müsse, entgegnete der Gastgeber: »Worom? Mir isch no nia a Sau verreckt!«

Der Hopfen wiegt nicht viel, deshalb heißt die Steigerung von leicht *hopfa-*

leicht, in der Schulsprache heute noch *hupfig*. »Dees isch dem a gmähts Wiesle«, sagt man von einem, der etwas bekommt, was ihm nur Vorteile bringt, weil die Vorarbeit von anderen geleistet worden ist. Und wenn Zumutungen nicht mehr erträglich sind: »Etzt isch gnuag Heu honta.« Christian Wagner, Bauer und Dichter, gebraucht die herrliche Metapher vom Ausspannen der Pferde in der Klage über den Tod Frischlins:

Laß das Trauern!
Von des Leibes Banden ausgeschirrt,
Seine Seele nun als Falter irrt
Ob der Mauern.

Aber auch das Sexuelle wird in rustikalen Bildern ausgedrückt. Wer unter einer beiderseits enttäuschenden Ejaculatio praecox leidet, *ladet vor dr Scheier ab*. Das brutale Wort *bumsen* wird partnerschaftlich durch den Ausdruck *mit oinera ens Äpfelschittla* oder *uff d' Zwetschgasuach ganga* ersetzt. Fast noch schöner als das französische *faire l'amour*, allerdings maskulin dominant, ist die geradezu poetische Bezeichnung *oinera 's Bronnawiesle mäha*.

Um das Bäuerliche, Naturverbundene zu illustrieren, um zu zeigen, wie in einem liebenswürdigen Schwaben Weltweite und Bodenständigkeit in harmonischer Mischehe leben können, sei hier noch ein Dialog wiedergegeben, den ich Hermann Leins verdanke. Der verstorbene Inhaber des Rainer Wunderlich Verlags erholte sich in einem ländlichen Hotel und traf dabei auf einen ebenso originellen wie rechtschaffenen und tüchtigen Schwaben, dessen Industrieprodukte in alle Welt gehen und genauso bekannt und solid sind wie sein eigener Wein. Dieser Mann flüchtete vor einem Pfarrer, der mit einem von mindestens drei Dekansgenerationen abgegriffenen und speckigen Halmaspiel einen Partner suchte, an den Tisch von Hermann Leins. Der studierte gerade die täglichen Kassenrapporte seines Verlags mit schwäbischer Intensität. Der Mann stellte sich vor, und folgendes Gespräch hob an:

Ich habe T.T. gefragt, wer dieser prächtige schwäbische Unternehmer sei. Und er hat es mir verraten: der alte Eisfink aus Asperg, der inzwischen gestorben ist und der einst auf dem Traifelberg T.T. manche Geschichte für dieses Buch erzählt hat.

»Wia lang send Sia scho dô?«
»Vierzehn Tag.«
»So, vierzeah Dag! Dô ben i grad en Auschtralje gwesa. Send Sia au scho amôl en Auschtralje gwä?«
»Nei.«
»Aber Sia kennet doch sicher dia Linie iber Bombay, dia isch doch om fuffzich Mark billicher wia dui iber Bangkok.«
»So?«
»I han eigentlich gar net nomwella. Aber en Neiseeland han e a Fabrikle eirichta miassa. Send Sia scho amôl en Neiseeland gwä?«
»Nei.«
»I han denkt, guggsch selber drnôch, sonscht machet dia Kerle bloß Bledsenn. Wi-e dô nô fertich gwä ben, han e uff d' Kart guggt ond gseha: Narr, dô isch's jô gar net weit nôch Auschtralje nom. Wisset Se, dô han i nemlich en Sidnei an Vertreter, ond dem Kerle sott mer a bißle uff d' Fenger gugga, er isch nemlich katholisch. Sia send doch net katholisch?«
»Nei.«
»Nô ben e halt gschwend nomgfloga nôch Sidnei, ond glei vom Flugplatz aus han e sellem Kerle telefoniert. 's isch am Samschdich gwesa, ond dô hen dia gesagt, er sei scho seit Freidich em Weegend ond komm erscht am Mondich wieder. Drom kommet dia Kerle au uff koin greana Zweig! Nô han e gsagt, saget ehm doch Bscheid, daß i mit ehm schwätza muaß, er soll gfellichscht ausm Weegend zrickkomma. Nô hen dia bloß glacht. Er sei achthondert Kilometer weit weg em Busch. Wisset Se, dees isch so weit wia Markgrenenga von Hamburg. Sia send no nia en Auschtralje gwesa?«
»Nei.«
»Wisset Se, dees send au koine sottiche Bisch wia dô om da Traifelberg rom – sondern halt auschtralischer Busch. Dô wachst fei nex anders. Jetzetle isch aber koi Flugzeig zrickgfloga, ond i han da ganza Sonndich en Sidnei romhocka miassa. Send Sia scho amôl am Sonndich en Sidnei gwesa?«
»Nei.«

»Dô hen Se aber Glick ghet. Wi-e also dô ghockt ben, han e denkt: Karl, du bisch doch an Allmachtsbachel; jetzt hocksch du am Sonndich en Sidnei rom, ond drhoim sott mer d' Beem [die Bäume] schpritza!«

Diese Anekdote ist inzwischen schwäbisches Erzählgut geworden. Als aus diesem Buch eine Fernsehreihe gemacht wurde, hat sie Willy Reichert als eine seiner letzten Anekdoten erzählt. Ich habe ein paar Dutzend Postkarten von Lesern bekommen, die *sonntichs en Sidnei gwä send* und die dieser Geschichte widersprachen oder ihr zustimmten. Der Germanist Gero von Wilpert las sie seinen Studenten im germanistischen Oberseminar der Universität Sydney vor, und sie protestierten dagegen.

Als ich vor der widerwärtigen Sympathisantenhatz im Herbst 1977 in die Karibik floh, um eine Weile kein Deutsch mehr zu hören, und früh um halb sieben ins Meer stieg, bemerkte ich als einziges Lebewesen außer den fliegenden Fischen eine Frau, die sich, als sei sie im Mineralbad Neuner, abkühlend mit dem lauwarmen Wasser bespritzte. Sie sagte: »Gell, ond drhoim sollt mer d' Beem schpritza.« Schließlich flog Barbara mit der Expedition Herbert Hajeks zur Einweihung von dessen Platzmal in Adelaide nach Australien und telefonierte am Sonntag aus Sydney, sie verspüre keinerlei Lust, Bäume zu spritzen. Da packte mich die Neugier, und ich nahm den Internationalen PEN-Kongreß in Sydney zum Anlaß, selber sonntägliche Gefühle zu registrieren. Ergebnis: An zwei herrlichen Sommertagen kurz vor Weihnachten verspürte ich keine Lust, den Christ- oder irgendeinen anderen Baum in Hinterrohrbach zu sprenzen. Aber ich verstand auch den Landsmann aus Asperg: Es gibt halt sottiche ond sottiche Schwaben.

Mein Kollege KNITZ hat festgestellt, daß es in Stuttgart innerhalb des Stadtgebiets über 1000 Bauernhöfe gibt. Auf den Stuttgarter Feldern wachsen: Weizen, Dinkel, Roggen, Gerste, Hafer, Mais, Erbsen, Bohnen, Kartoffeln, Gemüse (Filderkraut!), Raps, Mohn, Flachs, Tabak.

5. Kapitel | Die Herren

An wen hat er da wohl gedacht? (der Troll).

»Wer straft die Obrigkeit, die nichts dem Untertan, sich selber alles verzeiht?«

DER AUF DEM ASPERG EINGEKERKERTE TÜBINGER OBERAMTMANN JOHANN LUDWIG HUBER

»Schwaben hat elegant alle Tyrannen überlebt, seit die Römer das Land der Sueben besetzten, und eine hart arbeitende, dickschädelige Bevölkerung mit einer Neigung zu dichterischer Phantasie hervorgebracht.«

LIFE INTERNATIONAL

Wie so vieles im Schwäbischen ist auch der Begriff *Herr* changierend. Da sich die höheren Stände dauernd aus allen anderen Ständen ergänzten; da es kaum ein Dorf, kaum eine Familie ohne ein Mitglied gab, dem sich mit Hilfe der vielen oft unentgeltlichen Bildungsmöglichkeiten eine akademische Laufbahn öffnete; da nicht selten ein Bruder Handwerker, der zweite Bauer, der dritte Pfarrer, der vierte im Staatsdienst war, blieb der Austausch zwischen den sozialen Schichten fluktuierend. So war der Bruder des Astronomen Johannes

Kepler Flaschnermeister. Als Mutter Kepler als Hexe angeklagt war und die Familie das Brennholz für den Ofen des Kerkers und den Wärter bezahlen mußte, war der damals schon weltberühmte Astronom zu jedem Opfer bereit und bezahlte zwei Jahresgehälter, während Bruder Klempner über das viele Geld, das die Mutter koste, empört war und um sein Ansehen bangte.

In Württemberg bildete sich keine Herren-, aber eine Führungsschicht, die sich zu Anfang dieses Jahrhunderts schon in gewissen Tübinger Verbindungen formierte: bei den »Germanen« die Juristen und Mediziner, bei den »Roigeln« und der »Stuttgardia« die höheren Verwaltungsbeamten, bei den »Normannen« die Theologen und Pädagogen, in der katholischen »Guestfalia« die für die Regierung Prädestinierten. Das hat sich in unseren Tagen allerdings radikal verändert. Die Verbindungen haben keine Bedeutung mehr. Heute kommt es für die Laufbahn im Staatsdienst weniger auf Verbindungen durch die Verbindung, mehr auf Fehlen von *Erkenntnissen* an. Unter diesem euphemistischen Wort tarnen sich nachrichtendienstlich fixierte Beobachtungen, Vermutungen, Verdächte, daß der Bewerber nicht auf dem Boden der Effdegeo (freiheitlich-demokratischen Grundordnung) stehe. Deshalb rate ich jedem dem Staatsdienst zustrebenden Landsmann, Dinge zu unterlassen, die seinem Fortkommen hinderlich sein können. Also: Niemals an einer Demonstration teilnehmen gegen Kernwaffen oder Kernenergie, gegen Entmündigung von Studenten und Professoren oder gegen Folter in diktatorisch regierten Staaten. Niemals den Verkauf von sogenannter *linker Literatur* (Marx, Luxemburg, Bloch, Adorno, Marcuse) organisieren oder tätigen. Niemals Umgang oder gar Briefwechsel pflegen mit sogenannten *linken Anwälten* oder *Sympathisanten* wie den Nobelpreisträgern Willy Brandt oder Heinrich Böll, aber auch Luise Rinser oder Peter Chotjewitz. Sich nie in nonkonformistischen Gruppen wie Spartakus, Jungsozialisten, Jungdemokraten, selbst der Jungen Union, soweit deren Angehörige nicht als Jubelperser fungieren, engagieren.

Ob ihm das erst jetzt aufgegangen ist? Das war in älteren Auflagen nicht drin! Gell, die gute alte Zeit......

Doch nach diesem Ausflug in die heile Gegenwart zurück in die unheile Geschichte.

Die Herrenschicht des württembergischen Adels war am Hof ohne Bedeutung. Dort hatte die Honoratiorenschicht der Geistlichen und der höheren Beamten zunächst größeren Einfluß. Der württembergische Landadel verarmte zu einem großen Teil im 15. Jahrhundert und verdiente vor allem am Fremdenverkehr, indem er reisenden Kaufleuten auf den Handelsstraßen nach Nürnberg und nach Augsburg auflauerte. Götz von Berlichingen war nicht ganz so ehrenwert, wie Goethe ihn literarisch nobilitiert hat. Der größte Teil des Adels war reichsunmittelbar. Die Reichsritter regierten zwerghafte Territorien und führten ein bedeutungsloses Sonderdasein. Ein Teil von ihnen wurde im Bauernkrieg 1525 zu Weinsberg durch die Spieße gejagt, ihre Schlösser und Burgen zerstört. Andere, wie die Urach, Stauffenberg, Adelmann, Reischach, Leutrum, Beroldingen, Gemmingen, Weiler, Bentzel-Sturmfeder, Varnbüler und Stetten, erfreuen sich heute noch Ansehens und ererbten Besitzes.

Da wird's halt auich sottiche ond sottiche gehen ...

Der Schwabe respektiert mehr die erworbenen Titel als die ererbten. Die Achtung vor dem Titel schlägt bei den Schwaben manchmal so über die Stränge, daß sich selbst zwei Doctores untereinander mit dem Titel anreden. Und es gibt eine Frau Oberforschtrat und eine Frau Minischterialdirigent, womit anerkannt wird, daß es auch diese Damen zu etwas gebracht haben, nämlich zu einem studierten Mann. Vor Jahren titulierten sich in Neresheim bis zu ihrer Pensionierung nicht nur die beiden einzigen Amtsrichter, sondern auch deren Frauen mit *Frau Oberamtsrichter* und *Frau Amtsgerichtsrat.*

Alle paar Jahre kam ich in eine Wirtschaft in Kleinaspach, und jedesmal setzte sich die alte Wirtin an den Tisch, begann ihre unförmigen Beine frei zu machen, meinen Schauder nicht bemerkend, und forderte: »Herr Dokter, jetzt gucket Se doch bloß amôl meine gschwollene Fiaß a ond saget Se mr ebbes drgega!« Mein Einwand, ich sei ein Doktor der Philosophie und nicht der Medizin, wurde mir nie abgenommen. Denn ein schwäbischer Doktor muß in den Augen des Volkes eben den Ranzen, den Möckel, den Zinken und die Füße kurieren können.

Trotz dieser Titelitis, von der selbst die Betitelten und nicht zuletzt die Unbetitelten, soweit sie mit den Betitelten verheiratet, befallen waren, ist der Schwabe alles andere als devot oder servil. Er hat ein gesundes demokratisches Selbstbewußtsein. »Puh, wie das s-tinkt!« sagte eine Professorengattin, als es in Tübingen noch keine Kanalisation gab und die Weingärtner als gesunde Gabe für ihre Weinberge die Gruben leerten. »Han i dees gschissa oder Sia?« war die grobe, aber sprachlich feine, da in eine rhetorische Frage gekleidete Antwort. Trotzdem: Der Schwabe hat auch ein natürliches Gefühl für Distanz. Als das Eierweible zur Frau Pfarrer kam, um ihr wie jeden Morgen frische Eier zu bringen, sagte die Frau Pfarrer in ihrem singenden Honoratiorenschwäbisch: »Wie nett, daß Sie kommet! Denket Se bloß, heit nacht hat's mir von Ihne traimt.« Und das Eierweible, dem das zuviel der Ehre war, abwehrend: »Om 's Hemmels willa, Frau Pfarrer, dees wär doch eigentlich mei Pflicht ond Schuldichkeit gwä!«

Doch kehren wir zurück zu dem Wort *Herr*. Den *Herren* nannte das schwäbische Dienstmädchen alter Art ihren Dienstherren, zusammen mit *der Frau* war es *die Herrschaft*. Aber solche patriarchalischen Beziehungen sind zusammen mit den Dienstmädchen ausgestorben. Der Ausruf »Herrschaft!« ersetzt unter gebildeten Schwaben einen Fluch.

Herren waren die Tübinger Studenten für die Bewohner der unteren Stadt, aber oft wurde dieser Herrenbegriff ironisch zum *Herrle* verkleinert. *Heierle* heißen heute noch die katholischen Geistlichen. Von unten herauf gesagt ist es, wenn Schwaben von der Regierung als »dene Herra dô droba en Schduagert« sprechen.

Man sagt: »Ich gehe zu Pfleiderers«, wenn Pfleiderers sozial gleichrangig sind. Aber man geht »zu's Herr Dekans«, wobei die beiden einen Genitiv andeutenden *S* (zu des Herrn Dekans Familie) bemerkenswert sind, denn im Schwäbischen gibt es diesen Fall nicht. Er wird stets mit dem Dativ umschrieben. Also nicht die *Geliebte des Onkels*, sondern *am Onkel sei Menschle*. (Wenn ein schwäbischer Onkel sich einer solchen Eskapade zu erfreuen getraute.)

Die Beamten, Humanisten, Theologen, die sich einflußreich bei Hofe bewegten, waren gebildet, aber höfisch wurden sie selten. Feudale Sitten, die das Bürgertum übernommen hat, wie den Handkuß oder die Anrede *Gnädige Frau*, fallen dem Schwaben schwer. Die preußische Unterscheidung zwischen den Herren Offizieren, die zu befehlen, und den Männern, die zu gehorchen hatten (»Bitte drei Männer zur Bedienung der Herren«, hörte ich einmal), klingt für schwäbische Ohren aufreizend. Der höchste Ehrentitel, den der Schwabe zu vergeben hat, das ist die Bezeichnung *a reachter Mô. A reachter Mô* (der Ton liegt auf dem Adjektiv): Das ist ein rechtschaffener, Recht schaffender und recht schaffender Mann. *A reachter Mô:* Dieses bürgerliche Ritterkreuz hängte wohl jeder Schwabe seinem letzten König Wilhelm II. bereitwillig um.

Den Begriff Dame aber gibt es bezeichnenderweise im Schwäbischen fast überhaupt nicht. In städtischen Bädern kannte man keine Lokalitäten für *Damen* und *Herren,* nur für *Männer* und *Frauen.* »A feine Dam« – das ist arg geschwollen und gibt Anlaß zu Mißverständnissen. So bei jener hübschen Handwerkerstochter, die im an Pfarrerswitwen reichen, an hübschen jungen Mädchen aber relativ armen Tübingen zu einer namhaften Verbindung eingeladen war. Sie wurde am anderen Morgen von der stolzen Mutter gefragt: »Bisch von dene Herra au äschtimiert worda?« Strahlend erwiderte die Tochter: »Ond wia! Dreimôl sogar. Zwoimôl em Garta ond oimôl uff dr Kegelbah.«

Das verstieße aber sehr gegen den Comment. Und ob sich das eine schwäbische Bürgerstochter gefallen ließe?

Dieses Volk von Individualisten, Eigenbrötlern, Käuzen, Bruttlern, Sinnierern und Sektierern; dieses Land, wie kein anderes mit reichsunmittelbaren Ritterschaften und Reichsstädten gesprenkelt, wobei Reichsstädte wie Ulm, Esslingen und Heilbronn weit bedeutender waren als Stuttgart, von wem wurde es regiert? Wer waren seine Herren? Erreichte einer von ihnen die Größe des Stauferkaisers Friedrich II., war einer von ihnen eine so starke, geistig rege Persönlichkeit wie dieser bedeutendste Herrschersproß schwäbischer Abstammung, dem das Reich so viel zu verdanken hatte?

Da gibt es eine Fürstenbiographie *Württembergs geliebte Herren,* 1821 von Karl Pfaff geschrieben, mit einem trefflichen Vorwort von Peter Lahnstein in den sechziger Jahren neu herausgekommen. Eine Galerie von Souveränen, die vom ersten bis zum letzten Herzog reicht, von Eberhard im Bart bis zum nachmaligen König Friedrich, zwei markanten Erscheinungen der württembergischen Dynastie. Wer die Lebensläufe dieser Regenten liest, der stellt fest, daß Württembergs Herren so bunt, schillernd, kompliziert, widersprüchlich wie der Stamm waren, den sie regierten. Schon die farbigen Porträts zeigen es. Da gibt es den weisen Patriarchen, den gezierten Playboy, den besinnlichen Gelehrten, den untersetzten Duckmäuser, den leutseligen Sinnierer, den debilen Säufer, den aufgeklärten Reformer, den kahlköpfigen Gernegroß, den martialischen Feldherrn, den selbstbewußten Tyrannen, den freundlichen Genießer, den finsteren Despoten, den idealistischen Jüngling, den aufgeputzten Sonderling und den gütigen Landesvater. Aber auch ihre Lebensläufe sind außerordentlich, sind kurios. Peter Lahnstein sagt von ihnen: »Wir stellen mit Verwunderung fest, daß man keinen von ihnen als ›normal‹, als ›ordentlich‹ bezeichnen kann – außerordentlich erscheinen sie insgesamt.«

Freilich mag es nicht nur an ihnen gelegen haben, sondern auch an den bewegten Zeiten, an den unbequemen Untertanen, an der Lage des kleinen Landes, das zwischen den Mahlsteinen der Mächtigeren zerrieben zu werden ständig bedroht war, daß ihre Lebensläufe so widersprüchlich, so gebrochen wie das Wesen des schwäbischen Stammes erscheinen. Greifen wir nur ein paar davon heraus und beginnen wir mit der Ausnahme:

Eberhard, der mit dem Barte, Württembergs geliebter Herr, der sich wie kein anderer deutscher Fürst rühmen durfte, daß er »sein Haupt kann kühnlich legen jedem Untertan in Schoß«, wie Justinus Kerner ihn besungen hat, was, hätten die Schwaben einen Gusto für so etwas wie eine Nationalhymne, zweifellos zu dieser erklärt worden wäre. Dieses »preiswürdige Muster-Bild für jeden teutschen Fürsten« gab seinem Land eine geordnete Verwaltung und kluge Gesetze. Er gründete die Universität Tübingen. War das Land 1442 im

Vertrag von Nürtingen unter die Häuser Württemberg-Stuttgart und Württemberg-Urach aufgeteilt worden, so vereinigte der Uracher 1482 die beiden Landesteile und fixierte die Unteilbarkeit im Vertrag von Münsingen. Nach einem kurzen Interregnum eines beschränkten Vetters folgte die Renaissancefigur des Mordbuben Herzog Ulrich, der die Reihe der württembergischen Regenten anführte, die unschwäbisch über ihre Verhältnisse lebten, einen prächtigen Hof hielten und rauschende Feste gaben, so daß sie ihre drückenden Schulden auf das aufmuckende Volk abwälzen mußten. Ulrich ermordete seinen Stallmeister Hans von Hutten, weil er ein Auge auf dessen Frau geworfen hatte. Er wurde vertrieben, kam in die Reichsacht und führte nach seiner Rückkehr die Reformation in Württemberg ein.

Ganz anders sein Sohn, der Herzog Christoph. Er besaß staatsmännische Begabung und ein bedeutendes Organisationstalent und »arbeitete allein so viel, daß zwei oder drei fleißige Personen damit genug zu schaffen gehabt hätten«. Seine rastlose Tätigkeit und seine landesväterliche Fürsorge verschafften ihm Beliebtheit und Nachruhm.

Fast anderthalb Jahrhunderte nach ihm: Herzog Eberhard Ludwig. Er überließ ein Vierteljahrhundert lang seiner Mätresse Wilhelmine von Grävenitz die Herrschaft. Er führte zunächst eine Nebenehe mit ihr, die dann aber für nichtig erklärt wurde, weil Geistlichkeit und Volk sich empörten. Dann verheiratete sie der Herzog mit dem verschuldeten Grafen Würben, der zum Landhofmeister ernannt wurde, aber sofort das Land verlassen mußte. Nun hatte die Grävenitz einen Titel. Als Frau Landhofmeisterin wurde sie Regierungschef, hatte die absolute Vollmacht und beherrschte das Land und den Fürsten, lebte vom Ämterverkauf und nahm ihren Gönner so aus, daß er sie anpumpen mußte. Für sie erbaute der Herzog Stadt und Schloß Ludwigsburg. Vielleicht um das Odium einer Mätressenabsteige vergessen zu machen, sind die Ludwigsburger ein besonderer Schlag von nüchternen und preußischen Schwaben. Als ihre Sippschaft gemästet und das Land bankrott war, wurde die »Landesverderberin«, von welcher der Chronist Pfaff maliziös berichtet: »Was Natur und Zeit ihr an Schönheit entzogen hatten, ersetzte sie

so hat ihn Peter Lahnstein genannt.

Galant war ihr Galan allerdings nicht. Laut einem Sitzungsprotokoll wagte er anzuordnen: »Man schaffe den Mensch herbei, daß die Sitzung beginnen kann!«

Sie war aber eine Badenerin: die Markgräfin Elisabeth von Baden-Durlach.

durch feinste Koketterie«, von Husaren über die Grenze gejagt, und der Herzog kehrte zu seiner Gemahlin zurück, die mit schwäbischer Standhaftigkeit ein Vierteljahrhundert lang ihren legitimen Platz im Stuttgarter Schloß verteidigt hatte. Grund der Rückkehr: Der Erbprinz, sein einziger Sohn, war gestorben. Die eheliche Versöhnung fand statt, damit ein neuer Erbprinz verhindere, daß das Ländle in katholische Hände falle. Der Produktionsplan konnte aber nicht eingehalten werden. So wurde der Konvertit Vetter Karl Alexander 1733 Herzog.

Schillers despotischer Gönner Karl Eugen machte aus der Hohen Karlsschule eine Universität, die von seinem sparsamen Nachfolger allerdings wieder aufgehoben wurde, an der vorzügliche Lehrer humanistische Bildung mit modernen Erkenntnissen zu verbinden wußten. Karl Eugen hielt sich zahllose Mätressen und engagierte italienische und französische Tänzer und Sänger, die für jeden Auftritt ein halbes Vermögen bekamen. So der Pariser Tänzer Vestris für die Karnevalssaison sechstausend Gulden, während der brave Kaspar Schiller, Vater des Dichters, als Offizier sein schmales Jahresgehalt von dreihundert Gulden nur unregelmäßig auf devotes Bitten hin erhielt. Schon damals erfreute sich Stuttgart einer bedeutenden Oper und eines erstklassigen Balletts. Noverre, der Erneuerer des Balletts, hatte es ein paar Jahre unter sich. Aus dem Ballettkorps und aus den Töchtern des Landes, wobei die Degerlocherinnen bevorzugt wurden (denn vom Schloß Hohenheim aus gesehen waren sie nicht weit her), rekrutierte der Herzog auch seine Geliebten. Um sich auch finanziell Anspruchsvolle leisten zu können, verkaufte er seine Landeskinder als Soldaten. Unter dem guten Einfluß seiner Geliebten und späteren Gattin Franziska von Hohenheim entwickelte sich Karl Eugen aber doch noch zu einem umsichtigen Landesvater, nachdem er dem frommen Fränzele zuliebe, die sich durch die Liebschaft mit dem Herzog im Stande der Sünde fühlte, an seinem fünfzigsten Geburtstag ein Sündenbekenntnis von den Kanzeln des Landes hatte verlesen lassen. Historiker bezweifeln allerdings, daß dieses Bekenntnis mehr gewesen sei als ein geschickter politischer Schachzug. In Heinrich Laubes Drama *Die Karlsschüler* sagt der Herzog

Drum sind alle alten Degerlocher eigentlich von Adel (VONSEN)

Erschrieb sich aber mit C also: Carl Eugen.

zum jungen Schiller: »Das Publikum verderben, verwirren, aufrühren, das allein könnt Ihr mit Euren wüsten Phantastereien, und das Handwerk soll Euch gelegt werden.« Solche Ansichten sind heute noch im Ländle herrschend und erklären die besonders rigide Handhabung des Radikalenerlasses. Friedrich I., König von Napoleons Gnaden, war eine starke Persönlichkeit, die alle Macht an sich zog, eine preußisch-zentralistische Verwaltung des auf das Doppelte gewachsenen Landes einführte und ganz absolutistisch regierte, wobei es ihm gelang, die historisch so heterogenen neuen Landesteile fest und rücksichtslos einzugliedern.

Und schließlich, seine Dynastie zum Abschluß fast verklärend, der letzte württembergische Herrscher, Wilhelm II., ein beliebter, umsichtiger und gütiger Landesvater, von den Hohenzollern als Demokrat verachtet, von seinem Volk geliebt. Als er 1891 den Thron bestieg, neben Reinhold Maier der liberalste Landesvater, den Württemberg je besaß, brach im Ländle die große, nie wieder erreichte Zeit des Einvernehmens zwischen Macht, Geist und Kunst an. Es gab keine sozialen Spannungen, keine Vorherrschaft des Militärs, die Reichen lebten bescheiden und kultiviert, die Arbeiter konnten sich ungehindert in Gewerkschaften organisieren, es gab keine Sozialistenverfolgung. Unter Wilhelm II. funktionierte die Demokratie wie nie zuvor und selten danach. Das Ländle war einmal nicht vom Mittelmaß beherrscht wie früher in der Despotie, später in der Diktatur und leider zuweilen auch in der Demokratie. Wie Graf Eberhard, der erste Herzog von Württemberg, kann auch Wilhelm II., der letzte König, für sich den Titel *Württembergs geliebter Herr* beanspruchen. Auch sein Haus steht noch in hohem Ansehen. Ein entfernter Verwandter, der Herzog Albrecht, wäre sein Nachfolger geworden, und auf ihn wäre der vor kurzem verstorbene Herzog Philipp Albrecht als König gefolgt. Als ich diesen einmal beim Neujahrsempfang der Landesregierung im Stuttgarter Schloß fragte, ob sich solche Empfänge beim König ähnlich abgespielt hätten, antwortete er: »Nein, viel schlichter.« Heute wäre Herzog Carl württembergischer König. Es gibt im Ländle aufrechte Demokraten, die *auf Landesebene* im Herzen Monarchisten sind.

So absolutistisch und rücksichtslos dieser Friedrich war, so war er doch nicht so fürchterlich wie republikanische Thronfolger, die Deserteure mit dem Tod bestraften. Friedrich erließ eine Generalamnestie, die alle Deserteure straffrei ließ. Auch Gnade kann schwäbische Tradition sein.

Die Buchhändlerin, der dies passierte, stammt nicht aus dem Ländle. Da kaufte in der Dornschen Buchhandlung in Ravensburg (der Inhaber ist ein Erzschwabe) eine württembergische Herzogin ein, die zudem noch eine Augenweide ist. Sie wurde vom Chauffeur abgeholt. Nach seinen Wünschen gefragt, sagte dieser: »Ich soll die Königliche Hoheit abholen.« – »In Leinen oder in Pappe?« fragte die junge Buchhändlerin, die an den Titel von Thomas Manns Roman dachte.

No net so de Riassel rahenka! "Bessre Zeita kommet mit de leme Leit!" Stimmt's?

Welche Verfassung das Ländle heute hat, wird als bekannt vorausgesetzt. Aber in welcher Verfassung ist es? 1978 steht ein Landesherr an der Spitze, der sich so ganz nach dem Herzen der Mehrheit gibt: väterlich, betulich, biedermännisch, aber auch glattzüngig und schlau. Mit Hilfe fixer, findiger und anstelliger Ratgeber regiert er ziemlich souverän. Die Staatsgewalt geht von der Villa Reitzenstein aus, wo das Staatsministerium seinen Sitz hat. Den Hofrat bildet ein ziemlich umfangreicher Stab von Referenten, von der Presse *Büchsenspanner* genannt. Einer von ihnen regiert in Personalunion den VfB Stuttgart, ein anderer hat den äußerst wirksamen Wahlslogan *Freiheit* STATT *Sozialismus* erfunden, in dem Sozialismus mit Kommunismus gleichgesetzt wird. Und da der Schwabe nichts mehr fürchtet, als daß ihm die Roten sein Häusle und sein Sach wegnehmen, brachte diese Verängstigung der Wähler der Regierungspartei erneut die absolute Mehrheit.
In der Villa Reitzenstein wird auch Außenpolitik gemacht. Der Landesvater besucht mit großem Gefolge mit Vorliebe diktatorisch regierte Staaten wie links China und rechts Brasilien, damit die so viel zitierte *Ausgewogenheit* gewahrt wird.
Zeigt ein Ministerium oder ein staatliches Institut, wozu vom Staatsministerium auch Staatstheater und Südwestfunk gerechnet werden, eigenen Willen, so entsendet die Villa Reitzenstein einen Feuerwehrsamariter, um den Abweichler wieder auf den rechten Weg zu bringen. Gelingt das nicht, wird er weggelobt oder geschaßt. Im Kabinett sitzen mehr Badener als Schwaben, was nicht ausschließt, daß dort auch Schwabenstreiche gemacht werden. Ein

solcher war es beispielsweise, als hinter dem Rücken der Radikalenjäger, die ständig auf der Suche nach Unbotmäßigkeit sind, die Terroristen in Stammheim ein Sprengstoff- und Waffenarsenal anlegten, das genügt hätte, das sicherste Gefängnis der Bundesrepublik in die Luft zu sprengen. Der Volkswitz spottete, die Besenkammer in Stammheim sei das sicherste Versteck für eine Geisel. Dennoch ist es trotz diesen Beweisen für einen angehenden Staatsdiener nicht ratsam, sich einen Stabreim auf Staatsministerium und Stammheim zu machen und zu der Erkenntnis zu kommen, ein Trottel im öffentlichen Dienst sei für den Staat gefährlicher als ein Radikaler. Wer sich in der Regierung oder in der Fraktion der Fernlenkung aus der Villa Reitzenstein widersetzt, muß mit Folgen rechnen, selbst wenn er Kultusminister ist. So richten sich alle im Machtbereich des Regierungssitzes Befindlichen manchmal zähneknirschend aus. Was aber nach außen wie ständige Zustimmung, Akklamation, Botmäßigkeit aussieht, täuscht. Es gibt innerhalb der Landtagsfraktion liberale und tolerante Köpfe und Querköpfe, die ihre abweichende Meinung hinter vorgehaltener Hand auch ihren politischen Gegnern mitteilen. Wer sich gar als Landrat, Bankpräsident, Oberbürgermeister oder Intendant aus dem direkten Machtbereich des Staatsministeriums entfernt, der läßt zuweilen auch als Angehöriger der Regierungspartei erstaunlichen Widerstand gegen den Absolutismus, läßt Eigenwillen, Toleranz, Aufklärung und Liberalismus erkennen und wirken und korrigiert wohltuend das offizielle Bild von Baden-Württemberg als einem »spätzlemampfenden Disneyland von einer an Stumpfsinn grenzenden Harmlosigkeit«. Dies und die Tatsache, daß es in den Ministerien immer noch eine Anzahl geschickter und intelligenter Referenten gibt, die Schlimmeres verhüten, läßt die Zukunft des Ländle nicht allzu schwarz sehen. Denn *moina derf mer, aber net moina, mer derft.* Ein Standpunkt, dem sich der Verfasser anschließt.

Vorsicht: Dies Buch "steht den Interessen unseres Staates entgegen"!!!

Wenn „Deutschland deine Schwaben“ auf dem Postweg in die DDR geschickt wird, wird es regelmäßig beschlagnahmt. Begründung auf die Beschwerde eines DDR-Bürgers: „Da das eingeführte Buch in seinem Inhalt den Interessen unseres sozialistischen Staates entgegensteht, wurde es berechtigt mit der Einziehung von der Weiterleitung ausgeschlossen“. (Zollverwaltung der DDR, 24. 6. 78)

6. Kapitel | Unbequeme Untertanen oder Moina derf mer, aber net moina, mer derft!

*»Die ersten beiden Wörter, die meine Untertanen lernen, heißen: Noi eta.«**

KÖNIG WILHELM I. VON WÜRTTEMBERG

Ungewöhnlich waren die Herren. Ungewöhnlich und unbequem aber auch die Untertanen, obwohl es dieses Wort im Schwäbischen nicht gibt. Bauern, Bürger, geistliche Herren, Gemeinden und Landtag waren immer auf dem *Quivive*, ständig im Alarmzustand, stets hellhörig gegen alle Bestrebungen der Obrigkeit, die persönliche Sphäre einzuengen, die bürgerlichen Freiheiten zu beschneiden, die individuelle Selbständigkeit zu gefährden. Die württembergische Geschichte zeigt ein dauerndes Ausprobieren, wie weit der eine Partner mit dem anderen gehen kann, ohne daß Blut fließt. Denn darauf lassen es weder Herr noch Untertan ankommen. Nach dem Aufstand des Armen Konrad, 1514, wurden die Rädelsführer in Schorndorf enthauptet. In den Bauernkriegen rächte sich der Bundschuh am Adel. Am 16. April 1525 wurde der mit einer illegalen Tochter Kaiser Maximilians verheiratete Bundeshauptmann Graf Ludwig von Helfenstein mit sechzehn Edelleuten und sechzig Knechten in Weinsberg durch die Spieße gejagt.

* Nein, nicht!

Obwohl die Despotie in Württemberg oft besonders krasse Formen annahm, rebellierten die Bauern nur in der Zeit zwischen 1450 und 1530. Ihr Versuch mißglückte, sich gegen Steuerwillkür und Beschränkung der dörflichen Selbstverwaltung zu wehren, sich neben dem vom Fürstenhaus unabhängigen Adel, dem um seine Grundrechte kämpfenden Bürgertum und der einflußreichen Geistlichkeit als vierter Stand zu behaupten. Ihre zwölf Artikel, in denen sie Aufhebung der Leibeigenschaft, Minderung der Frondienste, Freigabe des Waldes, der Jagd und des Fischfangs, Glaubensfreiheit durch freie Wahl des Pfarrers in der Gemeinde fordern, konnten sie nicht durchsetzen. Das war wohl das revolutionärste und demokratischste Programm, das in jener Zeit aufgestellt wurde. Der Bauernaufstand war die letzte Revolution im Ländle. Sie endete schrecklich. Der Bauernschlächter Georg Truchseß von Waldburg spürte die Bauern auf, jagte sie wie die Hasen, metzelte sie zu Tausenden nieder, ließ ihre Dörfer einäschern und hielt furchtbare Strafgerichte, um die Überlebenden zu foltern und abzuschlachten. Auf Jahrhunderte hinaus spielten die Bauern in der Politik nur noch die Rolle der Rechtlosen, Unterdrückten. In Zukunft kämpften weder der Adel noch die Masse des Volkes, die aus Bauern, Weingärtnern und Handwerkern bestand, um die Grundrechte; es war das gebildete Bürgertum, das ein erstmals in der *Lex alemannorum* im 7. Jahrhundert fundiertes, im 13. Jahrhundert im *Schwabenspiegel* kodifiziertes und 1457 im ersten Landtag gepflogenes Recht zu erweitern und zäh zu verteidigen versuchte. Dieser Landtag, der in Leonberg tagte, eine Versammlung nichtadliger Bürger, wurde vom Grafen Ulrich »Rats wegen« einberufen. Der Souverän gab das Versprechen, künftig »mit Rat von Ritterschaft, Prälaten und Landschaft zu regieren«. Die *Landschaft* waren die Vertreter der Ämter und die vermögende bürgerliche Oberschicht, denen die Notlage des Landesherrn ein geringes Mitbestimmungsrecht einräumte, das sich vorwiegend auf die Bewilligung von Steuern beschränkte. Immerhin wurde der debile Herzog Eberhard II., der als vermindert zurechnungsfähig unter der Vormundschaft seines Regimentsrats stand, mit Zustimmung des Landtags abgesetzt. Aber erst der Tübinger Vertrag, 1514 zwi-

+ im heutigen Gasthof SCHWARZER ADLER

schen Herzog Ulrich und der Landschaft abgeschlossen, ist eine Art Staatsgrundgesetz. Die Landschaft übernimmt die ungeheuerlichen Schulden des Herzogs von 900000 Gulden. Dafür bekommt sie ein Steuerbewilligungsrecht. Will der Landesherr einen *Hauptkrieg* führen, so muß er erst den Rat des Landtags einholen. Auch *Eigenleute* – also die Bauern – haben jetzt das Recht *freien Zugs.* Der Herzog darf kein Land verkaufen oder verpfänden. Nur von einem ordentlichen Gericht darf ein Bürger angeklagt oder verurteilt werden.

Das war das »gute alte Recht«, das, wenn nicht den Willen des Volkes, so doch den des Bürgertums gegenüber der im Fürsten personifizierten Staatsgewalt gelten ließ. Außer Württemberg erfreute sich nur England einer solchen liberalen und für die damalige Zeit großzügigen Verfassung.

Aber was nützte sie im absolutistischen Zeitalter? Der Despot Eberhard Ludwig verdrängte die landständische Führungsschicht aus seiner Regierung, übertrug seiner Geliebten die Staatsgewalt, berief den Landtag nicht mehr ein und begann mit dem lange Zeit üblichen Menschenhandel, indem er Landeskinder als Soldaten an fremde Despoten verkaufte. Aber erst 1806 wagte es der Herzog, Kurfürst und König Friedrich I., die nur noch auf dem Papier bestehende ständische Verfassung aufzuheben. Jedoch schon 1819 mußte Wilhelm I. dem Land unter dem Druck der Öffentlichkeit wieder eine Verfassung geben, die das Zweikammersystem einführte und vom Landtag einstimmig angenommen wurde. Diese Verfassung war kein Gnadengeschenk des Souveräns wie in den norddeutschen Staaten, sondern ein zwischen der Regierung und den Ständen vereinbarter Vertrag, der vom König und von den Landständen unterzeichnet und vom Volk mit Jubel angenommen wurde. Damit erfreute sich Württemberg jener konstitutionellen Monarchie, die einem Volksaufstand vorbeugte. 1848 nahm Wilhelm als einziger der größeren Fürsten die Reichsverfassung an, um der erneuten Gefahr des Aufruhrs zu begegnen. 1868 bekamen die Württemberger das allgemeine, gleiche und direkte Wahlrecht. Dank der Besonnenheit der Sozialisten und dank der Beliebtheit des letzten Königs verlief auch die Revolution von 1918 ohne

Blutvergießen: Schon 1916 hatte der Sozialdemokrat Wilhelm Keil, Mitglied des Reichstags und Chefredakteur der *Schwäbischen Tagwacht*, die auch der König abonniert hatte, geschrieben: »Nehmen wir alles in allem, so will uns scheinen, daß unter den gegebenen Verhältnissen gar nichts geändert würde, wenn morgen in Württemberg an die Stelle der Monarchie die Republik treten würde. Kein zweiter würde, wenn alle Bürger und Bürgerinnen zu entscheiden hätten, mehr Aussicht haben, an die Spitze des Staates gestellt zu werden, als der jetzige König.«

1918 kam es anders. Die besonnenen Arbeiter- und Soldatenräte, denen ein Mann wie Paul Bonatz, der geniale Architekt und Erbauer des Stuttgarter Hauptbahnhofs, angehörte, waren nicht so radikal, wie sie die bürgerliche Furcht vor dem bolschewistischen Rätesystem gezeichnet hat und heute noch zeichnet. Sie erwiesen sich als Organisatoren des Überlebens im Hungerwinter 1918/1919. Nicht sie, sondern ein Haufe landfremden Pöbels drang am 9. November 1918 in die Residenz des Königs ein und verlangte, daß die Königsstandarte auf dem Dach des Wilhelmspalais gegen eine rote Fahne auszuwechseln sei. Die Minister, vom König befragt, lehnten das Ansinnen ab, am entschiedensten der Sozialdemokrat Lindemann. Da der König, um ein Blutvergießen zu vermeiden, verboten hatte, Widerstand zu leisten, wurde ein Kammerdiener mit Waffengewalt gezwungen, den Weg aufs Dach zu zeigen. Die dort gehißte rote Fahne wurde später von einer Abordnung des Arbeiter- und Soldatenrats wieder heruntergeholt. Drei Wochen später verzichtete der König für sich und sein Haus auf den Thron, führte von da an den Namen eines Herzogs von Württemberg, verließ Stuttgart, starb zwei Jahre später in Bebenhausen und wurde auf seinen Wunsch unter Umgehung der ehemaligen Residenz nach Ludwigsburg übergeführt und dort auf dem Friedhof beigesetzt. Über 100000 Württemberger erwiesen ihm die letzte Ehre. Seitdem machte auch unter Republikanern oft der Satz die Runde: »Seit mer koin Keenich meh hen, isch's nix meh.« An seinem 130. Geburtstag am 28. Februar 1978 legten seine Nachfahren, seine Traditionsregimenter, aber auch ein paar Sozialisten Kränze an seinem Grab nieder, einen mit den

Widerspricht gar diese Stelle "den Interessen des sozialistischen Staates 2" (S. 59/60)

wer das wohl war?

alten württembergischen Farben Schwarz und Rot und der Aufschrift »Dem wahrhaft liberalen Landesvater – seine getreuen Württemberger«. Die Landesregierung nahm von diesem Tag keine Notiz. König Wilhelm ist eben auch der König seiner Sozialisten gewesen.
Die liberale Strömung war in Württemberg keine Volksbewegung wie im benachbarten Baden. Die legendäre schwäbische Demokratie wurde von einer verhältnismäßig dünnen bürgerlichen Schicht getragen und verwirklicht. Sie hatte nie radikale Züge und fand den besten Nährboden in den ehemaligen Freien Reichsstädten, von denen auch 1848 die Volksbewegungen ausgingen. Erst mit diesem Jahr griff der Liberalismus von einer kleinen Intelligenzschicht auf das Volk über.

Es ist bezeichnend, daß es im Schwäbischen Worte wie *Untertan*, *Gehorsam* und *Befehl* nicht gibt. Der Schwabe fügte sich mit geballter Faust in der Tasche der Fürstenwillkür, wissend, daß offener Aufruhr zwecklos sei. Dabei gibt es immer wieder Beispiele von Mannesmut vor Fürstenthronen. Der Hofprediger Urlsperger predigte so offen gegen Mätressen- und Günstlingswirtschaft, daß Herzog Eberhard Ludwig ihn mit der Pistole von der Kanzel schießen wollte. Er wurde verhaftet, widerrief aber nicht. Seine Frau bot dem Herzog den Kopf ihres Mannes an, weil sie lieber Witwe als mit einem Verräter Christi verheiratet sein wollte. Angesichts dessen, was er bei Hofe sah, schrieb Schiller sein *In tyrannos!* als Motto über die *Räuber*. Das Schauspiel *Kabale und Liebe* ist eine bitterböse Kritik an der höfischen Gesellschaft. Gemessen an diesem Zeitstück erscheint die Gesellschaftskritik des Landsmanns Bertolt Brecht wie eine freundliche Milieuschilderung. Schubarts Gedicht *Die Fürstengruft* ist eine ungeheuerliche Anklage gegen den Absolutismus:

Nun ist die Hand herabgefault zum Knochen,
Die oft mit kaltem Federzug
Den Weisen, der am Thron zu laut gesprochen,
In harte Fesseln schlug.

Schubart hat die Fesseln erfahren müssen, die auch für den bereit waren, der fern vom Thron zu laut gesprochen. Als er die Geliebte des Herzogs Karl Eugen als »Donna Schmergalina« bezeichnet hatte, kam er zehn Jahre auf den Hohenasperg. *Es schmergelet* ist ein Beispiel schwäbischer Sprachprägung, es bedeutet soviel wie *es riecht nach ranzigem Schmalz.* Es liebt die Welt, das Strahlende zu schwärzen: Schubart war nämlich nicht der makellose Freiheitsheld, wie er im Lesebuch steht. Er tat es seinem Souverän gleich und hielt sich eine Mätresse; das erboste die puritanischen Vorgesetzten so sehr, daß sie ihn beim Herzog denunzierten. Andere, Tugendhaftere teilten mit ihm das Gefängnis, in das sie der Herzog, das *gute alte Recht* mißachtend, ohne Anklage, Verhör, Urteil werfen ließ. So die in ganz Europa berühmte Sängerin Marianne Pirker, Großmutter Johann Friedrich Cottas, die zu des Herzogs berühmtem Opernensemble gehörte. Mit ihrem Mann und einem harmlosen Friseur zusammen wurde sie verhaftet und saß acht Jahre gefangen, nur weil sie mit der Gattin des Herzogs befreundet war und ihr gesteckt hatte, daß ihres durchlauchtigsten Gatten Begeisterung fürs Ballett und für die Oper vornehmlich deren weiblichen Mitgliedern galt. Nachdem Marianne Pirker nach acht Jahren entlassen wurde, mußte sie dem Herzog noch »für alle Gnaden danken und Gott anflehen, ihn viele und lange Jahre bei höchstem Wohlergehen erhalten zu wollen«. Als Schubart sie besuchte und maliziös von ihr sagte, sie sei »zwar schon lebendig tot für den schönen Sang, aber doch noch etwas mehr als eine ausgestopfte Nachtigall«, wußte er noch nicht, daß er selbst bald darauf zwei Jahre länger als sie werde im Gefängnis schmachten müssen.

Für Uhland war es ungefährlicher, ein wackerer Streiter für das gute alte Recht zu sein und sich stets leidenschaftlich und rückhaltlos zur Freiheit zu bekennen. Freiherr von Varnbüler, der einer Familie angehörte, die dem Herrscherhaus jahrhundertelang treu gedient hatte, schickte König Wilhelm I. den Kammerherrenschlüssel als *Muster ohne Wert* zurück. Claus Graf Schenk von Stauffenberg opferte zusammen mit seinem Bruder Berthold sein Leben für die Befreiung von Unrecht und Tyrannis. Auch sie waren

← Ins Schwäbische übersetzt: O daß d' Leit so gern ens Rosaleet bronzet!

wie die mutigen Geschwister Scholl Schwaben. Aber nicht nur in eigener Sache waren die Schwaben Gegner des Absolutismus. Der Schwabe Karl Joseph Hefele, Bischof von Rottenburg, gehörte zu den Bekämpfern des Dogmas von der Unfehlbarkeit des Papstes.

Kein Wunder, daß die Despoten, die Württemberg regierten, fast alle schwäbischen Hofbeamten entließen und ihre Herrschaft auf *Reigschmeckte* stützten, wie der Schwabe abschätzig die nennt, die zwar in seiner Heimat leben, aber nicht in ihr geboren sind. Die Tatsache, daß er *fremdelet,* daß er seine Vorbehalte gegen die Reigschmeckten gelegentlich auch heute noch äußert, entspringt nicht nur dem Trauma seines Dialekts, sondern auch schlechten historischen Erfahrungen. Denn nachdem der Absolutismus im späten 17. Jahrhundert die schwäbischen Hof- und Regierungsbeamten verdrängt hatte, zogen die Herzöge eine neue, fremde Schicht von Ministern, Adligen, Offizieren, Künstlern und Ingenieuren an ihren Hof. Hofstaat und Hofadel waren jetzt streng vom Bürgertum getrennt. Die Fürstenknechte kamen aus dem Ausland. Keiner der Ratgeber und Minister der größenwahnsinnigen Grävenitz war Schwabe, sie selbst stammte aus Mecklenburg, und mit der protokollarischen Begründung »für das Mensch wird nichts bezahlt« verweigerten die Landstände später eine Abfindung. Wobei das Wort *Mensch* mit dem sächlichen Geschlechtswort vereinigt eine weibliche Person noch unter die *Canaille* degradiert, als die sie Hofprediger Urlsperger bezeichnet hatte. Der Graf Montmartin, rechte Hand Karl Eugens, war ein verschuldeter Hochstapler, dem der Herzog mehrere Rittergüter schenkte. Man braucht kein Antisemit zu sein, wenn man sagt, daß der Jud Süß mit Ämterhandel und Münzverschlechterung dem Volk geschadet und mehr in seine eigene Tasche als in die des Herzogs gewirtschaftet hat. Seine Hinrichtung war allerdings ein reiner Willkürakt. Die byzantinisch-devoten Literaten, die König Friedrich an seinen Hof zog und adelte, waren Nichtschwaben. Der süßliche Matthisson, Geheimer Legationsrat und Leiter der Hofbibliothek und des Hoftheaters, kam aus Magdeburg. Uhland dagegen verweigerte dem verfassungsbrüchigen Monarchen den Eid. Der Hofrat, Bau- und Gartendirektor Hackländer, nach dem in Stuttgart sogar eine Straße benannt ist, war Rheinländer; ein Gschaftlhuber, der für den Kronprinzen Karl Festivitäten arrangierte, die den Pietisten ein Greuel waren. Er gründete mit dem aus Halsdorf bei Kassel stammenden Franz von Dingelstedt ein antidemokratisches Witzblatt.

Unterdessen verlangt es die Gerechtigkeit, an dieser Stelle auch ein Licht auf den schwäbischen Untertanen zu werfen, der einer wenn auch nur bescheidenen Macht über seine Mitmenschen teilhaftig wird. Trotz seiner demokratischen Gesinnung ist der Schwabe nämlich ein Freund patriarchalischer Ordnungen, besonders in der Familie und im Betrieb. Leider bedeutet patriarchalische Gesinnung nicht immer Fürsorge für die Untergebenen; manchmal tarnt sie nur nackten Egoismus. So beschränkte sich die so viel zitierte Selbstlosigkeit und Entsagungskraft schwäbischer Unternehmer alten Stils, auf die ich noch zu sprechen komme, oft nicht auf die eigene Person, sie war auch bisweilen, was nicht in den heuchlerischen Firmengeschichten steht, eine harte Forderung an die ausgebeuteten Arbeitnehmer. »Dees isch a Wetter fir meine Knecht. Schaffet se net, nô frieret se recht« ist eine der zynischen Redensarten, die das Verhältnis zwischen Herr und Knecht in jener Zeit illustrieren. Das schwäbische Dienstmädchen war meist nicht viel mehr als eine Leibeigene, deren Arbeitskraft schamlos ausgenutzt wurde, die kaum ein Privatleben führen durfte und der, wenn sie einen *Schatz* hatte, der Sexualneid der puritanischen Dienstherrin noch besonders zu schaffen machte. Auch der schwäbische Familienvater war zuweilen ein arger Tyrann und Egoist. Noch bei unseren Großeltern war es üblich, daß der Familienvorstand Sonderrechte genoß, daß er sich an einem Rostbraten erfreute, während die übrige Familie einschließlich der Gattin schwäbische Sparsamkeit demonstrierte, indem sich jedes mit einer halben Roten Wurst begnügen mußte – dem billigsten Produkt, das der Metzger feilzubieten hatte. Der Ausruf: »Dees isch ebbes Args, was i Wurscht fressa muaß, bis meine femf Kender von dr Haut satt werdet!« ist zwar überpointiert, aber treffend.

← Oder ist das antisozialistisch ?

Nicht gut Kirschen essen war auch zuweilen mit den Dienenden, die sich in

Gemessen an der Cannstatter Funkerkaserne war die Kriegsschule Potsdam ein Sanatorium.

Personalunion als Herrscher fühlten, also mit denen, die hinter einem Schalter saßen oder als Abzeichen der Macht eine Schildmütze trugen, wie Straßenbahnschaffner, Parkwächter und Feldwebel. In ihnen konnte sich die schwäbische Grobheit, der noch ein ganzes Kapitel zu widmen ich mich genötigt sehe, mit dem schwäbischen Starrsinn zu einer besonders fruchtbaren Ehe paaren. Ich erinnere mich an schwäbische Unteroffiziere, die human waren, ich erinnere mich aber auch an in Uniformen gesteckte Bauernbuben von der Alb, die besonders einfallsreiche Sadisten, besonders schikanöse Schleifer, besonders boshafte Schinder waren – Typen, die bei preußischen Truppenteilen seltener vorkamen. Ein hohes Maß von Selbstentäußerung und Demut wird auch oft von dem Mieter verlangt, der mit einem schwäbischen Hausbesitzer unter einem Dach wohnt. Je schlichter die Geistesgaben des Besitzers sind, je größer die Entbehrungen waren, mit denen der Weg zum Hausbesitz, dieser höchsten Selbstbestätigung des Schwaben, gesäumt war, um so höher auch die außerfinanziellen Anforderungen an den Mieter. Nicht ohne Erfolg versuchten oft ein schwäbisches Dienstmädchen a.D. und ein schwäbischer Unteroffizier a.D. sich die Langeweile in der Ehe durch Sparsamkeit zu vertreiben, indem sie, sich nichts gönnend als kostenlosen Ehestreit, Pfennig auf Pfennig legten, bis das eigene Mietshaus stand. Die Tyrannei, die unter solchem Dach herrschte, stand der berüchtigter Landesväter nicht nach, ja wurde noch durch den Unmut des Hausbesitzers darüber gesteigert, daß er die Mieter nicht als Leibeigene an fremde Potentaten verscherbeln konnte. Doch wir wollen nicht verallgemeinern: Es gibt auch hier *sottiche ond sottiche.* Und seit meiner Jugend hat sich die Zahl subalterner Despoten, die sich an ihrer geringen Macht berauschen, erheblich reduziert. Der Schutzmann alter Art war eine barsche Respektsperson, die als Kinderschreck diente. »Wenn net liab bisch, holt de dr Schutzma.« Schwäbische Polizisten sind heute keineswegs das, was man unter der widerwärtigen Bezeichnung *Bullen* versteht. Sie sind im allgemeinen freundlich und höflich und drücken zuweilen auch ein Auge zu.

Auch unter nationalsozialistischer Herrschaft waren die Schwaben unbe-

queme Untertanen. Schon bei einer der ersten Kundgebungen wurde in Stuttgart der Herr mit dem Bärtchen auf Zimmerlautstärke reduziert, nachdem das Übertragungskabel durchschnitten worden war. Haupttäter war ein kommunistischer Weingärtner aus Stetten im Remstal, der heute noch lebt und dessen Wein so sauber ist wie seine Gesinnung. Er heißt Hermann Medinger und trat bei der Verfilmung dieses Buchs vor die Kamera, genauso unerschrocken gegenüber der Technik wie sein Leben lang gegenüber seinen Verfolgern. Hitler mochte die Schwaben nicht, und sie litten nie unter unerwiderter Liebe. Vor allem die Bauern, die Unternehmer, die gläubigen Christen waren für den Nationalsozialismus wenig anfällig. Die sturen Entweder-Oder-Entscheidungen radikaler Bewegungen widersprachen dem bedächtigen schwäbischen Sowohl-als-auch-Standpunkt. Die schwäbischen Juden waren angesehen; so wurde auch der Antisemitismus nie populär. Kein Schwabe war in der Führung der Partei, nur ein Schwabe unter den in Nürnberg Verurteilten. Dieser, Konstantin Freiherr von Neurath, der einzige schwäbische Minister unter Hitler, mußte zweimal seinen Platz räumen, weil er *zu weich* war; einmal als Außenminister, dann als *Reichsprotektor* in Prag. Der württembergische Gauleiter Murr war ein beschränkter Pedant; der spätere Ministerpräsident Mergenthaler war mein Physiklehrer, ein Mann, dessen Erkenntnisfähigkeit sich auf sein Fach beschränkte und der in seiner starren Geradlinigkeit zunächst kaum fähig war, den Unrat zu erkennen, der dem Regime anhaftete. Der Stuttgarter Oberbürgermeister Strölin wurde vom Saulus zum Paulus und arbeitete mit dem Widerstand zusammen. Der württembergische SA-Gruppenführer sah nach dem Krieg, als die Amerikaner noch manchen bestraften, der nicht Kriegsverbrecher war, seinen Irrtum ein. Man baute ihm goldene Brücken, aber er war bereit, für seine Mitschuld zu sterben. Es gab unter den Schwaben manchen sturen, manchen dummen, manchen berechnenden Parteigenossen, aber wenig Denunzianten, Verbrecher, Gewalttäter. Man muß sogar den Mut haben zu bekennen, daß es selbst in der württembergischen Parteiführung noch so etwas wie menschlichen Anstand gab. Der deutschnationale Finanzminister Alfred Dehlinger wurde 1933 von den Nazis übernommen, weigerte sich aber während seiner ganzen Dienstzeit, der NSDAP beizutreten, und blieb dennoch bis 1941 im Amt.

Zahllos sind die Beispiele von Zivilcourage gegen das Regime. In den Jahren 1939 und 1940 wurden in der Heilanstalt Grafeneck 10000 psychisch Kranke ermordet. Der Landesbischof Wurm, der als Konservativer und als Mitglied der Bekennenden Kirche 1933 dem Nationalsozialismus hoffnungsvoll gegenüberstand, wehrte sich mit Nachdruck gegen diese Art von Staatsterrorismus. Schon 1934 stand er unter Hausarrest; eine sonntägliche Gemeinde versammelte sich vor seinem Haus und sang: »... und wenn die Welt voll Teufel wär ...« Von 1940 an wandte er sich in immer schärferer Tonart gegen den Mord an geistig Kranken. In der Reutlinger Marienkirche sagte er in aller Öffentlichkeit, die Vernichtung sogenannten *unwerten Lebens* in unserem Lande stehe in unmittelbarem Zusammenhang mit der Vernichtung werten Lebens an der Front. Er erreichte es, daß der *Euthanasie* genannte Massenmord in Württemberg gestoppt wurde. Nicht weniger mutig bekannte sich die katholische Kirche. Bischof Johannes Sproll weigerte sich, einen antichristlichen Reichstag zu wählen, und mußte außer Landes in die bayrische Emigration. Ich erinnere mich noch, wie der Major Konrad Heuss, ein Neffe des Bundespräsidenten, 1943 in der superpreußischen Kriegsschule Potsdam mit der gleichen Stimme und der gleichen Überzeugungskraft wie sein Onkel seinen Fahnenjunkern bekannte: »Ich kenne nur eine anständige Partei, und das ist die Deutsch-Demokratische Partei Württembergs.« Marta Fuchs, eine besonders liebenswürdige und bescheidene Schwäbin, Star der Berliner und der Dresdner Staatsoper, sang 1938 in Bayreuth die Isolde und wurde nach der Vorstellung ins Haus Wahnfried zum Empfang geladen. Es war kurz vor der Sudetenkrise, und sie sagte zu Hitler: »Sia, fanget Se bloß koin Kriag a! I ben net fir Heldedod. Nô scho eher fir Liebesdod.« Hitler beruhigte die Künstlerin ziemlich unwillig und fragte sie im nächsten Jahr, kurz vor Ausbruch des Kriegs: »Nun, Frau Fuchs, ich habe Ihnen doch versprochen, es wird keinen Krieg geben. Hat es jetzt einen gegeben?« Darauf Marta Fuchs:

»Bis jetzt net. Aber i trau Ehne net!« Als sie in die NS-Frauenschaft gelockt worden war, bald darauf aber wegen mangelnden Interesses an den Versammlungen gerügt wurde, schrieb sie: »Nach der Methode: lieb mich oder ich hau' dir die Kommode entzwei, kann man mit mir nicht verkehren. Hiermit erkläre ich meinen Austritt aus der NS-Frauenschaft.«

Der ehemalige Ministerpräsident Eugen Bolz, Katholik und Zentrumsmann, wurde wegen seiner Beteiligung am 20. Juli wie die Geschwister Scholl und die beiden schwäbischen Grafen Stauffenberg hingerichtet. Robert Bosch, dessen Vertrauter Hans Walz, heute Ehrenvorsitzender der Firma Bosch, und der spätere Kultusminister Theodor Bäuerle als Leiter der Bosch-Stiftungen unterstützten unter Lebensgefahr als überzeugte Paneuropäer Carl Goerdeler. An der Spitze einer brüderlichen Sozietät stand der Degerlocher Pfarrer Kurt Müller. Die Mitglieder der Sozietät nahmen untergetauchte Juden als *Besuch* in die Pfarrhäuser auf, teilten mit ihnen ihre knappe Ernährungsration, unterstützten sie mit Geld und Kleidern, beschafften ihnen die in der Bürokratie lebensnotwendigen Ausweise und halfen ihnen beim illegalen Grenzübertritt in eine weniger brutale Welt. Jeweils nach drei Wochen wurde der Schützling in einem anderen Pfarrhaus untergebracht. Der Zuffenhausener Pfarrer Werner, der von mir hoch verehrte Stuttgarter Pfarrer Rudi Daur und mein Kollege Albrecht Goes gehörten zu diesen tapferen Männern.

An dieser Stelle sei der tapfere Hanns-Martin Schleyer genannt, der in Offenburg geboren wurde, aber seit Jahren in Stuttgart lebte. Sicherlich hat er sich bewußt geopfert, hat er trotz der furchtbaren psychischen Foltern und Qualen nicht um sein Leben gebettelt. Er starb als Märtyrer für unsere Freiheit. Denn was wäre aus der Demokratie geworden, wenn sie sich als durch den Terrorismus erpreßbar gezeigt hätte? Im Sinne des Dramas war Schleyer ein Held, dessen Schicksal hoffentlich einmal einen gleichwertigen Dichter findet.

Theodor Heuss lehnte nach dem Krieg den Vorwurf der *Kollektivschuld* ab, erkannte aber dafür eine verpflichtende *Kollektivscham* an – wahrlich ein Begriff, der tief aus dem Wesen schwäbischer Selbstbesinnung kam.

Nach dem Krieg kamen die Herren, die sich das Volk aus seinen eigenen Reihen gewählt hatte. Es waren Urschwaben und Urdemokraten: der ebenso rechtschaffene wie schlaue Reinhold Maier; der freundliche und bescheidene Gebhard Müller, ein Muster an Sparsamkeit auch für die Gemeinschaft. Auch als Ministerpräsident wohnte er noch im Ludwigsburger Zuchthaus, bis er sich, wie sich's für Schwaben gehört, mit einem Bausparvertrag sein eigenes Häusle gebaut hatte. Auf die Frage, ob er *p'häb* sei, antwortete er: »Für mich nicht. Ich gebe für meine Bücher große Summen aus. Aber wenn es sich um öffentliche Gelder handelt, dann bin ich es.« Schwabe ist der hochgebildete und kultivierte Übersetzer, Minister a. D., Chansontexter, Dozent und Staatsrechtler Carlo Schmid, dem ich mich als sein ehemaliger Hörer an der Universität Tübingen noch verpflichtet fühle. Denn seine Vorlesung über Verfassungsgeschichte bewies 1933 wissenschaftliche Qualität und demokratische Gesinnung. Zivilcourage zeigte auch der ehemalige Kultusminister Simpfendörfer, der aus seiner Partei austrat, weil sich diese in der Ostpolitik nicht von wirklichkeitsfremden Berufsflüchtlingen zu distanzieren wagte. Jetzt lassen es die Schwaben zum ersten Mal in ihrer Geschichte sogar zu, daß sie von einem Badener regiert werden. Wenn das kein Fortschritt ist, wenigstens was ihre Toleranz anlangt!

Wie kommt es aber, daß das Ländle, dessen Bewohner politisch nie zu Extremismus und Gewalt neigten, die Heimat von relativ vielen Terroristen ist? Auch auf die Gefahr hin, als Sympathisant gebrandmarkt zu werden, stelle ich mir laut diese Frage. Fördert die bereits genannte Tatsache, daß hierzulande der Radikalenerlaß besonders rigoros gehandhabt wird, die Gegengewalt? Oder wächst der Terrorismus auf dem gleichen Boden wie der Pietismus, der ursprünglich allerdings gewaltlosen Widerstand gegen die Lieblosigkeit der Kirche, gegen ihre Komplizenschaft mit der Despotie, gegen Materialismus, Heuchelei, Opportunismus und Unterdrückung leistete?

Aha, das ist vielleicht die Stelle, wegen der das Buch in der DDR verboten ist!

Wenn ich das Leben Gudrun Ensslins betrachte, die aus einer wahrhaft christlichen Familie stammte, die zunächst in der Kirchen- und Sozialarbeit dem krassen Materialismus, der Besitzgier unserer Gesellschaft Widerpart

leisten wollte, die intelligent, gläubig, kontaktfreudig, hilfsbereit war – könnte es nicht sein, daß sie aus Verzweiflung über die Unwirksamkeit christlicher, brüderlicher und sozialer Gesinnung, gleichsam aus pervertierter Moral Terroristin wurde und schließlich die Ermordung der drei Polizisten und die Folter und den brutalen Mord an Hanns-Martin Schleyer zumindest duldete? Wie Schillers Sonnenwirtle zum Verbrecher aus verlorener Ehre, wie seine Räuber Verbrecher aus Enttäuschung und Weltekel wurden, so mag Gudrun Ensslin Verbrecherin aus verlorenem Glauben an die Wirkung menschlicher Güte geworden sein. Was ihre Taten keineswegs entschuldigt, aber erklärt und uns eine Mitschuld auferlegt. Ihr Selbstmord erscheint mir als schreckliche Konsequenz eines ins Absurde gesteigerten, irregeleiteten Gerechtigkeitsgefühls, Verzweiflung an einer Gesellschaft, an der auch der jeder Gewalt Abholde zuweilen verzweifeln könnte, wenn er Stimmen hörte, die sich nach Gudrun Ensslins Tod erhoben: »Die hätte man zu Tode foltern sollen – schmeißt doch die Leichen in die Kanalisation!«
Der Lebensweg der Gudrun Ensslin, der Haß, der sich gegen die Störerin eines vermeintlichen Idylls austobte – in beidem sehe ich, mag man mich darob schelten, eine hegelianisch polare Absurdität schwäbischen Wesens.

7. Kapitel | Der einzige Herr

Als der liebe Gott einmal spazierenging, sah er am Wegrand einen weinenden Mann sitzen. »Wôrom heulsch?« fragte er den Bekümmerten. »Weil i a Schwôb be«, wehklagte dieser. »Dô kann i dir au net helfa«, antwortete bedauernd der Allmächtige.

Der einzige Herr, den der Schwabe anerkennt, ist Gott. Aber selbst dessen Allmacht sind nach der Anekdote, die über diesem Kapitel steht, Grenzen gesetzt. Sie endet vor der Existenz der Schwaben.

Das Wort *einzig* gibt es im Schwäbischen nicht. Es hat sich mit dem Gottesbegriff verbunden, heißt *gotzig*, aus *Gott-einzig* gebildet. Auch der Superlativ wird häufig mit Gottes Namen und dem seines Sohnes gebildet, was oft zu kühnen Formulierungen führt: Da ist einer *gottsallmächtich faul*, ein anderer *jessasmäßich verloga*, ein dritter *gottsmillionisch arm*. Der Schwabe hat im allgemeinen ein herzliches, inniges, aber auch recht individuelles Verhältnis zu seinem Schöpfer. Ein schwäbischer Landesbischof hat einmal gesagt, jeder Schwabe habe halt sein eigenes Gläuble. Der schöne Gruß *Grüß Gott* ist unter Schwaben immer noch gebräuchlich, sie wenden ihn auch an, wenn sie unter Heiden in Berlin oder in Bochum geraten. Der früher übliche Abschiedsgruß *Adieu*, eingeschwäbelt *Ade*, wird jedoch immer mehr von dem im Schwäbischen gar nicht schön klingenden *Wiedersähn* verdrängt, woran nur Sprachreiniger ihre Freude haben. Aber es klingt immer noch besser als das in den Sprachgebrauch eindringende norddeutsche *Tschüs,* bisweilen böse zu *Tschüsle* verschwäbelt, oder gar *Tschaule* vom italienisch-kessen *Ciao. Vergelt's Gott!* ist fast ganz ausgestorben.

Das ist doch nicht schwäbisch, dieses le! Das LE macht es höchstens zu einem halb-lebigen Schwäbisch und alles Halbe ist hierzulande besonders schlimm: Halbdackel!

Aus einem Schwaben ein *Schwäble* zu machen, wäre eine Majestätsbeleidigung, während der Ausruf »Du liabs Herrgöttle!« als Ausdruck des Erstaunens und des gelinden Widerspruchs durchaus geläufig ist. »Doddele nei!« pflegt eine sehr schwäbische Freundin zu sagen, wenn von Hunden, Kindern, Igeln oder anderen das Gefühl mobilisierenden Sujets gesprochen wird. Der Schwabe ist der lasterhaftesten Flüche fähig, die denen der Italiener oder der Bayern kaum nachstehen, wenn das Fluchen in den letzten Jahrzehnten auch arg zurückgegangen ist. Indessen ist ein kerniger schwäbischer Fluch wohl kaum als Lästerung zu werten, er dient nur der seelischen Erleichterung. Ein Bub sieht dem Herrn Pfarrer zu, wie er seinen Gartenzaun repariert und sich dabei mit dem Hammer gottsallmächtig auf den Daumen schlägt. »Gell, jetzt sott mer fluacha derfa!« bedauert der Bub den geistlichen Herrn. Reinhold Maier, der einmal gefragt wurde, wie ihm beim Fliegen zumute sei, formulierte seine Abhängigkeit so: »Mer isch halt scho saumäßich en Gottes Hand.«

Die Individualisierung des Gottesbegriffs bringt es mit sich, daß man den Schöpfer bisweilen als Landsmann betrachtet. Ein Betrunkener geht über einen Steg und begegnet der Gefahr mit einem Stoßseufzer: »O du liaber Gott, laß me no guat iber dui Brick komma mit meim Balla!« Kurz vor dem rettenden Ufer packt ihn der Übermut: »Liaber Gott, 's wär au ohne di ganga!« In diesem Augenblick stolpert er und hagelt in den Bach. Er schüttelt mißbilligend den Kopf: »Liaber Gott, du kôsch au gar koi Schpäßle vrtraga.«

Diese Anekdote vom Menschen, den die Götter an der Hybris zu Fall bringen, ist nicht nur ein antikes Drama in Miniaturform, ein *Dramäle* sozusagen, sie enthält (beinahe hätte ich das Modewort *beinhaltet* hingeschrieben, bei dem ich immer an einen Hund am Laternenpfahl denken muß) auch noch mehrere schwäbische Wesenszüge: Da werden zunächst Geschöpf und Schöpfer demokratisch gleichgestellt. Indem man aus der Überheblichkeit flugs ein Späßle zu machen versucht, will man Gott mit schwäbischer Verschlagenheit übers Ohr hauen, außerdem schiebt man ihm die scheele Absicht unter, daß er den Hochfahrenden stolpern läßt, was eigentlich doch eher dem Teufel gleichsähe. Auch in einer anderen Anekdote wird Gott Menschliches, Allzumenschliches unterschoben. Ein Bauer, dessen Ochsenpaar vom Blitz erschlagen wurde, pflügt denselben Acker mit einem neuen Gespann. Wieder zieht ein Gewitter herauf, es donnert und blitzt. Der Bauer ballt die Fäuste gegen den Himmel und sagt: »So – schmecksch wieder a Paar Öchsla?« Wobei zu bemerken ist, daß das Wort *riechen*, im Schwäbischen unbekannt, durch *schmecken* ersetzt wird. Wenn ein Schwabe zu einer parfümierten Dame sagt: »Du schmecksch aber fei«, so ist damit nicht kannibalisches, sondern nasales Wohlgefallen ausgedrückt. Da er eine Anerkennung aber nur ungern ausspricht, wird er sich in diesem Fall höchstens zu dem Kompliment hinreißen lassen: »Du schtenksch aber scho jessasmäßich nôch Parfihm.«

»'s menschelet halt iberall«, stellt der Schwabe manchmal resignierend fest, und man möchte sich nicht wundern, wenn er dazusetzte: »Sogar em Hemmel.« Deswegen ist es besser, man stellt sich mit seinem Herrgott gut und fordert ihn nicht heraus. Der Schwabe, stets auf Sicherheit bedacht, strebt daher danach, sich hier ein Kapital an guten Talern und drüben ein Kapital an guten Taten anzulegen, um für alle Fälle gerüstet zu sein, damit der Tod, wie die Pietisten sagen, wirklich nur ein mit keinem Sturz verbundenes *Übergänglein* sei. Aber des Schwaben Gottvertrauen fällt, wenn sein Reichtum steigt. Nicht für alle Schwaben ist, wie für die Kalvinisten, der Besitz ein Beweis höheren Wohlwollens. Auch hier mißtraut der Schwabe dem guten Wetter und der himmlischen Buchführung, aber vor allem dem Neid der Götter. Eine Ballade wie den *Ring des Polykrates* konnte nur ein Schwabe schreiben. Auch wenn es ihm gutgeht, jammert der Schwabe, damit weder der Nachbar noch der Schöpfer neidisch werden. Als ich nach einem Prachtherbst, da Korn, Obst und Wein wie nie zuvor gediehen waren, einem Bauern

sagte, dieses Jahr gebe es doch wirklich nichts zu klagen, bekam ich die Antwort: »Was moinet Se, wia jammervoll 's Erdreich ausglaugt isch.«
Der Weingärtner verteilt Schuld und Verdienst, wie's ihm gerade aufs Konto paßt. Ist der Wein gut geraten, so rühmt er stolz: »Oiges Gwächs!« Die Verantwortung für schlechtere Jahrgänge aber gibt er weiter: »So hôt's halt onser Herrgott wachsa lassa!«
Auch der Seelenhirte versäumt nicht, seinen von der göttlichen Fügung abweichenden Standpunkt bescheiden zu formulieren, und sagt auf dem Totenbett: »Herr, wie du willscht, so schick es mir – aber mir tät's net so pressiere!«
Der Schwabe neigt zu missionarischem Ehrgeiz. Die besten Kräfte der Basler Mission kamen aus Schwaben. Individuelle Gnadenerfahrungen werden als Gottesbeweise weitergegeben. So erzählte mir einmal der schwäbische Unternehmer, den ich mit seiner Australienreise schon einmal zitiert habe, folgende Geschichte, vermutend, ich sei als Schriftsteller wohl nur ein lauer Christ, den man mit pragmatischen Erkenntnissen im Glauben stärken müsse.
»Also onser Herrgott isch tagtäglich om ons, des kann i Eahne beweisa. Wi-e nemlich von drhoim han wegfahra wella, dô han i doch mein Kassaschrankschlissel net gfonda, ond was dees isch, dees kô sicher sogar oiner wia Sia nôchfihla. Mo-n-i nô iberall gsuacht ghet han, dô han e gsagt: Liaber Gott, jetzt hilf du mir weiter, kôsch me doch net ohne Kassaschrankschlissel en Urlaub fahra lassa! Dô isch mr uff oimôl a Eigebong komma. I han nemlich em Schlôfzemmer no a Waschkommod, wisset Se, so oina mit era Marmorplatt, dia hôt mer friher braucht, weil dô dr Waschkruag ond 's Waschlaffohr druff gschtanda send, aber seit mer a Bad hôt, braucht mer dees jô nemme, gellet Se, 's isch bloß no alter Kruscht [Gerümpel] dren. Wia-n-i dô han d' Schublad uffzoga, han e an gotzicha Henschich [Handschuh] gfonda. Nô han e gschwend denkt: Liaber Gott, du willsch me scheint's räza [reizen, ärgern]. I han den Henschich onserm Mädle zeigt, ond dia hôt gsagt: ›Dees isch aber fei, daß Sia da andera Henschich wieder gfonda hent, dr oine liegt nemlich en dr Brotschublad!‹ Glei han e neiguggd, ond Sia verrôtet net, was i

dô gfonda han: net bloß da andera Henschich, au no da Kassaschrankschlissel! Ond dôraus sehet Sia, wia onser Herrgott isch: Wenn mer ehn om an Kassaschrankschlissel bittet, nô legt er oim no a Paar Henschich drzua.«

Ungeschwächt überstand das Volk die Aussaugungspolitik seiner Despoten. Wie die politischen, so gingen auch die das schwäbische Wesen viel stärker bewegenden religiösen Wandlungsprozesse ohne einen dem Schwaben fremden Fanatismus vor sich. Da nach dem Grundsatz *Cuius regio, eius religio* das Glaubensbekenntnis der Landeskinder dem des Souveräns entspricht, spalteten sich die in zahllose Kleinstaaten, Reichsstädte, geistliche Herrschaften aufgeteilten Schwaben nach der Reformation in eine katholische Minderheit und in eine evangelische Mehrheit, da der Herzog von Württemberg den neuen Glauben angenommen hatte. Aber die beiden Konfessionen, so heftig sie sich befehdeten, waren zur Koexistenz gezwungen, weil sie auf engem Raum nebeneinander und oft miteinander leben mußten. Im vergangenen Jahrhundert, mitten im Kulturkampf, wurde das evangelische Haus Württemberg allerdings von ein paar merkwürdigen Todesfällen dezimiert. Mit dem gesamten Volk wünschte sich König Wilhelm II. einen Sohn, weil sonst die Thronfolge auf eine katholische Nebenlinie des Hauses übergegangen wäre. Aber nicht nur der kleine Thronfolger Prinz Ulrich starb 1880 unter rätselhaften Umständen; zuvor waren zwei weitere Kronprätendenten, 1877 sein Vetter Herzog Eugen, 1875 schon dessen kleiner Sohn Herzog Karl Eugen, gestorben. Die Todesursache ist nirgends genau beschrieben.

Als auch die Königin gestorben war, mit der der König eine glückliche Ehe geführt hatte, heiratete der König ein zweites Mal, und zwar eine Prinzessin von Schaumburg-Lippe, von der die Ärzte gewußt haben sollen, daß sie keine Kinder bekommen konnte. Nirgends in der historischen Literatur des Landes wurde der Schleier von diesen vermeintlichen Geheimnissen gezogen, über die im Volk viel gemunkelt worden ist.

Ein Musterbeispiel geordneter Toleranz, die sich in pedantischer Parität äußerte, zeigte die Freie Reichsstadt Biberach, das Abdera Wielands. Dort waren alle wichtigen Ämter und Berufe mit einem Katholiken und einem

Protestanten doppelt besetzt: Bürgermeister – Arzt – Büttel – Hebamme – Hochzeitslader – Scharfrichter. So konnte es nicht vorkommen, daß ein protestantischer Zahn frevlerisch von katholischer Badershand gezogen oder gar ein katholischer Kopf von einem evangelischen Henker vom katholischen Rumpf getrennt wurde. Ernährte das Amt oder Gewerbe nur einen Mann, so wurde nach einem Todesfall jeweils konfessionell gewechselt. Nur der Totengräber war immer protestantisch, der Stadtuhrmacher immer katholisch, so daß jedem Biberacher das erste Stündlein katholisch schlug und die letzte Wohnung von evangelischer Hand bereitet wurde.

Welcher Konfession der Schwabe angehört, das hört man leicht. Denn wo der Katholik *Leehrer, Seele* und *Leeben* sagt, spricht der Protestant von einem *Lährer,* einer *Sääle* und einem *Lähben.* Ich kann mir dieses Phänomen nur damit erklären, daß während der Reformation sächsische Prediger nach Württemberg gekommen sind, die nicht nur den neuen Glauben, sondern auch diese Sprachunart mitgebracht haben.

Mit der Reformation gewann der schwäbische Pfarrer jenen Einfluß, den er bis heute noch unter seinen Landsleuten hat. Hermann Seyboth, der aus München reigschmeckte vormalige *Simplicissimus*-Redakteur, räumte ihm eine beherrschende Stellung ein: »*Dichter* sind eben nicht so wichtig, *Denker* nicht so einflußreich wie die *Pfarrer* evangelischer Provenienz. Württemberg war ja eine protestantische Theokratie mit monarchischer Spitze. Die Pfarrer verkörperten die geistige Auslese des Landes. Sie sind die legitimen Nachfahren der bilderstürmenden Prädikanten, die den Schwaben, die vor der Reformation die lustigsten und leichtsinnigsten Deutschen waren, die fröhliche Lebensbejahung austrieben. Sie gewöhnten ihnen die *Fasnet* ab, sie verdarben ihnen die *Farbenfreude.* Sie machten die Niederschwaben zu Puritanern. Wer von außen kommt und sensibel ist, der spürt, daß er in einen Zauberkreis gedrungen ist, dessen Mittelpunkt Genf ist. Man sagt Luther und meint Zwingli und Calvin. Kurzum, die Auswirkungen der Reformation schufen eine Abart des Schwabentums, die geradezu ›arbeitssüchtig‹ geworden ist. Schaffen gilt als Tugend, von der man nicht lassen will, bis sich die Augen schließen.« Für die Wahrheit dieses Urteils bürgt die Uracher Sekretärin Inge Kadir. Sie wurde zur Stuttgarter Karnevalsprinzessin gekürt und deshalb von ihrem Chef fristlos entlassen, der das karnevalistische Treiben in Stuttgart als »anrüchig, zwielichtig und halbseidig« bezeichnete und seiner Sekretärin empfahl, »sich alles mal von der moralischen Seite her anzusehen«. Welche Phantasie eines Bankdirektors! Das Amt einer Karnevalsprinzessin in Stuttgart scheint mir eher eine Strafe als eine Luschtbarkeit zu sein, und eine *Leich* in Rottweil ist für mich relativ lustiger als die Stuttgarter *Fasnet.*

„Halbseidig" sagte er tatsächlich, nicht „halbseiden". Das muß besonders schlimm sein. Und wieder dieses herabsetzende HALB. Halbseckel!

In der Reformation wurden in den evangelischen Gebieten die Heiligen abgeschafft. Aber der *heilige Ernst* löste die kunterbunte Schar der katholischen Nothelfer und Fürbitter ab. Ein Großteil der Schwaben wurde zu verklemmten Pharisäern, zu eifernden Puritanern, streng gegen sich selbst, aber noch strenger gegen den Nächsten. Ekklesiogene Neurosen, aus einem Übermaß an Kirchlichkeit entstandene psychische Krankheiten, überschwemmten das Ländle. Gewissensbisse infizierten das Kirchenvolk. Gestützt auf die Kirche, machten die regierenden Despoten aus Württemberg ein lutherisches Spanien. Indem das Diesseits in ein *irdisches Jammertal* verfälscht wurde, das Bürger und Bauern im Schweiße ihres Angesichts auf den Knien putzend und betend und jätend zu durchseufzen hatten, wurde der liebe Gott zum Bankier herabgelästert. Ihm wurde unterschoben, er führe genau über die guten und die bösen Taten seiner Untertanen Buch. Wer in der Welt allem entsage, keinen Besitz anstrebe, aber den der Mächtigen mehre, der werde in einer schöneren und besseren Welt reich mit Zins und Zinseszins entlohnt.

Jene aus der Kirche ausgetretene Krankenschwester brauchte sich nicht zu wundern, daß sie von ihren Patienten gefragt wurde: »Worom isch denn so oina wia Sia eigentlich so guat zu ons?« Ja, warum auch! Hatte sie doch als Weltkind nach Ansicht der Gotteskinder kein *Vergelt's Gott,* keine Gutschrift bei der himmlischen Bank zu erwarten, weil sie dort als Atheistin kein Konto besaß.

Man findet im Pfarrerstand aber auch wunderliche Käuze, einfallsreiche Erfinder, fröhliche Weintrinker und musische Geister. Erinnert sei nur an

Diese schwäbische Marktfrau sieht wirklich noch wie eine echte Marktfrau aus auch wenn ihr Sohn studiert oder für seine Firma in der halben Welt (nicht HALB-WELT) herum fliegt.

Mörike, der allerdings sicher ein guter Dichter, aber ein schlechter Pfarrer war. Heute spürt man bei jungen Theologen den Wandel von der Autorität zur Partnerschaft so erfreulich wie in kaum einem anderen Stand. Der protestantische Pfarrer war nicht nur der Seelenhirte, sondern auch der Herr der Gemeinde, der größere Macht als der Schultheiß hatte. Dies und die Vermutung, daß er zum eigentlichen Herrn eine direkte Verbindung habe, machte ihn zur Respektsperson. Die Gattin eines Dekans wurde von der Marktfrau nur als »Frau Herr Dekan« angeredet. Der schwäbische Pfarrer alter Art legte sich zuweilen sogar ein eigenes Theologenschwäbisch zu, ein öliges, scheinbar sanftmütiges, in Wirklichkeit aber hartnäckig überzeugen wollendes Idiom, hinter dem sich eine pharisäerhafte Überlegenheit nur mühsam verbergen ließ. Aber diese Abart des Schwäbischen wurde beileibe nicht von jedem Theologen gesprochen und hat auch die Standesgrenzen überschritten. Es fließt heute noch salbungsvoll und in singendem Tonfall aus dem Munde manchen Landsmanns, der pädagogische Ambitionen und missionarische Berufung in sich fühlt. Die penetrante Demut des schwäbischen Seelenhirten forderte zuweilen auch kernigen Widerspruch heraus. Ein Pfarrer, der ein Gemeindeglied einen arg armseligen Acker pflügen sah und meinte, für diesen Acker müsse man wohl recht um den Segen Gottes beten, wurde mit der lakonischen Antwort »Dô hilft älles Beta nex, dô ghairt Mischt nô, Herr Pfarrer!« aus den Wolken der Berufsroutine auf den Boden schwäbischer Realität zurückgeholt.

8. Kapitel | Die Stillen im Lande

Die katholische Kirche, in Rom zentralisiert und straff geleitet, läßt es nicht zu, daß der Priester als Mittler der Gnade übergangen wird. Sie weist dem gläubigen Schwaben, dessen Hang zur Grübelei ihn zum Sektierer prädestiniert, seinen festen Platz innerhalb der Gemeinde an, gibt ihm keine Möglichkeiten zu theologischen Eskapaden, zu die Kirche erschütternden, laut geäußerten Zweifeln. Diese Feststellung soll aber nicht den Verdacht aufkommen lassen, alle katholischen Geistlichen ließen sich straff vom Gängelband der Kirche leiten. Als Beispiel sei der Tübinger Professor Hans Küng genannt, dem mancher Priester die lobende Bezeichnung *Mordskerle* zuerkennt. Ein katholischer Pfarrer erzählte mir, er habe einem Beichtkind, das bekannte, auf die Kirche *geschumpfen* zu haben, den Zuspruch gegeben, das sei keine Sünde, sondern zuweilen notwendig und hilfreich. Luthers Lehre läßt dem einzelnen größere Freiheit im Glauben und gesteht ihm zu, mit seinem Herrgott in persönlicheren Kontakt zu kommen, »auf seine Weise selig zu werden«. Diese Glaubensfreiheit kommt dem Individualismus, der spintisierenden Hintersinnigkeit des Schwaben entgegen. Sie gibt dem Laien Gelegenheit, das Evangelium auf seine Art auszulegen, den Pfarrer als Hindernis im direkten Verkehr mit dem Herrn auszuschalten und zahllose Sekten zu bilden.

Kurz vor dem Dreißigjährigen Krieg entwarf der Kirchenreformer Johann Valentin Andreae eine christliche Idealstadt *Christianopolis*, die man fast mit der *Utopia* des Thomas Morus vergleichen kann: eine heilige Stadt von dieser Welt, in welcher der Friede erhalten, der Reichtum verachtet und die Gleichheit der Bürger gewahrt werden sollten.

Andreae ist einer der Ahnen des Pietismus, mit dem die evangelische Landeskirche nach 1650 eine zweite Reformation erlebte, die von innen kam und die das schwäbische Wesen noch stärker geprägt hat als die eigentliche Reformation. Dem frommen Protestanten erschienen die Zustände am Hof als eine »Strafe des Himmels«. Der treue, ergebene, schlichte Untertan floh aus dem Verhängnis einer besonders drückenden Despotie in die Religion. Der Pfarrer Friedrich Flattich, die volkstümlichste Figur des schwäbischen Pietismus, antwortete auf die Frage, was ein Pietist sei: »Wenn man seinen Hund den ganzen Tag schlägt, so geht er durch und sucht einen anderen Herrn, bei dem er es besser hat. Auf die gemeinen Leute schlägt jeder zu, der Herzog, der Soldat, der Beamte, der Jäger. Drum gehen sie durch zu Christus, und wer Christus sucht, der ist ein Pietist.«

Doch war der Pietismus nicht nur ein Sammelbecken für die unterdrückten Seelen, die aus der Despotie des falschen Herrn zum wahren Herrn flohen. Er nahm auch die Flüchtlinge auf, die des nüchternen Kathederchristentums, der grämlichen Langeweile der Landeskirche müde waren. Die ersten Pietisten waren *gottselige Rebellen.*

Der Pietismus war eine von einem Teil der Pfarrer geführte und gestützte Volksbewegung. In der *Stund*, den außerhalb der Kirche abgehaltenen Bet- und Erbauungsstunden, wurde die Heilige Schrift ausgelegt. Die Bibel wurde als bedeutendstes Bildungsbuch Volkseigentum. Der Pietismus betrieb die Loslösung der Kirche vom Staat und eine Besinnung auf die urchristliche Gemeinde. Die Landeskirche wurde von pietistischen Predigern oft ebenso hart mit lutherischer Diktion angegriffen, wie der Reformator die katholische Kirche angegriffen hatte. Der Hofprediger Hedinger bezeichnete die Landeskirche als »Notstall der Frommen, bluttriefende Mördergrube, stinkenden Lasterkeller«. Der Bußruf der Pietisten richtete sich weniger an die Ungläubigen als an die unbekehrten Frommen, an die routinierten Kirchenchristen, an die selbstgerechten Pharisäer.

Ernst Müller, Stiftler und Linksintellektueller, einer der gebildetsten Menschen, die ich kennengelernt habe, kernig, grantig, räs, in der Nazizeit geächtet, nach dem Krieg Herausgeber des *Schwäbischen Tagblatts* in Tübingen, erklärt den Ursprung des Pietismus so: »Grob gesprochen läßt sich innerhalb der protestantischen Landeskirchen die neue Frömmigkeitsbewegung mit den Ereignissen der mittelalterlichen Mystik vergleichen, denn beiden gemeinsam ist mehreres: die Unzufriedenheit breitester Volksschichten mit dem kalten, nüchternen Schulchristentum, der sogenannten Rechtgläubigkeit, die Sehnsucht nach einem gottinnigen persönlichen Leben, das in Demut, Selbstverleugnung und Gewissenstreue nicht den Dogmen, sondern dem Herrn Jesus Christus selbst sich verpflichtet fühlte, die Neigung zum Konventikeltum, zur Bildung einer ›ecclesiola in ecclesia‹, die Berufung auf das Bibelwort als das einzig maßgebende Erbauungs- und Bildungsbuch, die Vorliebe für eine herzlich gelebte Religion im Widerspruch zu der steifen Hierarchie der landeskirchlich engen politisierten Theologie.«

Der bedeutendste unter diesen Stillen im Lande, die sich auch *Gemeinschafts-*

"Putz und Prunk" auch in der Sprache mochten die Pietisten nicht. Man merkt das in ihren Predigten und in ihrem Aber gegen die KUNSCHT.

christen nannten, der Klassiker unter den deutschen Pietisten, dessen Schriften bei manchem Pfarrer und manchem Laien noch heute neben der Bibel stehen, ist der schwäbische Magister und Denkendorfer Klosterpräzeptor Johann Albrecht Bengel. Er löste den Widerspruch zwischen Pietismus und Kirche, er erhielt mit seiner maßvollen Nüchternheit und seiner praktischen Menschenkunde die revolutionäre Bewegung dieser zweiten Reformation im Schoß der Landeskirche. Seine Schriften strahlten weit über das Land hinaus und schufen eine Verbindung zu den pietistischen Bewegungen Franckes und Zinzendorfs. Als Erzieher von mehr als dreihundert zukünftigen Pfarrern teilte er nicht das Los vieler Schwaben, deren Wirken eigentlich erst außerhalb des Landes spürbar wurde, wie List, Schelling, Hegel, Hölderlin und Wieland. Er vereinigte mit schwäbischer Weisheit die Extreme der Kirche und des Pietismus in einer synthetischen Mitte.

Erbauung und tätige Buße, Versenkung in das Wort Gottes, ein demütiges und tätiges Leben, Verinnerlichung und Glaube an die Macht des Gebets, direkte Beziehung zu Gott: Das sind Forderungen, die Bengel zuerst an sich, dann an seine Schüler stellt. Das Leben ist für ihn eine stille Erkenntnis der göttlichen Allgegenwart, eine zeitlich begrenzte Vorbereitung auf das ewige Leben. Der *Butzen der Sterblichkeit* wird durch die Macht des Gebets getilgt. Der Tod, obwohl nur ein *Übergänglein,* nimmt eine zentrale Stellung ein. »Inter iubila morior« – »jubilierend sterbe ich«, rief der Hofprediger Hedinger auf dem Sterbebett aus, während seine Freunde Loblieder sangen und der Organist der Stiftskirche die Harfe schlug. Als Bengels Frau einmal von Stuttgart zurückkam und den Mann bangend fragte, wie es dem schwerkranken Jüngsten gehe, meldete er verklärten Auges mit den Worten »Es liebt und lobt« dessen Heimgang.

Die Stillen im Lande, die sich in Gemeinschaften innerhalb der Gemeinde zusammenfanden, beschränkten sich indessen nicht auf Erweckung und Bekehrung, auf Besinnung und Verinnerlichung, auf die kalvinistische Vereinigung von vergänglichem Erdenwallen und ewigem Leben, die an Stelle des lutherischen Gegensatzes von Sünde und Gnade in den Mittelpunkt des Christenlebens rückte. Frömmigkeit und Nächstenliebe wurden in tatkräftiges Handeln umgesetzt. Die Pietisten wollten sich von den *Weltkindern* in der tätigen Nächstenliebe nicht übertreffen lassen. Wenn Württemberg das klassische Land der Anstalten und Heime ist, so hat es dies den evangelischen Erweckern zu verdanken, die eine breite Welle freier Wohltätigkeit auslösten. Pietistische Pfarrer betätigten sich auch als Erzieher, Erfinder, Missionare, soziale Neuerer und Industriegründer. Sie widmeten sich der Verbesserung des Weinbaus, beratschlagten mit ihren Bauern, wie man rentabler wirtschaften könne, kümmerten sich um Bienenzucht und Obstveredelung und führten in ihren Gemeinden die Heimarbeit ein, die in Spinnstuben und mechanischen Werkstätten das ländliche Elend lindern sollte.

Friedrich Christoph Oetinger, ein Schüler Bengels, wies den Pietismus in eine romantische Richtung, die in mystische Versenkung und verzückte Verklärung führte. Er zählt zu den eigenwilligsten und faszinierendsten Erscheinungen seiner Epoche. Kritischer wissenschaftlicher Intellekt verband sich in ihm mit einer tiefen Frömmigkeit. 1759 veröffentlichte er eine auf Andreae fußende religiös-politisch-utopische Schrift, eine Zukunftsvision vollkommener Harmonie: »Alle werden in Gütergemeinschaft leben, bei aller Verschiedenheit ein gleich großes Stück Land besitzen und keiner mehr vom anderen Schulden einziehen. Das Recht wird nicht mehr zur gewaltsamen Beherrschung, sondern zum gemeinsamen Genuß.« Es ist das Modell einer idealen Gesellschaftsordnung nach dem Vorbild des urchristlichen Liebeskommunismus, dessen Faszinationskraft über Schelling, Hegel und Marx bis in unsere Tage fortwirkt und in Korntal und Wilhelmsdorf zum Teil verwirklicht worden ist.

Wieso betont der Verfasser so oft die Verwandtschaft von Christentum und Kommunismus? Sind gar Klöster für ihn Kommunen? Und die Bundeswehr, wo es kein Eigentum gibt?

Später allerdings schlich sich in Oetingers Gedankenwelt der Glaube an die Seelenwanderung ein, die Theologie wurde zur Theosophie und endete im Okkultismus. Statt sich der Lebenden anzunehmen, versuchte man sich in der Bekehrung der Toten, die Erweckung wurde zur Verzückung, man hörte Stimmen, hatte Gesichter, und in der Sprache vermischte sich Mystisches mit derb Realistischem. So, wenn Oetinger sagte, die heilsamen schwäbischen

Mineralquellen seien »von himmlischem Salz gleichsam geschwängert«, oder wenn er die jungfräuliche Mutterschaft Mariens erklärte: »Die dünne Geistmaterie des Himmels dringt in den Leib der Maria und nimmt eine schattige, finstere Art im Fleisch an, wie Hiob sagt, die Milch des himmlischen Samens gerinnt zu einem Käs.«

In einzelnen Gemeinschaften entartete die Frömmigkeit zur Bigotterie, zur Selbstgefälligkeit und Selbstgerechtigkeit. Bibel und Zeigefinger werden zum Orakel. Man entscheidet nicht mehr selbst, sondern legt den Finger auf eine beliebige Stelle der Bibel, also die *Losung* findend und sie zur göttlichen Eingebung deklarierend, die eine Entscheidung herbeiführt. Die Buchstäbler erklären schwäbisch tüftelnd das Wort, besonders die Offenbarung Johannis. Ich erinnere mich, wie mich meine Großmutter einmal in die *Stund* mitnahm und dort ein Bruder verkündete: Jesus Christus sei in jedem von uns, denn das ICH sei nichts anderes als die Initialen seines Namens. Die Demut konnte sich in groteske Masken kleiden, so bei einer Gemeinschaft, wo sich die Brüder und Schwestern mit »Ra!« begrüßten, einem schwäbischen Urlaut, der soviel wie *Herunter vom hohen Roß!* bedeutet. Der Pietist, Prälat und Oberstudienrat Christian Friedrich Kleiber, am Stuttgarter Gymnasium Lehrer der Moral, verdonnerte den *Faust* als »Hurenbuch« zum »verruchtesten Werk unter allen verruchten Werken in unserer Literatur«.

Das waren die *Stondaleit,* von denen Sebastian Blau sagt, daß sie täten, als

hätten sie schon auf Erden eigenhändig vom Herrn Jesus ein Freibillett für den Himmel.

Schwaaz dr Huat ond schwaaz es Fräckle
ond s Gehabe gsalbet fromm,
ond a gottergeabes Gschmäckle
om de' ganze' Ranze' rom

schildert er die äußere Erscheinung eines Stundenbruders und schließt sein Gedicht:

Glaubsch mers, daß vor sotte Denger
s Kreuz sogar dr Teufel schleecht
ond ob deane Stondegänger
schier katholisch weare' möcht?

Für die unter den Schwaben gar nicht seltenen Puritaner dieser Art ist die Erde ein Jammertal, der Mensch ein Sündenpfuhl, der Wein ein Höllentrank und die Liebe ein Teufelswerk. In meiner Jugend gab es ein pietistisches Bild, in dem der Weg zur Verdammnis als breite Straße dargestellt war, gesäumt von den Stätten des Teufels: Wirtshaus, Maskenball, Eisenbahn, Spielhölle, Theater und Tanzboden. Während sich auf dem steilen, steinigen Pfad zur Seligkeit, gesäumt von Kirche, Zeltmission, Diakonissenhaus und Sonntags-

schule, der karge Büßer mühsam hochschleppte und sich nur mit einem Trunk Wasser und einem Gebet erlaben durfte, hatte die Straße des Verderbens fließenden Kutschenverkehr, bot sie Waren des höheren Konsumbedürfnisses, endete dafür aber in einem Höllenpfuhl, den der Zeichner viel liebevoller gestaltet hatte als das etwas langweilig geratene Paradies. Dieses Bild versetzte mich in schreckliche Angst, waren doch meine lebensfrohen Eltern auf dem besten Weg zur ewigen Verdammnis. Beim Cannstatter Volksfest wurden von schmallippigen Frauen und Männern im schwarzen Fräckle Traktätchen verteilt, in dem die Folgen des Besuchs eines so harmlosen Vergnügens, heimlicher Jugendsünden und des Alkoholgenusses mit geradezu sadistischer Wollust ausgemalt waren. Es schien, als sei der Teufel, von den Pietisten *Satan* genannt, mit mehr Allmacht ausgestattet als Gott.
In einer frequentierten schwäbischen Weinstube stand die Wirtin verdrossen hinter der Theke, als hadere sie ständig mit dem Herrgott, weil sie mit dem Teufelstrank Wein so viel Geld verdiente. Dabei verbietet der schwäbische Pietismus nur das Rauchen, gestattet aber den Alkoholgenuß, da ja viele Stundenbrüder Weingärtner sind. In Westfalen, wo viele Brüder von der Zigarrenherstellung leben, ist es umgekehrt. So behauptete eine ansonsten alles andere als beschränkte Schwäbin von ihrem Pfarrer: »Der glaubt doch nex!« Auf die Frage nach dem Grund dieser Unterstellung antwortete sie: »Der raucht doch, wenn er d' Predicht macht! Ond em-a Zemmer voll Rauch kô dr Heiliche Geischt net wirka!«
Diese Art Pietisten können hier nicht unterschlagen werden, weil jeder Schwabe nicht nur einen Bauern, sondern auch einen Stundenbruder zum Ahnherrn hat, der »em Hemmed« und mit schlechtem Gewissen der Erbsünde anheimfiel und seiner ehelichen Pflicht und Schuldigkeit oblag, auf diese Weise sein puritanisches Blut vererbend. Diesem Ahn verdankt auch der heitere Schwabe ein muffiges Gschmäckle; ihm verdankt er sein gestörtes Verhältnis zu den unnützen Musen, die durch Skrupel eingeschränkte Genußfähigkeit, die gestörte Freude am Sinnlichen, den Hang seiner Phantasie, sich mehr die Zustände im Reich des Todes und der Verdammnis als die Freuden

des Lebens auszumalen. Reinhold Nägele erzählte mir von einem namhaften schwäbischen Verleger und Journalisten, der früher Pfarrer gewesen war. Er hatte eine arge Schwäche fürs weibliche Geschlecht, der er zuweilen nachgab, nicht ohne nachher zu jammern: »O wenn no 's Gwissa net wär!«

Nach dem gescheiterten Demokratisierungsversuch des Jahres 1848 spalteten sich die Pietisten. Die früher die Lokomotive der Erneuerung führten, besetzten nun das Bremserhaus. Aber es wäre falsch, die Führer des Pietismus mit der ganzen Bewegung zu identifizieren. Ein Mann wie der Bad Boller Pfarrer Christoph Blumhardt zum Beispiel erkannte die gemeinsamen Tendenzen von Bergpredigt und Sozialismus. Blumhardt saß zwei Jahre lang als sozialdemokratischer Abgeordneter im württembergischen Landtag. Er äußerte die Ansicht: »Gott will auch die soziale Frage lösen. Deshalb bin ich Sozialist. Und ehe die soziale Frage nicht gelöst wird, hat unser Christentum die Höhe nicht erreicht.« Eine solche Einsicht möchte ich weder typisch pietistisch noch typisch schwäbisch nennen. Beides jedoch ist sein Ausspruch, den er beim Tod seines ungläubigen Freundes August Bebel getan haben soll: »Etzt wird dr Auguscht aber domm gucka!«

Ein Sproß des sozialen Pietismus ist auch Erhard Eppler, ein Muster an Redlichkeit, Schlichtheit, Pflichtgefühl, Klarheit und Bescheidenheit – aber auch an Unfähigkeit, sich wirkungsvoll darzustellen. Die Bezeichnung *Pietkong*, deren Urheberschaft man Herbert Wehner zuschreibt, ist trefflich. Sein Buch *Ende oder Wende* ist eine in einem klaren, überzeugenden Deutsch geschriebene Warnung vor dem Selbstmord der Menschheit durch Technokratie, Wachstumsfetischismus und Profitgier. Gleich den Werken der Väter des Pietismus warnt der Nachfahr prophetisch mahnend vor einem trägen und anmaßenden Konservativismus, der die Strukturen erhalten wissen will, statt die Werte zu bewahren.

Eine Frucht pietistischer Erziehung, bei der die Geborgenheit im Glauben zur Verkrampfung wird, war Hermann Hesse. Die Nächstenliebe des Elternhauses ging zwar bis zur Selbstentäußerung, reichte aber nicht aus, um das eigene, aus der Art geschlagene Kind zu begreifen.

Wo der Schwabe in all seinen Widersprüchen geschildert wird, da darf man auch den Zweifler an Gott, den Kritiker der Bibel nicht vergessen. Es gab unter den Schwaben in allen Generationen zahllose Theologen, die, zwischen Glauben und Zweifel aufgerieben, es nicht wagten, eine Kanzel zu betreten, denen es nicht gelang, die Widersprüche harmonisch zu vereinigen und jenes labile Gleichgewicht zwischen den Extremen herzustellen, das für den Schwaben typisch ist. Sie retteten sich oft in einen anderen Beruf. Manche von ihnen wurden als Religionslehrer auf die Jugend losgelassen und äußerten dann ihren Verdruß gegen Gottes Wort und Gottes Geschöpf, indem sie jenes diesem um die Ohren hauten und Katechismus und Neues Testament als Waffe und als Peitsche gegen ihre Schüler benutzten. Wenn es ihnen trotzdem nicht gelungen ist, den Zöglingen die Freude an Gottes Wort auszutreiben, so ist das eines jener Wunder, die fast in das Gebiet der Theosophie fallen.

Auf den Pietismus folgte im vergangenen Jahrhundert eine Reaktion. Als ihr Repräsentant, der mit seiner radikalen Kritik an der Bibel eine ganze Theologengeneration verwirrte, der mit seinem *Leben Jesu* ein Skandalon ersten Ranges schuf und der deswegen vom Tübinger Stift verwiesen wurde, sei hier nur David Friedrich Strauß genannt. Seine Behauptung, die Bibel sei nicht vom Heiligen Geist inspiriert, sondern ein bloßer Mythos, den man nicht wörtlich nehmen dürfe, der Mensch Jesus besitze keinerlei theologische Autorität und die Evangelistenberichte enthielten mehr Phantasie als Wirklichkeit, seien mehr Dichtung als Wahrheit, war für die Pietisten eine ungeheuerliche Lästerung, eine satanische Herausforderung. Strauß wurde als Judas, als Zöllner und Sünder bezeichnet und moralisch verdächtigt. Wie sehr er dem Skeptizismus des Schwaben entgegenkam, beleuchtet diese kleine Anekdote:

Einem Pfarrer, der einem Sterbenden die Angst vor dem *Übergänglein* nehmen wollte und ihm beredt die Freuden des Paradieses schilderte, sagte dieser, seine Zweifel schwäbisch vorsichtig formulierend: »O Herr Dekan, se lobet's afanga au nemme so!«

In der letzten Landessynode, in der die *Lebendige Gemeinde* den Pietismus in Erbpacht zu nehmen versuchte, zeigte sich dieser von einer wenig schönen Seite: engstirnig, pharisäisch, provinziell, reaktionär, unbrüderlich gegen die Ökumene, wissenschaftsfeindlich und wortklaubend. »Als müßte ihr Gott dahinsiechen und sterben, wenn sie nicht ständig wie eine Seuchenpolizei auf der Suche nach vermeintlichen Krankheitskeimen sind [...], als gehe generell der Glaube zugrunde, wenn derjenige, der ihn hat oder dem er gepredigt wird, sich fragend und kritisch mit der Ordnung oder Unordnung in der Gesellschaft, in der Kirche, in der Familie, in der Schule und wo immer auseinandersetzt.« (Walter Hähnle in einem Leserbrief an die *Stuttgarter Zeitung*) Pfarrer Rippmann aus Aich sagt über die inzwischen gebrochene absolute Law-and-order-Synodalen-Mehrheit, es handle sich um »machtbesessene Machiavellisten, die hinter der Maske der Brüderlichkeit ihr wahres Gesicht zeigen: Herrschaft [...]. Man überlasse dieses Gremium denjenigen, die weiterhin ihre Freude an Weltfremdheit, Ordnungssucht, Rechtsgläubigkeit und an einem Verständnis von Christentum haben, das sich am bigotten ›Herr, ich danke dir, daß ich nicht so bin wie diese Welt‹ erschöpft.« Daß es ausgerechnet ein Synodaler der *Lebendigen Gemeinde* war, der unter dem Vorwand, *man wolle nicht in der Vergangenheit bohren*, sich weigerte, daß man in Grafeneck eine Gedenktafel für die 10 000 Mordopfer des Faschismus anbrachte, wundert den Kundigen nicht.

War der Pietismus ursprünglich eine freudige Bewegung gegen die düsteren barockzeitlichen Visionen vom Weltuntergang, so geißelt der Crailsheimer Dekan Lachenmann die modernen *Untergangsmeier*, deren Untergangspredigten für die sündige Welt mit einem Ätsch-Effekt von pharisäischer Schadenfreude verknüpft seien, weil sie sich ob ihrer Tugend und Sektentreue als Auserwählte fühlten, weil für sie ja ein sicherer Zufluchtsort reserviert sei, von dem aus sie genüßlich das Versinken der vielen *Weltkinder* in Pech und Schwefel beobachten könnten.

Dieses Pharisäergehabe der pietistischen Funktionäre darf uns aber nicht zu der Ansicht verleiten, das pietistische Bodenpersonal mit den selbsternannten prähimmlischen Heerscharen zu vergleichen. Besonders auf dem Land findet man eine Fülle von vorbildlichen Pietisten, deren Liebe zu Gott nicht die Liebe zu seinem Geschöpf, deren Glaube an die Gnade auch nicht den sündigen Bruder ausschließt.

9. Kapitel | Das Sach

A Onkel, wo Sach hôt, isch besser wi-a Tante, wo Klafier schpielt.

Fir an arma Vaddr kam-mer nix, aber fir an arma Schwiegervaddr.

Am Verdeana isch no koiner z' Grond ganga.

Was i hergei, hoan-i nemme.

SCHWÄBISCHE REDENSARTEN

Der kundige Hansmartin Decker-Hauff behauptet: »Wer sich nicht um das Eigene, sein Sach, kümmert und den Nachbarn der Fürsorge des lieben Gottes überläßt, der verstößt gegen die Ordnung dieses Landes.« *Sei Sach:* Das ist das Hab und Gut, an dem der Schwabe inbrünstig hängt. Idealismus und Materialismus, Frömmigkeit und Auflehnung, Grüblertum und praktischer Sinn – genauso, wie sich diese Widersprüche in ihm vereinigen, so auch die Fähigkeit, beim Blick auf das Jenseitige die Sicherheit im Diesseitigen, die der Besitz, *das Sach,* garantiert, niemals außer acht zu lassen.

Der Schwabe strebt nach Besitz, ist aber im allgemeinen nicht fähig, ihn zu genießen, wenn er ihn erworben hat. Wie ein Schwamm saugt er das Geld an, ohne es auszugeben, ohne es gegen Dinge, die das Leben lebenswert machen, eintauschen zu können. Mein Kollege Otto Rombach fragte einmal eine Mitbürgerin auf ihren Stoßseufzer: »Mer sott halt amôl em Lotto gwenna!«, was sie denn dann mit dem vielen Geld anfangen wolle. »Uffananderbeiga«, antwortete sie. *Uffananderbeiga,* sich am Anblick des Besitzes erfreuen, sein eigenes Geld zählen – das ist mehr Lust, als man kaufen kann, wenn man sein Geld ausgibt. Dieser schwäbische Begriff *beiga* = aufeinanderhäufen kommt wie so manches Wort in unserem Dialekt, das in der Schriftsprache ausgestorben ist, aus dem mittelhochdeutschen *bîga* = der Haufen des in der Schlacht Erbeuteten. Dazu eine schwäbische Redensart: *Mer muaß 's Geld bigla, bevor mer 's uffananderbeigt.*

Denn Verschwendung, über die Verhältnisse leben, Schulden machen sind dem Schwaben ein Greuel. Er kommt eher durch Verzicht auf Ausgaben als durch Einnahmen zu Wohlstand. Besitz gibt Sicherheit, hebt das Ansehen und ist ein Zeichen göttlichen Wohlwollens. Zwar ist der Schwabe auf seinen Vorteil bedacht – »Laß du mi meine Kiachla en deim Schmalz backa, nô derfsch drfir dei Fleisch en meim Kraut koche« –, aber er will nicht auf unrechten Wegen zu *seim Sach* kommen, er ist sogar bereit, dafür ein Opfer zu bringen, wie jene Frau eines Waldarbeiters. Die traf die Witwe eines anderen Waldarbeiters, der mit ihrem Mann zusammen einen Baum gefällt hatte, wobei jener erschlagen worden war. »Wia gôht's nô emmer?« fragte die Frau teilnahmsvoll. »Ganz guat«, sagte die Witwe. »Ganz guat?« zweifelte die Frau verblüfft. »Ha jô, i han von dr Versicherong fuffzichdaused Mark fir mein Albert kriagt.« – »Waaaas – fuffzichdaused Mark! Ond mei Sempel schprengt uff d' Seit!«

Hier paßt sich der Verfasser der Inflation an. In der ersten Auflage waren es nur DM 20000.-

Der Schwabe ist bedacht, *sei Sach* zusammenzuhalten, es ohne Risiko zu mehren und weder Zinsen noch Zinseszinsen auszugeben. Denn nach seiner Erfahrung kommt Geld zu Geld, »scheißt dr Deifel bloß uff dungte [gedüngte] Äcker«. Einnahmen verdrießen den Schwaben, wenn er einen Teil davon wieder ausgeben muß. Ein Kollege fragte mich nach dem Erfolg eines Buchs. Auf meine Antwort, ich sei recht zufrieden, sagte er mit aufrichtigem Beileid: »O je, dees wird a Eikommaschteuererklärong geba 's nächscht Jôhr!«

Hausbesitz ist die höchste Selbstbestätigung für den Schwaben, ist ein Ausweis bürgerlicher Honorigkeit, nach der auch der Arbeiter strebt. Armut ist zwar keine Schande, aber ein Zeichen der Untüchtigkeit. Deshalb vergißt in einer Todesanzeige in der *Stuttgarter Zeitung* der Leidtragende in tiefer Trauer seinem Titel *Forstamtsvorstand i. R.* auch nicht die Gehaltsklasse hinzuzufügen: *Besold.-Gr. A* 14 – *Oberforsträte.*

»Bei dene kommet d' Meis mit verheulte Auga d' Behnetrepp ronter.« Einer, bei dem die Mäuse auf dem Vorratsspeicher des Bodens, schwäbisch Bühne genannt, nichts finden, ist nicht nur ein bedauernswerter, sondern auch ein geringgeachteter Mann, dem man sein Töchterle nicht gern zur Frau gäbe.

Doch die Freude am Besitz, der Stolz auf das Erreichte beschränkt sich nicht aufs Materielle. Zum *Sach* gehört auch *'s Ziefer*, unter welchem Sammelbegriff im Gegensatz zum Ungeziefer der schwäbische Bauer sein Federvieh und seine Kinder unterbringt.

Als junger Student im ersten Semester saß ich einmal in Tübingen neben einem Mann, der sich mit einem sauberen Mädle zusammen in schwäbischer Schweigsamkeit übte. *Sauber* ist im Schwäbischen = hübsch, da dieses Wort aber von *höfisch* abgeleitet wird, ist es ungebräuchlich. Als das Mädchen für ein paar Minuten retirierte, beugte sich der Mann zu mir: »Gell, Biable, dui gfallt dr?« Da ich damals wirklich noch ein arg braves Büble war, druckste ich verlegen jenes einschränkende »Ha scho!« heraus, das im Schwäbischen oft das Ja ersetzen muß.

Aber der Mann war nicht zufrieden. »Gell, dia mechtsch gern vegla?« Die Frage brachte mich in äußerste Verlegenheit. Denn selbst wenn ich sie innerlich mit Ja beantwortet hätte, der Stundenbruder-Ahn hätte es mir nie erlaubt, mich so zu sündiger Libido zu bekennen.

In der 1. Auflage hatte T. T. Schiß, dies wüschte Wort ausgeschreiben. Da standen noch anschtändige ....

Aber der Mann enthob mich einer Antwort. Er hatte die Frage nur rhetorisch gestellt. »Dô isch fei nex z' machet – dees isch nemlich mei Dechterle!«

In diesem Erlebnis ist das Verhältnis des Schwaben zum Besitz *in nuce* enthalten. Der Besitzer ist stolz auf den Besitz. Das Begehren des Nachbarn hebt die Freude daran. Die Lust wird gesteigert durch die Schadenfreude, daß der Besitz für den Begehrenden unerreichbar ist. Das Wörtchen *fei* zeichnet sich in dieser unfeinen Sache durch eine sprachliche Feinheit aus, die nur ein Schwabe nachzuempfinden vermag: *Fei* bedeutet nicht nur *fein, daß es so ist,* es schließt auch eine Änderung der Verhältnisse kategorisch aus und impliziert eine leise Drohung.

Freilich wird der materielle Besitz nicht gern offen zur Schau gestellt. Auch wem es gutgeht, von wem man auf schwäbisch sagt: »Dem lauft dr Rotz d' Nôs nuff, sogar zwôiglôisig«, der wird nicht übermütig. Man betont den Wert nur, wenn man etwas verschenkt. So vergaß der verstorbene Stuttgarter Oberbürgermeister Arnulf Klett, als er der englischen Königin ein Geschenk der Stadt überreichte, nicht hinzuzufügen, daß es *fei ein koschtbares Geschenk* sei. Ich brauchte lange Zeit, um herauszufinden, wie hoch der schwäbische Preis für eine Kostbarkeit sei: 95,98 DM. Wo man aber einen wachen Verstand und ein starkes Gefühl nicht unverhohlen preisgibt, ist man nicht nur hehlinge gscheit, sondern auch hehlinge reich. Selbst wenn man die entsprechende Schuhnummer hat, lebt man nicht auf großem Fuß. Der Wohlstand wird hinter Geranien und schlichten, aber teuren Stoffen in unauffälligen Dessins getarnt. Gute Maßschneider wissen die Schwellungen des Leibes und der Brieftasche ihrer Kunden geschickt zu verbergen. Bei den Juwelieren auf der Stuttgarter Königsstraße werden besonders kostbare Preziosen oft im Hinterzimmer gekauft. Es ist besser, die Konkurrenz, der Betriebsrat, die Steuer und manchmal auch die Gattin erfahren nichts davon. Auffallend schöne Schmuckstücke werden von ihren Besitzerinnen teilweise nur außerhalb des Ländle getragen. Die Bescheidenheit, die sich bis zur Schäbigkeit steigern kann, ist nicht geheuchelt, sondern echt. Als Emil Schüle, ein steinreicher Freund meines Vaters, Besitzer vieler Gipswerke und Weinberge, nach einem Besuch nach seinem Mantel fragte, erklärte ihm meine Mutter schlicht, den habe sie verbrannt, er sei für ihn zu schäbig. Da er nicht nur

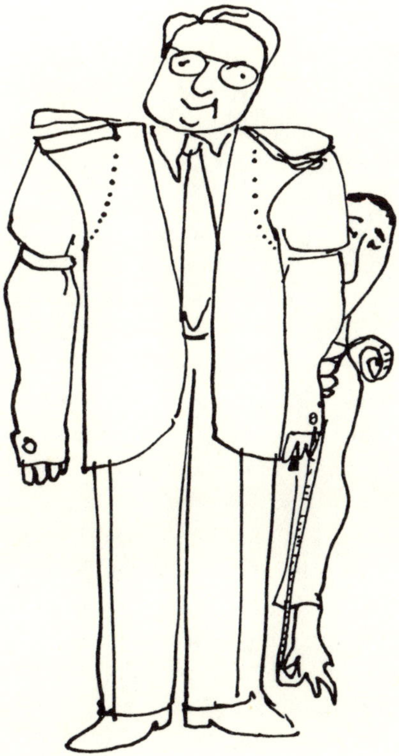

Geld, sondern auch Verstand und Humor hatte, trug er das mit dankbarer Gelassenheit – endlich hatte er vor seinem Gewissen einen Grund, einen neuen Mantel zu kaufen.

In der 1. Auflage war es p'hätter: da war es nur <u>ein</u> Hunderter.

Wer etwas hat, setzt es nicht leichtfertig aufs Spiel. Ein rheinischer Fabrikant führte seine schwäbische Gattin in die Spielbank in Baden-Baden und gab ihr ein paar Hunderter, damit sie auch ein bißchen mitspielen könne. Sie steckte die Scheine mit den Worten »Scho gwonna!« ins Dekolleté. Und ich kenne nicht nur einen reich gewordenen Sozialisten, dem man das Bonmot anhängt: »Der verteidigt sein Kapital heute genauso halsstarrig wie früher das *Kapital* von Karl Marx.«

Ungern gibt der Schwabe zu, daß es ihm gutgeht, denn er fürchtet, man könne ihn dann um etwas bitten – und was man hergibt, hat man nicht mehr. Aber er sagt auch nicht gern, daß es ihm schlechtgeht, denn »zeah Neider send besser wia oi Mitleider«. Und die Auskunft, es gehe schlecht, könnte überdies den Frager freuen. So hilft man sich mit schwäbischen Einschränkungsfloskeln »'s wär scho guat, wenn net...« aus der Bredouille und umfaßt den Kassenschrankschlüssel im Sack, das Symbol der Unabhängigkeit. Aber vor Gott, dem Finanzamt, der Verwandtschaft und den Habenichtsen hält man den Wohlstand geheim. Aus gutem Grund. Denn als einmal ein Unternehmer einem Geistlichen nach einer Tagung in der Evangelischen Akademie Bad Boll auf einer offenen Postkarte schrieb, er habe dort *großen Gewinn* gehabt, erkundigte sich alsbald die Steuerfahndung nach der Höhe der in Bad Boll vereinnahmten Summe. Auch der Reiche lebt meist bescheiden und schlicht. Auf Repräsentation und Prestige legt der Schwabe keinen Wert. Reich gewordenes Protzentum, das nach neuen Lebensformen sucht, ist selten. Ein bekanntes Unternehmen in Reutlingen gehörte zwei Brüdern. Der eine traf den anderen in einer bescheidenen Wirtschaft und sah, wie dieser ein Paar Würstle mit Kartoffelsalat aß. »Du wirsch scho no seha, wia weit du no kommsch mit deiner Warm-z'-Nacht-Esserei«, orakelte der Bruder düster. Sein Kassandraruf sollte recht behalten. Die Firma besteht nicht mehr. Aber nicht wegen den Würstle.

Die berühmte schwäbische Sparsamkeit hat ein breites Spektrum, das von der Tugend bis ins Laster reicht. Als ich den damaligen Ministerpräsidenten Reinhold Maier als junger Journalist interviewte, hatte er vor sich auf dem Schreibtisch eine ausgeschnittene, ungestempelte Drei-Pfennig-Marke liegen, die es damals noch gab. Mich rührte dieses Symbol tätigen Sparens, und ich benützte die Briefmarke als Aufhänger für mein Interview. Daraufhin schenkte mir der Ministerpräsident die Marke, »damit Sie sehen, daß ich wohl sparsam, aber nicht geizig bin«.

Rührend ist für mich jedesmal, wenn ich Zeuge bin, wie ein Minister nach Bezahlen der bescheidenen Zeche den Kellner zurückhält, um für ihn umständlich einen Zehner Trinkgeld aus dem abgegriffenen Portemonnaie zu kramen, aber erst nachdem er mit dem besten Willen kein Fünferle gefunden hat. Der Oberbürgermeister einer schwäbischen Großstadt hatte zwar sein Eßzimmer kostbar mit Damast tapeziert, aber wo *'s Biffee* stand, da war die Tapete ausgespart, dahinter blieb die Mauer nackt.

Doch das führt schon einen Schritt weiter zu dem schwäbischen Adjektiv *p'häb*, das einem Menschen angehängt wird, der bestrebt ist, seine Habe, *sein Sach*, zusammenzuhalten. Der Tübinger Weingärtner, der auf die Frage, was er seinen Kindern zu Weihnachten schenke, sagt: »I saich ehne halt a Schleifez vors Haus«, ist auch in seiner freudebringenden Resteverwertung noch p'häb.

← Dieser Satz ist leider unübersetzbar, aber erwünscht.

Als ich einmal Willy Reichert auf seinem Hof in Oberbayern besuchte, zeigte er mir nicht ohne Stolz sein *Sach*. Wir kamen zu einem Forellenteich, und ich fragte, ob man den auch einmal ablassen müsse. »Eimal em Jahr«, erklärte er mir. »Mhm, nô gibt's aber a feis Forelle-Esse«, wähnte ich genießerisch. Willy Reichert sah mich degoutiert an. »Ja, was glaubet Sie denn eigentlich von mir? Die Dierle, mit dene mer 's ganze Jahr zamme lebt, esse? Kein Bisse tät i nonterbrenge!« – »Ach, dann werdet die nachher wieder eigsetzt?« – »Nei – alle werdet se verkauft!«

Willy Reichert war überhaupt ein Muster an schwäbischem – nein, sagen wir freundlicher: an schwäbischer Sparsamkeit. Niemand will mir glauben, daß

Würde dieser Satz aus Takt zu W.R.s Lebzeiten unterschlagen?

ich von ihm einmal, allerdings nach harter Nötigung, zu einem Gläsle *Weinbrand* eingeladen worden bin.

Mein Großvater charakterisierte eine Familie mit dem Satz: »Dia dent Butter onters Gsälz.« Butter unter die Marmelade tun, den Brotbelag verdoppeln, das war damals ein Zeichen üppigster Verschwendung, dem nur ein schlimmes Ende folgen konnte.

In die Kategorie der *P'häben* gehörte auch ein Alter Herr, dem die Verpflichtung, bei einem Besuch in Tübingen einen studierenden Bundesbruder einladen zu müssen, arg schwerfiel. Es erleichterte ihn sichtlich, als ich einmal seine gequälte Einladung mit den Worten ausschlug: »Dankschee, Alter Herr K., i hab erscht geschtern gesse.«

Für einen p'häben Menschen hat der schwäbische Dialekt die Metapher *Entaklemmer*. Da die Enten ihre Eier nicht wie die Hühner in bekannte Nester, sondern unauffindbar außerhalb des Stalls legen, kneift (schwäbisch: *klemmt*) der Entaklemmer die Tiere, bevor er sie aus dem Stall läßt, ins Hinterteil. Spürt er dabei, daß eine Ente ein Ei trägt, so läßt er sie nicht ins Freie. Der Beuroner Pater Dr. Basil Steidle hat mir erzählt, wie er in seiner Jugend noch als Entaklemmer auf dem Hof seines Onkels tätig war.

Inzwischen habe ich den *Geizigen* von Molière, der mir trefflich auch ins Schwabenland zu passen schien, ins Schwäbische, in die Gründerzeit und nach Stuttgart übertragen. Er hieß bei mir erst *Dr Entaklemmer*; als aber eine Sprecherin vom großen Vaterland das Hörspiel als *Doktoa Entaaklemmer* im Funk ankündigte, habe ich ein sprachfremdes E in den bestimmten Artikel eingefügt. Mein Freund und Arzt Jo Schröder, bei dem ich eine böse Hepatitis auskurierte, während der ich die von der Presse *Trollière* genannte Fassung schrieb, stieg von seinem Mercedes auf die Citroën-Ente um und wird seitdem mit dem Spitznamen *Doktor Entaklemmer* belegt. Das Stück erschien als Buch, wurde im Kleinen Haus des Stuttgarter Staatstheaters als erstes Dialektstück seit sechzig Jahren (damals die *Schwäbische Schöpfung* von Sebastian Sailer) aufgeführt, hat es bis jetzt auf 50 ausverkaufte Aufführungen gebracht, erklang und erschien als Hör- und als Fernsehspiel und wird von vielen Laienbühnen nachgespielt. Das Publikum freut sich an der Sprache und an der Überfülle schwäbischer Redensarten, bemerkt aber leider nur zum Teil, daß es auch ein böses Stück ist. Denn ich wollte darin das infame Schlagwort *Freiheit* STATT *Sozialismus* ad absurdum führen, indem ich einen Mann nachzeichnete, der sich ohne soziale, christliche oder humanitäre Rücksichten die Freiheit nimmt, in blinder Raffgier Besitz zusammenzutragen, und dabei in eine selbstverschuldete Isolierhaft gerät.

Aha! Also Vulgärmarxismus in Gossensprache?

Den Auftrag, den *Tartuffe* ins Schwäbische zu übertragen, habe ich abgelehnt, solange sich nicht ein prominenter Vertreter des schwäbischen Tartuffismus bereit erkläre, die Hauptrolle zu spielen.

Bitte Roß und Reiter nennen!

Dem Entaklemmer verwandt ist der *Furzklemmer*, der einen Furz verhebt, bis zwei daraus werden, und der *Glufamichel*. Eine Glufe ist eine Stecknadel. Ein Glufamichel ist ein Mann, der auch noch um eine wertlose Stecknadel Umstände macht.

Der p'häbe Schwabe spart an allem, auch am elektrischen Licht. Man behauptet von ihm, daß er zu diesem Zweck beim Lesen im Bett jedesmal die Nachttischlampe ausschalte, wenn er eine Seite umblättere. Er traut auch seinem Kühlschrank nicht: »Wer woiß, ob der Kerle net 's Lichtle auszmacha vergißt, wenn e d' Tür zuaschlag.« Die Scherzfrage: »Was ist das? Ein Mann steht mit einer brennenden Kerze vor dem Spiegel«, wird von hämischen Nachbarn beantwortet: »Ein Schwabe, der den zweiten Advent feiert.« In Wirklichkeit ist es natürlich ein Schotte.

Die dritte Variante der schwäbischen Sparsamkeit wird mit dem Wort *entressiert* gekennzeichnet. »Der isch so entressiert, daß er 's Schtehla schier net verheba kô«, heißt eine bezeichnende schwäbische Redensart. Das Wort *entressiert* hat die gleiche Bedeutung wie *Interessenverband:* Interesse an etwas haben = dafür sorgen, daß das Geld aus fremden Taschen in die eigene fließt. Durch seine Interessiertheit hat sich ein heute vergessener, ehemals prominenter Schwabe, der ehemalige Bundestagspräsident Eugen Gerstenmaier, nicht nur aus seinem Amt, sondern sogar aus seinem angestammten Kandidatensitz im Wahlkreis hinauskatapultiert.

Hier scheint mir einiges gestrichen zu sein?

1. Auflage: Der 10.– Tut's um das keiner mehr?

Der Landsmann, dem in einem Wirtshaus ein angebrütetes Ei vorgesetzt wird und der es heimlich hinunterschlingt, damit der Wirt nicht merkt, wie billig er ein Göckele hergebe, ist sicher eine böswillige Erfindung der badischen Nachbarn. Typisch jedoch ist diese Anekdote: Zwei Schwaben sehen eine eklige Kröte. Der eine macht dem anderen ein Angebot: »I geb dir zwanzich Mark, wenn du sell Krott frißsch.« Der andere würgt sie mit quellenden Augen hinunter. Als ihnen eine zweite Kröte über den Weg hüpft, macht der andere dem einen das Angebot: »I geb dir dia zwanzich Mark retour, wenn du dui Krott frißsch!« Interessiert an der Rückgabe des Scheins, erfüllt der eine die Forderung und bekommt seine zwanzig Mark wieder. Nach einer Weile sagt der eine zum andern: »Zu was hen mir jetzt eigentlich boide a Krott gfressa?« Eine schwäbische Bergsteigergruppe fällt bei einer Alpenwanderung in eine Gletscherspalte und kann sich nicht aus eigener Kraft befreien. Nach drei bangen Tagen kündigt sich Hilfe an: »Hier ist die bayrische Bergwacht.« Antwort aus dem Abgrund: »Mir gebet nix!«

Nicht selten pervertiert die Sparsamkeit zu blankem Geiz. Beispiele würden den Rahmen dieses Kapitels mehr sprengen als Beispiele schwäbischer Wohltätigkeit, die es auch gibt, wenn die Caritas zuweilen auch nur einem Handel dient: Irdisches Kapital wird zu Nutz und Frommen und zur Gutschrift seines Besitzers in den Himmel überwiesen.

Der Schwabe liebt klare Besitzverhältnisse. Streit um einen Feldweg, eine Einfahrt, eine Hecke kann Generationen beschäftigen. Nirgends stößt die Flurbereinigung auf solchen Widerstand wie in Schwaben. Man tauscht nicht gern, man läßt sich nicht gern abfinden, man teilt nicht gern. Mögen im Wirtshaus noch so gute Freunde miteinander pokulieren, am Schluß bezahlt jeder einzeln seine Zeche. Man fürchtet jedes Ereignis, das in die Besitzverhältnisse eingreifen könnte: Krieg, Heirat in der Familie, Revolution, Tod und Staatsbankrott. Daraus läßt sich auch das manchen Fremden überraschende Wahlverhalten der Mehrheit im Land erklären. Man braucht den Schwaben nur in Angst vor einem Umsturz zu versetzen und ihm weiszumachen, sein Besitz sei durch Steuern oder gar Enteignung gefährdet, und schon wählt er die Partei, deren Grundsatz »No nix Neis, solang mir no so viel alts Glomp em Ländle hen« Beständigkeit garantiert.

So ungern der Schwabe etwas hergibt, fast so ungern nimmt er auch etwas an. Er will sich nicht verpflichten, er meint, sich revanchieren zu müssen, und er weiß, wie schwer sich der Gebende von seinem *Sach* trennt.

← Gilt nur für Bürger. Herzog Carl Eugen hat Voltaire angepumpt, und der Philosoph hatte alle Mühe, über Friedrich den Großen wieder zu seinem Sach zu kommen.

Früher galten strenge Gesetze gegen Habenichtse, weil der wohlsituierte Bürger nicht von ihnen mit in den Strudel des Elends gerissen werden wollte. Man gab einem armen Schlucker um die Mitte des letzten Jahrhunderts lieber ein paar Gulden aus der Staats- oder Gemeindekasse, um ihm die Auswanderung zu ermöglichen, statt ihn sein Lebtag unterstützen zu müssen. Nach 1851 wurden gegen den Widerstand der Demokraten, aber mit Unterstützung von Kirchen und Behörde die Verehelichungs- und Übersiedlungsbestimmungen verschärft, um der Armut die Möglichkeit zu nehmen, in fremdes Gebiet einzubrechen oder sich gar zu vermehren. Wenn es um den Geldbeutel ging, hörte die schwäbische Gemütlichkeit auf oder fand nur noch im Männerchor statt. Man wehrte sich gegen fremde Bräute, selbst wenn sie aus dem Nachbardorf kamen. Heiratsgenehmigungen wurden oft abgelehnt, Dispense waren teuer. Man verlangte vom Bräutigam ein »gutes Prädikat« als sparsamer und unbescholtener Bürger, weiter die Befähigung zum Betrieb eines Gewerbes, Handwerkszeug und ein Vermögen von 150 bis 200 Gulden. Wer sich in einer angesehenen Gemeinde niederlassen wollte, mußte sogar 1000 Gulden vorweisen.

So war es kein Wunder, daß um die Mitte des 19. Jahrhunderts jedes siebte Kind in Württemberg unehelich geboren wurde, während im verruchten Frankreich nur jedes 13. Kind unehelich war. »Môgsch au Kender gern?« fragte der Brautvater seinen künftigen Schwiegersohn, nachdem ihm dieser Auskunft über *sei Sach* gegeben hatte. »Freilich!« – »Nô isch's guat – mei Annale hôt nemlich scho zwôi.« Noch heute hört man zuweilen das Bedauern über verlorenes Kapital, das man in die Kinder gesteckt hat, und dann hat die Tochter geheiratet oder ist der Sohn verunglückt. »Zu was hôt mer dia jetzt au so viel lerna lassa«, heißt es dann unter den Hochzeits- oder Trauergästen.

Der Tod hindert den Betroffenen, *sei Sach* mitzunehmen, und bringt auch für die Familie zum Leid noch Probleme. »Hôt er arg leida miassa?« – »Noi, er isch iber Nacht gschtorba, ganz ohne Okoschta [Unkosten].« Das ist für alle Beteiligten der barmherzigste Tod. Ja – »mancher schtirbt leicht, ond mancher goht drbei halba he«.

Man verzeihe mir, wenn ich dieses Buch mit Anekdoten spicke. Sie sind teils wahr, teils erfunden, teils überliefert, haben sich teils in der Sammlung der Gôgenwitze erhalten, aber sie sind typisch. Und ich erzähle sie nur, wenn man in ihnen den schwäbischen Humus erkennt, wenn ihr Hintergrund ein Psychogramm schwäbischen Wesens bildet.

So gibt es eine ganze Reihe von Variationen von dem sterbenden Wengerter (Weingärtner, in Tübingen Gôg genannt), der als Stärkung auf die lange Reise nicht nach dem gewohnten billigen Most, sondern einem sonntäglichen Gläsle Wein verlangt. Die Antwort der alsbaldigen Witwe variiert vom bedauernden »'s wär grad schad drom« über das freundlichere »Meinsch, s' isch no drwert?« bis zum salbungsvoll-barschen »I moin, jetzt bhilfsch de vollends no so nom«.

Theodor Heuss hat den Begriff *Sach* weit weniger materialistisch verstanden als seine Landsleute. Als er nach einer schweren Operation wieder zu sich kam, wünschte er sich nur: »Hoffentlich bleibt mir no Zeit, daß i mei Sächle z' End bring.«

Wahr ist auch die Geschichte von dem sterbenden Fabrikanten. Willy Reichert hat ihn kurz vor seinem Tod in der Verfilmung dieses Buchs im Fernsehen gespielt. Der hatte sich vom biederen Handwerksmeister zum Patriarchen eines großen Unternehmens emporgearbeitet und versammelte in seiner letzten Stunde Familie, Meister und Mitarbeiter um sich. Weil die Sterbestunde sich in die Vesperzeit hineindehnte, reichte seine Frau Brezeln, die um der Feierlichkeit der Stunde willen mit unüblicher Butter bestrichen waren. Der Sterbende nahm diesen Luxus mit Mißfallen wahr: »Gôht jetzt d' Sauerei scho a?«

Der Tod ist also nicht immer nur ein Übergänglein. Er gefährdet die Harmonie der Hinterbliebenen. Vor vielen Jahren fragte mich einmal meine schwäbische Hausbesitzerin, eine fromme Stundenfrau, wie ich eigentlich mit meinem Bruder stehe. Der beruhigenden Antwort »Recht gut« hängte sie sogleich einen skeptischen, typisch schwäbischen Trauerkranz an: »Wartet Se bloß ab, bis 's amôl ans Erba gôht!«

Vor zehn Jahren habe ich darüber noch gelacht.

10. Kapitel | Schaffa, schaffa

Als die Franzosen 1945 Stuttgart besetzt hatten, erholte sich als erster Gewerbezweig nach der Niederlage einer, der selbst von der Niederlage lebt und dessen Handwerkszeug mit dem besten Willen nicht demontiert werden kann. Die Damen, die diesem Gewerbe oblagen, hatten regen Zulauf von den marokkanischen Truppen, deren Anforderungen jedoch zuweilen das schwäbische Temperament überforderten. Dies veranlaßte die Leiterin des Instituts, sich beim französischen Stadtkommandanten zu beschweren, denn, so sagte sie wörtlich, »meine Mädla send nemlich a ruhichs Schaffa gwöhnt«.

»Schaffa, schaffa ...« erhält man zur Antwort, wenn man einen Schwaben fragt, was er tue. Die Integrität eines Mitbürgers kann man nicht stärker anzweifeln, als wenn man von ihm sagt, man sehe ihn nie zum Schaffen gehen. «So, au schaffa!« begrüßt man einen, den man bei der Arbeit sieht, und drückt damit aus, daß man seine Rechtschaffenheit bemerkt. »Dia isch a arga Schaffere!« Etwas Besseres kann man über eine Schwäbin nicht sagen. Auf die Frage »Wie geht's?« bleibt selten die stereotype Antwort aus: »Emmer viel Gschäft.«

Das schlichtere Wort *arbeiten* ist im Schwäbischen unbekannt. Es gibt zwar

Auch schaffige Schwaben gehen gern auf die Alb, wenn es dort Schnee gibt. Dann laden sie ihr Auto aus: Teppiche, die patsch-patsch-patsch im Schnee ausgeklopft werden. Mit einem schwäbischen Lieblings-Gerät: dem BATSCHER mit dem der Verfasser als Kind viel zu wenig gestraft würde.

eine *Ärbet*, aber die ist nicht der Rede wert. Seinem Schöpfer fühlt man sich verwandter, wenn man vom *Schaffa* spricht. Dessen Gebot, daß der Mensch im Schweiße seines Angesichts sein Brot essen solle, wird in Schwaben befolgt. Mit der Erbsünde übernimmt der Schwabe willig die menschliche Kollektivschuld für Adams Fehltritt und büßt sie mit dem Erbfluch rastloser Geschäftigkeit. Arbeit ist Lebenszweck. Zwar war der Pietist Zinzendorf kein Schwabe, aber man erfüllt hierzulande seine These, daß der Mensch nicht arbeitet, um zu leben, sondern lebt, um zu arbeiten. Der Wert eines Schwaben bestimmt sich für seine Landsleute aus seinem Arbeitswillen. Ein Schwabe wollte sich das Leben nehmen, wurde aber gerettet. Seine Frau mißbilligte das: »Dees tät dir so passa! En da Sarg neischtracka ond nix do!«

Schaffen, putzen, sparen heißt die schwäbische Losung, die böswillige Nachbarn um die Nachsätze *Hond verkaufa, selber bella* bereichert haben. *Schaffa, butza, schbara:* So zurückhaltend der Schwabe sonst ist, das muß laut, für alle vernehmbar getan werden. Nirgends findet man den Typ des Putzteufels, der auf Knien Gemütlichkeit und Behagen aus dem Haus schrubbt, so häufig wie in Schwaben. Die Kehrwoche, die jeder Partei eines Hauses genaue Schließ-, Putz- und Streupflichten auferlegt, wird peinlich befolgt. Einen tiefen Einblick in die schwäbische Kehrwochenseele gestattet ein Leserbrief aus der *Stuttgarter Zeitung:* »Die Zugereisten wollen schon lange die altbewährte Kehrwoche abschaffen, weil sie nichts arbeiten wollen, diese jungen Weiber, und im Nest liegen bleiben wollen. Aber wenn die Miete sich um 5 Mark erhöhen sollte, dann stehen sie zusammen wie eine Dutschke-Gesellschaft, und der Herr ernährt sie doch.« Die Feststellung: »Sia sehet aber au arg abgschafft aus!« ist für eine echte Schwäbin eine Auszeichnung. Der Mann, der einen geistigen Beruf ausübt, der nicht *ens Gschäft* geht, ist verdächtig. Wer weiß, von was der lebt! Ich kenne einen Journalisten, der nicht sagt, er gehe auf die Redaktion, sondern *ens Gschäft;* unter der unüblichen Bezeichnung *Redaktion* könnten sich die Mitbürger vielleicht einen Ort vorstellen, an dem nicht genug geschafft wird.

Überall Fleiß, Emsigkeit. Sich regen bringt Segen. Mein Nachbar in Hinterrohrbach, der sich sein Leben lang als Holzmacher abgerackert und daneben noch eine kleine Landwirtschaft betrieben hatte, war auf den Tod krank. Kaum konnte er wieder auf den Beinen stehen, da fing er an, Bäume auszuputzen und Holz zu spalten. Auf meinen Rat, doch jetzt ein bißle langsam zu tun, sagte er: »Wenn i nex schaffa tät – was tätet dô d' Leit bloß von mir denka.« »Der isch am liebschta dô, wo scho gschafft ond no net gessa isch« – etwas Schlimmeres kann man von einem Schwaben kaum sagen. Höchstens noch: »Wenn der morgeds d' Hos aziagt, hôt er scho gnuag gschafft.«

Auch die Sachsen sind fleißig. Aber sächsischer Fleiß kennt seine Grenzen. Schwäbischer Fleiß höret nimmer auf und ist grenzenlos. Der Schwabe ist kein *homo ludens*, Arbeit ist für ihn Selbstzweck. Er arbeitet um der Arbeit willen, auch wenn sie unrentabel ist. Er ist kein Freund der Muße, die im Schwäbischen *Luse* heißt. Ein Schwabe, der bis in den Morgen hinein schläft, spazierengeht, einem Mittagsschlaf frönt oder am hellen Tag im Café oder im Wirtshaus sitzt, käme sich wie ein öffentliches Ärgernis vor. Öffentliches Ärgernis erregen würde auch das Schild eines Wiener Schuhmachers *Wegen Arbeitsunlust geschlossen*, das dieser zuweilen an die Ladentür hängt. Ein Wiener darf sich bei einem solchen Bekenntnis der Sympathie seiner Mitbürger gewiß sein; für einen schwäbischen Geschäftsmann würde es Boykott und Ruin bedeuten. Es gibt zwar Arbeitsunlust, die gilt es aber zu überwinden. Ihr nachzugeben oder sich gar zu ihr zu bekennen, das hätte ähnliche Folgen, wie wenn man der Sinnenlust unterläge und das auch noch zugäbe. Eine Müßiggengelzunft wie in Kempten, in der sich die Rentner und die Pensionäre, die Privatiers, organisierten, so etwas wäre im puritanischen Neckarschwaben undenkbar gewesen.

Das frühe württembergische Unternehmertum wußte pietistische mit merkantilen Tugenden zu vereinen: Gottesfurcht mit Erwerbssinn, Bibeltreue mit Utilitarismus, Meditation mit Tüftelei, persönliche Bedürfnislosigkeit mit Anforderungen an die Mitarbeiter, patriarchalische Fürsorge mit Bevormundung, Fleiß mit Dickköpfigkeit. Zitieren wir wieder jenen in diesem

Buch schon zweimal zitierten Unternehmer, der in Australien war und seinen Kassenschrankschlüssel nicht fand. Als er siebzig war, übergab er das Geschäft seinen Söhnen. Ich freute mich, daß er jetzt etwas Luse habe, und fragte ihn, was er denn so den ganzen Tag tue. »Ens Gschäft ganga!« Als ich meinte, er habe doch seiner Lebtag genug geschafft und habe es jetzt nicht mehr nötig, erklärte er mir: »Wisset Se, wo mei Frau no glebt hôt, dô hôt se emmer gsagt: Mô, mer hôt jô gar nex von dir, weil d' von morgeds bis obeds em Gschäft bisch. Net amôl gmiatlich Kaffee trenka kô mer mitnander, weil d' moinsch, miascht scho am siebene em Biro sei. Nô han-i gsagt, Schatz, dees gôht net anders, wem-mer scho dr Erscht isch, muaß mer au als erschter dô sei. So isch's Jôhr um Jôhr ganga, bis mei Frau gschtôrba isch. Ond wisset Se, was i nô gmacht han? I be noo bälder ens Gschäft ganga, daß se mer driba koine Vorwirf macha ond amôl saga kô: Kaum han e d' Auga zuato, nô hôsch du uff oimôl Zeit ghet. Ond wenn e se amôl wiederseh ond se frôgt: Karl, wenn bisch ens Gschäft ganga?, nô kôn-er i en d' Auga gucka ond saga: Scho am halber siebene.«

Es wird geschafft, aber nicht *gehudelt*, wie rasches, aber lässiges Arbeiten heißt. Das Wort ist vom *Hudel* abgeleitet, dem Lappen, mit dem der Bäcker flüchtig den heißen Backofen auswischt. Man konzentriert sich auf *ein* Geschäft. »Mer kô net gleichzeitig da Acker omgraba, Kuachateig macha, scheißa ond am Pfarrer d' Hand geba.«

Der schwäbische Erwerbssinn, verbunden mit beharrlichem Fleiß; der Hang zur Unabhängigkeit und die Fähigkeit, sich in ein Problem zu verbeißen, es von allen Seiten anzupacken; der Drang zum Sinnieren und Tüfteln; die gute Schulbildung; die Tradition feinmechanischer Genauigkeit; die pietistische Verpflichtung zur Zuverlässigkeit und Gediegenheit haben den Schwaben zum Erfinder und Unternehmer prädestiniert.

Der schwäbische Handwerker, in seiner ganzen Haltung heute noch ein Herr, bedächtig, selbstbewußt, auf Qualität achtend, unabhängig, daher zum größten Teil auch unzuverlässig im Einhalten von Terminen, ist der Ahn der schwäbischen Kleinindustrie. Das an Rohstoff arme und verkehrstechnisch abseits gelegene Land entwickelte mit staatlicher Förderung durch Prämien, Kredite und Schulen in den Notstandsgebieten, die der Gefahr der Verarmung und Auswanderung ausgeliefert waren, unter König Wilhelm I. eine krisenfeste, hochwertige und weltberühmte Fertigungsindustrie.

Die Sinnierer, Tüftler und Grübler entpuppen sich als hervorragende Techniker. Von den Werkstätten der Brettlesbohrer ging der Rucker der Motorisierung aus, der die ganze Welt verändert hat. Auto und Motorrad bewegten sich zum erstenmal auf schwäbischem Boden, das erste Motorboot auf dem Neckar. Sicherlich in der Absicht, die eigene Schizophrenie zu überwinden und gleichzeitig sowohl verhockt wie ständig völkerwandernd zu sein, haben die Schwaben das fahrbare Häusle erfunden: das Dach über dem Kopf, unter dem man die Welt erfahren kann; die Klause, in der man sich verriegelt, um von daheim fortzukommen. Nicht nur Deutschland, sondern die ganze Welt verdankt also den Schwaben auch Verkehrschaos, Benzinkrise und Umweltverschmutzung.

Die Figur des Faust hat in Knittlingen bei Maulbronn ihre historische Heimat. Wenn der Geisterbeschwörer und Buchstabentüftler Faust sich in *Faust II* zum Entdecker, Erfinder und Weltverbesserer entwickelt, glaubt der Schwabe einen Landsmann zu erkennen, auch wenn Goethe das Schwäbische in Faust verborgen geblieben ist.

Der Schwabe Johannes Kepler entdeckte nicht bloß die Gesetze der Planetenbewegung, er erfand auch das astronomische Fernrohr. Später stellte der Pietismus mit seinem Drang, den Jüngsten Tag zu berechnen, eine starke und fruchtbare Beziehung zur Mathematik und zur Astronomie her. Das überzeugendste Beispiel dafür ist der Pfarrer Philipp Matthäus Hahn. Er ist 1739 geboren und hat nie ein Handwerk gelernt, sondern wie der Vater und der Großvater bloß Theologie studiert. Er ist das Musterexemplar eines frommen Sinnierers und technischen Tüftlers. Aus der Offenbarung Johannis errechnete er die Erschaffung der Welt, die Wiederkehr Christi, die Herrschaft des Antichrists, das Weltende und das Weltgericht. Er baute eine Uhr, die nicht nur exakt die Sekunden, Minuten, Stunden, Wochentage, Monate und Jahre anzeigte, sondern auch den Stand der Planeten und den ganzen Lauf der Welt bis zum Weltuntergang, den Hahn für das Jahr 1836 weniger exakt berechnet hatte. Der württembergische Herzog, Goethe und Karl August, Lavater, Herder und Alexander von Humboldt besuchten den gelehrten und geschickten Mann und bestaunten das mechanische Wunderwerk. Hahn hat auch als Heimarbeit für seine armen Gemeindeglieder die Neigungswaage erfunden. Auf der Schwäbischen Alb um seinen Sprengel Onstmettingen herum schuf er eine Industrie, die in den dreißiger Jahren noch die Hälfte aller Hauswaagen Europas produzierte. Auch die Rechenmaschine, an der Leibniz vergeblich sein ganzes Leben lang gearbeitet und für die er ein Vermögen geopfert hat: Pfarrer Hahn hat ein präzises Modell davon geschaffen. Für den Herzog von Mecklenburg baute er eine Himmelsmaschine mit Erd- und Himmelsglobus, für den Markgrafen von Baden ein Planetarium, das heute im Uhrenmuseum in Furtwangen steht. Hahn kam nie aus dem Ländle hinaus, holte aber dafür Erde und Himmel in seine Werkstatt herein. Prophetisch sah er schon die Zeit des Fernsehens voraus: »Die Menschen suchen wegen der Pein der Langeweile Zerstreuung. Dies soll nach Absicht Gottes Arbeit, Amt und Wirksamkeit sein. Wie gut ist's, wenn man eine Freude am Denken und Lesen und Wirken hat.«

Ein später Verwandter dieses prächtigen Mannes ist der Mechanikermeister Karl Rall aus Eningen bei Reutlingen. Um das Leben seiner Frau zu erhalten, baute er in mühseliger Heimarbeit eine künstliche Niere, wie sie nur Universitätskliniken und Spezialkrankenhäuser besitzen. Er schenkte die Apparatur, die ein ganzes Zimmer beansprucht, seiner Frau zu Weihnachten.

Aber auch Persönlichkeiten wie Graf Zeppelin, Robert Bosch und Gottlieb Daimler sind ihrer ganzen Haltung und Lebensart nach Exponenten eines praktischen Pietismus. Gottlieb Daimler, gelernter Büchsenmacher, brachte als Angestellter der Fabrik für Gasmotoren Köln-Deutz mit Wilhelm Maybach zusammen das Werk in Blüte. Als er eine Filiale in Petersburg einrichten soll, kündigt er, kauft 1882 in der Cannstatter Taubenheimstraße, in der Nähe seines Vetters, des bekannten Glockengießers Heinrich Kurtz, eine bescheidene Werkstatt und entwickelt dort ebenso zäh wie sparsam den Daimlermotor, der nach einem Jahr zum Patent eingereicht wird.

Aus kleinen Familienbetrieben wuchsen Firmen, deren Namen auf der ganzen Welt bekannt sind: Bleyle, Benger, Daimler-Benz, Hohner, Junghans, Leitz, Steiff, Porsche und Bosch seien hier nur genannt. Die meisten dieser Betriebe beschränkten sich auf hochwertige Qualitätsfabrikate. Mit ehrfürchtigem Schrecken erinnere ich mich noch der Qualität von »Bleyles-Anzügen«, mit denen ich als Bub verkleidet wurde. Man kaufte die dunkelblauen, absolut unzerstörbaren Gebilde »zum Hineinwachsen«. Das bedeutete, daß die kurzen Hosen zunächst eine Handbreit übers Knie hingen. Im Lauf der Jahre hatte sich die Figur der Hose angepaßt, sie saß in der richtigen Länge und war zwar abgewetzt und blank, hatte aber allen Bubenstreichen schwäbisch wacker standgehalten. War die Hose durchgewetzt, so strickte die Firma kostenlos einen neuen Hosenboden, einen *Bletz*, ein, der noch mehr *biß*, noch mehr auf der Haut juckte. Heute geht es allerdings der Firma Bleyle nicht nur um Solidität, sondern auch um Eleganz. Die Firma Bosch griff mit der Bosch-Stiftung weit über das Gebiet der Zündkerze hinaus bis ins Verlagswesen hinein. Der Unternehmer Robert Bosch verstand es, aus seinen Tugenden Kapital zu schlagen. Er machte seinen Namen zu einem Synonym für Qualität. »Es war mir immer ein unerträglicher Gedanke, es könne jemand bei Prüfung meiner Erzeugnisse nachweisen, daß ich irgendwie Minderwertiges leiste. Deshalb habe ich stets versucht, nur Arbeit hinauszugeben, die jeder sachlichen Prüfung standhielt, also sozusagen vom Besten das Beste war.« Ein andermal schreibt er: »Immer habe ich nach dem Grundsatz gehandelt, lieber Geld verlieren als Vertrauen. Der Glaube an den Wert meiner Ware und an mein Wort standen mir stets höher als ein vorübergehender Gewinn.«

→ Wie hehlinge man der schwäbische Unternehmer, dem die Ostverträge reiche Aufträge eingebracht haben.

Obgleich nie Marxist, war Bosch sozial und wählte auch sozialdemokratisch. 1894 führte er die neunstündige Arbeitszeit ein, 1906 den Achtstundentag, 1910 den freien Samstagnachmittag. Freiwillig bezahlte er die vollen Sozialversicherungsbeiträge für seine Arbeiter. Er war den Forderungen der Arbeiterbewegung immer ein Stückchen voraus und wurde deshalb von anderen Unternehmern hart angefeindet, zumal er in seiner Fabrik einen Arbeiterausschuß gründete und damit eine Art von Mitbestimmung einführte. Freilich, als Schwabe wußte er auch, daß sich das lohnte, war aber so unschwäbisch ehrlich, das auch noch zu bekennen, indem er sagte, er habe hohe Löhne gezahlt, nicht weil er reich geworden sei, sondern er sei reich geworden, weil er hohe Löhne gezahlt habe. Nach dem Ersten Weltkrieg gab er seine großen Kriegsgewinne an wohltätige Stiftungen, weil er nicht vom Unglück anderer profitieren wollte.

Weniger Glück als die meist patriarchalischen Gründer dieser Firmen hatte der Pietist Gustav Albert Werner, der in seinem Bruderhaus in Reutlingen eine christliche Hausgenossenschaft mit den Arbeitsmethoden der modernen Industrie verbinden wollte. Er kaufte 1850 eine Papierfabrik in Reutlingen und wollte mit diesem Kern eine den schwäbischen Verhältnissen entsprechende innige Verbindung zwischen landwirtschaftlichen und industriellen Betrieben herstellen. Die Arbeiter sollten als Hausgenossen in einer großen christlichen Familiengemeinschaft leben und freiwillig auf Eigentum zugunsten der Gemeinschaft verzichten. Aber nach dreizehn Jahren Experimentierens mißlang das christlich-sozialistische Vorhaben im Strudel des merkantilistischen Systems. Um es vor dem Konkurs zu retten, mußte es privatwirtschaftlich organisiert werden.

Gehen wir von da dreihundert Jahre zurück, so stoßen wir als Gegensatz zu den Wernerschen Bestrebungen auf den nackten Monopolkapitalismus der Fugger in Augsburg, die billig Fleisch und Wein aufkauften, um sie in Notzeiten teuer zu verkaufen. 1546 besaßen die Fugger 63 Millionen Gulden, ein immenses Vermögen, an dem gemessen die Flicks dem Mittelstand angehörten. Jakob Fugger half mit Geld und Kredit dem Kaiser auf den Thron. Maximilian I. mußte sich seine bei ihm verpfändeten Kleinodien stundenweise ausleihen. Daß Jakob Fugger sein Kontor mit habsburgischen Schuldscheinen geheizt habe, ist eine Legende. Schwäbischer Erwerbssinn läßt solche Heizungskosten nicht zu. Immerhin ließ er sich malen, wie er die Schuldscheine Kaiser Karls V. verbrannte. Inzwischen stehen die Habsburger bei den Fuggern mit 250 Milliarden DM einschließlich der inzwischen angelaufenen Zinsen in der Kreide. Das heutige Fuggervermögen wird mit 250 Millionen DM dagegen nur noch auf ein Tausendstel dieser Summe geschätzt.

Fuggern sagt man heute noch in der Umgangssprache für *feilschen*. Aber in schwäbischer Polarität beteiligten sich die Fugger nicht nur mit 50 Prozent am Ablaßhandel Tetzels, wohl wissend, daß der Verkauf von Eintrittskarten für den Himmel ein gutes und risikofreies Geschäft sei, sie bewiesen auch fadenscheinigen *common sense*, indem sie die jetzt noch bestehende erste soziale Wohnsiedlung, die Fuggerei, bauten, deren Bewohner heute wie vor vierhundert Jahren einen Gulden (1,72 DM) Jahresmiete zahlen müssen. Aber dieses Denkmal unternehmerischer Großzügigkeit war in Wirklichkeit nur ein Trick. Der schlaue Jakob Fugger hat die älteste Sozialsiedlung der Welt mit *schwarzem* Geld gegründet, um eine Anklage wegen schwerer Vergehen gegen die Monopolgesetze zu verhindern. Während in früheren Jahren Hunderte von Familien in die Wartelisten eingetragen waren, steht heute über ein Dutzend der romantischen Primitivwohnungen leer. Kein Wunder, denn die Tore in der ummauerten Armenstadt werden abends pünktlich um 22 Uhr geschlossen. Wer später kommt, muß sich vom Nachtwächter den Schlüssel geben lassen und über ein Viertel der Jahresmiete *Buße* zahlen. Dazu verlangt der Stiftungsbrief, daß die Bewohner der Fuggerei aus Augsburg stammen, katholisch, arm, aber fleißig seien, also alle Eigenschaften eines verhockten Untertanen haben.

Eine Vorläuferin der augsburgischen Kompanien der Fugger und Welser war die zu Ende des 14. Jahrhunderts gegründete *Große Ravensburger Handelsgesellschaft*, ein bedeutender Wirtschaftsverband unter einheitlicher Leitung, die vor allem oberschwäbisches Leinen vertrieb und Kontore in ganz Westeuropa hatte. Sie bestand bis 1530. Otto Rombach hat sie in seinem Roman *Der junge Herr Alexius* beschrieben.

Des Schwaben Sinn, so bodenständig er ist, verläßt mitunter die Erde und tummelt sich in himmlischen Räumen. Aber selbst aus solchem zunächst metaphysischen Streben entsteht zuweilen etwas Praktisches. Es ist kein Zufall, daß viele Pioniere der Luftfahrt Schwaben sind. Der 1625 gestorbene Pater Mohr aus Schussenried und der Augsburger Schuster Idler machten Flugversuche. Der erste Luftballon, der 1784 deutschen Boden verließ, war ein Werk des Paters Schiegg aus Ottobeuren. Der Schneider von Ulm, Berblinger, flog 1811 in die Donau. Er war ein genialer, aber armer Mann, dessen Flugexperiment nur mißglückte, weil ihn die Bachel von Ulmer Ratsherren zwangen, bei widrigen Winden dem dicken König Friedrich etwas vorzufliegen. Eines der phantastischsten technischen Gebilde, die je gebaut wurden, war der Walfisch der Lüfte, das lenkbare Luftschiff des Grafen Zeppelin, an dessen Werk trotz allen Rückschlägen und Unglücksfällen das ganze schwäbische Volk Anteil nahm. Auf dem Cannstatter Wasen tummelten sich die Flugpioniere, unter ihnen die Söhne des Kommerzienrats Robert Vollmoeller. Sein Sohn Hans, 1917 abgestürzt, blieb 1909 acht Minuten in der Luft, erreichte eine Höhe von 200 Metern, verunglückte aber bei der Landung schwer. Sein Sohn Karl Gustav war Flieger und Schriftsteller. Die Flugzeug-

bauer Messerschmitt, Heinkel, Klemm, Hirth und Dornier waren Schwaben. Der Düsenjäger ist eine schwäbische Erfindung. Hauptmann Köhl aus Neu-Ulm gehörte zu den drei Männern, die 1928 zum ersten Mal den Atlantik in Ost-West-Richtung überflogen.

Was aber tut der Schwabe, wenn er nichts tut? Dann tut er halt a bißle ebbes, was man mit dem das Schaffen verkleinernden Verbum *schäffla* bezeichnet: den Gartenzaun streichen, Unkraut jäten, das Auto waschen, Holz spalten, das Radio reparieren. Ein bißle auf den Bildschirm glotzen. Er liebt billige Vergnügungen. Gemeinsam mit der Frau aus dem Fenster gucken: Diese schwäbische Leidenschaft ist in der Großstadt ausgestorben, wird aber in Kleinstädten noch gern geübt. A Viertele trenka. A Schwätzle macha, auch *baatscha* genannt, was vor allem ältere Frauen gern tun. Auch in der Untätigkeit tätig sein. Vielleicht sogar a Schläfle macha. Aber das bloß hehlinga, denn es ist schon arg aushäusig.

11. Kapitel | Dialektisches Denken

»Die seltsame Mischung von verschlossener Zurückhaltung und offenbarer Zutraulichkeit, von rechnerischem Scharfsinn und träumerischem Spintisieren, von inniger Religiosität und gänzlich mangelndem Autoritätsglauben, von verschimmelter Nesthockerei und verbissenem Wandertrieb, von unglaublicher Philisterhaftigkeit und offenem Weltsinn – diese Mischung hat eine Vielseitigkeit von Gestalten und Leistungen hervorgebracht, die als Gemeinsames das Ungewöhnliche haben.«

AUGUST LÄMMLE ÜBER DIE SCHWABEN

Obwohl ihnen eine Fülle stammestypischer Eigenschaften gemeinsam ist, sind die Schwaben schwer auf einen Nenner zu bringen. Denn der einzelne ist so individualistisch, verfügt über eine solche Bandbreite an Möglichkeiten, daß schon in ihm eine Stammestugend zum Laster pervertieren kann: Sparsamkeit zu Geiz, Fleiß zu Wuhlerei, Ordnungsliebe zu Pedanterie, Meditation zu Kontaktarmut, Religiosität zu Weltflucht. Da der Schwabe aus einem Sack voll Widersprüchen besteht, ist es sogar möglich, daß er gegen seine Veranlagung revoltiert und den Hang zum Haushälterischen, Tätigen, zum Tüfteln und Spintisieren dadurch kompensiert, daß er sich nach außen hin verschwenderisch, faul, oberflächlich und schlampig gibt. Wenigen gelingt es, die Widersprüche so harmonisch zu vereinigen. Es verlangt schon viel, die Widersprüche im labilen Gleichgewicht zu halten. An der Redensart, daß wir Schwaben erst mit vierzig gescheit werden, ist schon etwas Wahres. Denn es bedarf eines langen Reifungsprozesses, aus dem Unvereinbaren zwar keine Lösung, aber immerhin eine Emulsion zu machen. Wo der Schwabe nicht eine Eigenschaft mit der komplementären verdrängt, wo er nicht einseitig, nicht dickschädlig und verbohrt wird, da hat er die Chance, weise zu werden, die Dinge in ihrer ganzen widersprüchlichen Existenz zu begreifen.

Aus dem, was ich im letzten Kapitel über das Schaffen gesagt habe, läßt sich erklären, daß man in Schwaben den zweck- und brotlosen Künsten im allgemeinen skeptisch begegnet. Großes Ansehen jedoch genießt eine solide Bildung. Nicht ohne Opfer schickte mancher Bauer seinen Buben, den er als Arbeitskraft bitter notwendig brauchte, auf die Lateinschule, damit ein Lehrer aus ihm werde; und mancher arme Dorfschullehrer versagte sich alles, damit er möglichst viele seiner Kinder studieren lassen konnte. Württemberg war das erste Land, das die allgemeine Schulpflicht einführte. Die Lateinschulen florierten auch in kleinen Städten. Das Stuttgarter Katharinenstift, *Katzenstift* genannt, war die erste höhere Mädchenschule in Deutschland. Wenn die Bildungspolitik im Ländle heute vornedran auf dem Weg retour ist, so ist das eine der Rückwärtsbewegungen, die zu beklagen, aber schwer zu ändern sind.

Und doch wäre das nicht immer möglich gewesen, gäbe es nicht das Tübinger Stift, eine erfolgreiche und berühmte Baumschule, aus der bedeutende Talente und illustre Genies hervorgegangen sind. 1536 hat es Herzog Ulrich gegründet, damit dort »armer frommer Leut Kinder« auf Staatskosten studieren könnten. Das sogenannte Landexamen, der jährliche Fischzug nach geistigen und geistlichen Talenten, hat also eine lange Tradition. Beim Landexamen werden Tertianer aus dem Land geprüft, wer es besteht, darf zunächst die Seminare in Maulbronn, Schöntal, Urach oder Blaubeuren bis zum Abitur besuchen. Schul- und Internatskosten übernimmt der Staat. Nach dem

Schöntal und Urach sind aber inzwischen aufgehoben.

Abitur bezieht der Kandidat das Tübinger Stift, wo er Theologie studiert, ohne sich zum Pfarrersberuf verpflichten zu müssen. Ursprünglich war das Stift eine herzogliche Erziehungsanstalt für Beamte und Pfarrer, vom Landexamen an standen die Zöglinge ihr Leben lang in herzoglichen Diensten. Wem das Studium der Theologie nicht zusagte, der konnte sich auch eine andere Fakultät wählen.

Im Stift, über dessen Pforte die Worte *Aedes deo et musis sacra – Ein Haus für Gott und die Musen* – stehen, wurden die Studenten im christlichen Glauben und in humanistischer Tradition unterrichtet, die in Württemberg wie in keinem Land Deutschlands gepflegt wurde. Die Stiftler waren schon immer ein Ferment des kulturellen Lebens. Immer wieder stößt man in der schwäbischen Literatur- und Geistesgeschichte auf sie. Das Stift entließ freilich auch manchen Pedanten, Schulmeister, Eiferer und Philister. Aber trotz der Kasernierung, trotz dem manchmal recht starken pietistischen Einfluß wehte eine frische Luft, wurde der Wille zur Freiheit, zur Unabhängigkeit nicht unterdrückt. Im Frankfurter Parlament saßen allein zehn Stiftler.

Das *Stiftlergschmäckle,* das man den ehemaligen Insassen nachsagt, besteht nicht nur aus Studier- und Betstubenmief. Ihm ist auch der feurige Odem jugendlichen Sturms und Drangs und eine Brise vom Parnaß beigemischt. Hegel, Schelling und Hölderlin wohnten auf derselben Stube; Kepler, Mörike und Hauff, der genialische Wilhelm Waiblinger, Friedrich Theodor Vischer und David Friedrich Strauß waren Stiftler wie die Revolutionäre Isaak von Sinclair, der die Verfassung für eine Republik Württemberg ausarbeitete, die der französische Marschall Jourdan zu zerschlagen drohte, und Karl Friedrich Reinhard, ein Freund Goethes, der nach Frankreich floh und eine Zeitlang französischer Außenminister war.

Die niederen Klosterschulen, die Seminare, in denen die Landexaminanten auf das Abitur und das Studium vorbereitet wurden, dienten als Vorbilder für die zahlreichen Lateinschulen in den Landstädten, die mit dafür sorgten, daß das Erbe der Antike in Württemberg treuer als irgendwo in Deutschland gepflegt, überliefert und erneuert wurde. Sie setzten darin eine alte Tradition fort. Denn schon Albertus Magnus, Schwabe und Lehrer des Thomas von Aquin, hatte im 13. Jahrhundert Aristoteles wiederentdeckt und für die Kirche adaptiert. Graf Eberhard im Bart holte den Pforzheimer Johannes Reuchlin, der das Lateinische, das Griechische und das Hebräische wie seine Muttersprache beherrschte und das geistige Haupt des älteren deutschen Humanismus wurde, an seinen Hof. Der witzige, geistreiche, boshafte Nikodemus Frischlin schrieb lateinische Komödien, wurde ausgewiesen, zog als vagabundierender Bänkelsänger durch die Lande, wurde wegen *Schändung der Fürstenehre* verhaftet, Herzog Ludwig ausgeliefert und auf Hohenurach eingekerkert. Bei einem Fluchtversuch riß das Seil, aus Hemden geknüpft, und Frischlin stürzte zu Tode. Christian Wagner hat in seinen *Sonntagsgängen* eine herrliche Elegie auf ihn verfaßt. Hans Joachim Schädlich hat in *Versuchte Nähe* im *Kurzen Bericht vom Todfall des Nicodemus Frischlin* eine Parabel geschrieben, die auf den historischen Absolutismus, die Verhältnisse in der DDR, aber auch auf das zutrifft, was derzeit das Ländle bedroht. Heinrich Bebel, ein Bauernsohn von der Alb, war um 1500 Professor in Tübingen und verfaßte lateinische Fazetien, Farcen, deren Stoff er schwäbischen Schwänken entnahm. Schon mit siebzehn Jahren war Philipp Melanchthon aus Bretten, später Luthers Freund und Gehilfe in Wittenberg, Lehrer für Griechisch an der Bursa in Tübingen. Schwabe war auch der Schöpfer des lateinischen Jesuitendramas, Jacob Bidermann aus Ehingen.

Schiller und Mörike schöpfen aus antiken Quellen. Mörike als echter Schwabe verbindet das Widersprüchlichste, nämlich das Hausbackene mit dem Erhabenen, indem er das Einmachen von Gurken – schwäbisch Gugommern – in klassischen Hexametern besingt. Hölderlin verwandelt Schwaben in Griechenland. Für Hegel ist die Antike die brauchbarste, anschaulichste und unentbehrlichste Grundlage der Erziehung.

Aber auch heute noch findet man genügend Männer, deren profunde humanistische Bildung sich in der täglichen Arbeit niederschlägt. So der ehemalige Direktor der Landesbibliothek, Wilhelm Hoffmann, so der in der Pflege des schwäbischen Kulturerbes tätige ehemalige Oberbürgermeister von Ulm,

Theodor Pfizer, und der ehemalige Herausgeber der *Stuttgarter Zeitung*, Josef Eberle, der unter dem Namen Sebastian Blau schwäbische Lyrik schreibt, den tändelnden und in antiken Metaphern schwelgenden Ton der Rokokolyrik beherrscht und lateinische Gedichte verfaßt. Nur eine schwäbische Tageszeitung konnte es sich erlauben, eine ganze Sonntagsseite mit lateinischen Epigrammen zu füllen, eine andere, die ebenso hochgelehrten wie profunden und amüsanten *Tübinger Spaziergänge* von Martin Kazmaier in Fortsetzungen zu veröffentlichen.

Als die Nationalsozialisten die humanistischen Gymnasien dezimierten, schnitten sie tief in die schwäbische Tradition ein. Leider hat nach diesem Eingriff die humanistische Schulbildung in Schwaben gegenüber den zwanziger Jahren viel Boden verloren.

Humanistische Tradition und Hang zur Reflexion summierten sich in einer Reihe schwäbischer Talente, denen abstraktes Denken entsprechender war als sinnliche Anschauung, Klarheit des Ausdrucks gemäßer als die Musikalität der Sprache. Im schöpferischen Schwaben, in dem sich die Widersprüche von Phantasie und Nüchternheit vereinigen, wird der Phantasie oft nicht gestattet, sich sinnlich ausschweifend zu äußern, es wird ihr die Aufgabe einer Pfadfinderin der Reflexion zugewiesen, sie soll die Fülle der Möglichkeiten aufzeigen, aus denen sich dann der wägende Verstand die passenden Kettenglieder aussucht.

Auch der Dichter gibt sich weniger Gefühlseruptionen hin, er tendiert zur Abstrahierung ins Gedankliche, zur klaren Form, ist häufig ein Wanderer zwischen den beiden Welten der Poesie und der Philosophie. Der dem Sturm und Drang entwachsene Schiller ist das überzeugendste Beispiel dafür. Der schöpferische Schwabe neigt mehr zum Tiefsinn als zur Laune. Er ist mehr exemplifikatorisch als spielerisch, was das Beispiel Bertolt Brecht beweisen mag. Ein Mann wie Wieland gilt in seinem Heimatland nicht allzuviel. Wer es auszusprechen wagt, daß er ihn bisweilen über Schiller stellt, begibt sich in Gefahr, als Ignorant angesehen zu werden. Es ist merkwürdig, daß sich die Polarität des schwäbischen Wesens häufig in der Redensart, im Witz, aber

selten in der Literatur entlädt; daß die Fähigkeit, abstrakte Dinge anschaulich, ja drastisch darzustellen, dem Volksmund vorbehalten bleibt. Dafür zwei Beispiele: »Ein Optimist ist ein Mann, der glaubt, man könne mit einem Furz einen ganzen Acker düngen.«

Ein Tübinger Gôg bittet seinen Kollegen, ihm den Ausdruck *relativ* zu erklären. Der sagt: »Wenn du dei Nôs en mein Arsch stecksch, nô hosch du a Nôs em Arsch ond i han a Nôs em Arsch. Aber i ben relativ besser dra!«

Daß der Entdecker der Relativitätstheorie, Albert Einstein, aus Ulm stammt, sei hier nur in Parenthese vermerkt.

Der Schwabe ist schizoid, aus gegensätzlichen Wesenszügen zusammengesetzt. Das tut sich auch in der Sprache kund. Das in sich verstrittene Wort *neileera* für »einfüllen« zeigt den Schwaben in seiner ganzen Polarität; ähnlich die Aufforderung: »Komm, gang!« Wert und Unwert seiner Eigenschaften summieren sich in ihm zu einem latenten Dualismus. Dieser Dualismus erlaubt es ihm nicht, eine Erscheinung nur von einem Standpunkt aus zu betrachten, ihr gegenüber einen Entweder-Oder-Standpunkt einzunehmen. Der Schwabe geht um die Dinge herum, er bemüht sich um eine Gesamtschau. Wenn er eine These aufstellt, souffliert ihm sein logisches Gewissen sofort die Antithese. Auf eine Behauptung folgt das *Ja, aber ...*, auf eine Erkenntnis die Erkenntnis der Kehrseite *so isch's nô au wieder*. Theodor Haering hat überzeugend geschildert, daß der Schwabe, als dialektisches Wesen ständig im Dialog mit sich selbst, auch dialektisch denkt. Er erfaßt nicht nur bei jedem Gedanken den Widerspruch, er fordert ihn heraus, er äußert ihn. Wenn in der alten Stuttgarter Königstraße die Firma Hanke & Kurz schräg gegenüber der Firma Hochstetter & Lang lag, so mag das eher ein komischer Zufall als ein Beweis schwäbischer Polarität sein. Neben dem engstirnigen, dickfelligen, denkfaulen, eigensinnigen und beharrlichen Schwaben gibt es den anderen, der seine Erkenntnisse immer wieder wägt und überprüft, sich schwer zu einer Entscheidung durchringen kann und das verwirft, was er vorher für gut befunden hat: »Was gôht mi mei saudomms Gschwätz von geschtern a.«

Hegel'sche These und Antithese in einem Wort. Heidenei!

Ha no! Was soll man sich dabei denken!

Dieses dialektische Denken bis ins Absurde beweist die Erzählung Theodor Haerings über einen Vorfahren, der von der Kirchenbehörde oftmals strafversetzt wurde, weil er trotz allen Vermahnungen in seinen Predigten eine Lanze für den Teufel brach und behauptete, daß dieser ein guter und von Gott selbst anerkannter Diener des Höchsten sei, der einer verdienten Rehabilitierung beim Jüngsten Gericht sicher sein dürfe.

In den Lehren Schellings und Hegels gewinnt das dialektische Denken des Schwaben einen dominierenden Einfluß auf die Philosophie und über den Marxismus, der auf Hegel fußt, auch auf die Politik. Die beiden Philosophen, die in ihrer Jugend befreundet waren und dieselbe Stube des Tübinger Stifts bewohnten, werden meist in einem Atemzug genannt, obwohl sie nach ihrem Wesen und ihrem Werdegang grundverschieden sind. Schelling war ein eruptiver Mensch, ein überzeugender Redner, ein mitreißendes Temperament. Schon den 24jährigen holte Goethe als Professor nach Jena. Er lehrte in München und in Berlin und hatte einen zündenden Einfluß auf die Philosophie seiner Zeit, galt als Leuchte der Wissenschaft. Aber er überlebte seinen Ruhm und seine Wirkung und war im Alter ein vergessener Mann.

Ganz anders Hegel: schwerfällig, bedächtig, langsam reifend und mühselig produzierend. Ständig hatte er Mühe, ein Existenzminimum zu erreichen, und schlug sich als Redakteur der *Bamberger Zeitung* und als Studienprofessor in Nürnberg durch, nachdem er seine Vorlesungen in Jena teilweise mitten im Semester hatte einstellen müssen, weil keine Hörer mehr kamen. Schuld daran war vielleicht auch sein vertracktes Deutsch. »Es hat mich nur einer verstanden, und der hat mich falsch verstanden«, beklagte er sich einmal. Erst im Alter begann er sich durchzusetzen; seine stärkste Wirkung hatte er jedoch erst nach seinem Tod, als sein Nachlaß herausgegeben wurde.

In seiner Identitäts-Philosophie suchte Schelling eine Gesamtschau der Natur – ein Begriff, der Goethes Wesen entgegenkam – über die Erkenntnis der Polarität von reell und ideell, natürlich und geistig, positiv und negativ, aktiv und passiv zu gewinnen. Was für Schelling die polare, war für Hegel

die dialektische Einheit, die Einheit der Gegensätze als Grundform allen Begreifens und aller Wirklichkeit.
Es ist ein hohes Vergnügen, des Schwaben Bertolt Brecht dialektische *Flüchtlingsgespräche* zu lesen. Sie sind mit Ironie durchtränkt. Brecht nimmt die Thesen des Gegners auf und führt sie durch dialektische Übersteigerung ad absurdum. Wie sich Brecht im Kapitel XI über Hegel lustig macht, wie der Marxist den Ahnherrn des Marxismus, der Dialektiker den Dialektiker persifliert, das vermittelt einen geradezu kulinarischen Einblick in schwäbisches Wesen. Ich zitiere nur einen kleinen Auszug:
»Er (Hegel) hat einen solchen Humor gehabt, daß er sich so etwas wie Ordnung z. B. gar nicht hat denken können ohne Unordnung. Er war sich klar, daß sich unmittelbar in der Nähe der größten Ordnung die größte Unordnung aufhält, er ist so weit gegangen, daß er sogar gesagt hat: an ein und demselben Platz! [...] Sein Buch ›Die große Logik‹ habe ich einmal gelesen, wie ich Rheumatismus hatte und mich selbst nicht bewegen konnte. Es ist eines der größten humoristischen Werke der Weltliteratur. Es behandelt die Lebensweise der Begriffe, dieser schlüpfrigen, unstabilen, verantwortungslosen Existenz; wie sie einander beschimpfen und mit dem Messer bekämpfen und sich dann zusammen zum Abendessen setzen, als sei nichts gewesen. Sie treten sozusagen paarweise auf, jeder ist mit seinem Gegensatz verheiratet, und ihre Geschäfte erledigen sie als Paare, d. h. sie unterschreiben Kontrakte als Paar, führen Prozesse als Paar, veranstalten Überfälle und Einbrüche als Paar, schreiben Bücher und machen eidliche Aussagen als Paar, und zwar als völlig unter sich verstrittenes, in jeder Sache uneiniges Paar! Was die Ordnung behauptet hat, bestreitet sofort, in einem Atem womöglich, die Unordnung, ihre unzertrennliche Partnerin. Sie können weder ohne einander leben noch miteinander [...] Den Witz einer Sache hat er die Dialektik genannt. Wie alle großen Humoristen hat er alles mit todernstem Gesicht vorgebracht.«
Diese dialektische Methode, durch Denken in gegensätzlichen Begriffen zum Wesentlichen zu gelangen, von Hegel gelehrt, von Bertolt Brecht persifliert,

von Marx und Engels geübt, von Lenin und Mao Tse-tung in der materialistischen Dialektik zum Dogma erhoben, ist also auch ein schwäbisches Gewächs. Wenn Brecht die feindlichen Begriffspaare ironisch glossiert, die mit sich verstritten gemeinsam zu handeln gezwungen sind, so meint man in diesen schizoiden Begriffspaaren nicht nur den abstrahierten Schwaben zu erkennen, sondern auch noch den Dichter Brecht, dem es nicht immer gelungen ist, über Thesis und Antithesis zur Synthesis zu gelangen.

Eine schwäbische Erfindung freilich widerspricht der These vom dialektischen Wesen meiner Landsleute. Einmal ist es ihnen gelungen, etwas zu ersinnen, was das Haltlose festigt, das Formlose strafft, das Karge aufbauscht, das Überquellende bändigt. Es ist nicht etwa Schillers Ästhetik, der man ähnliches unterstellen kann. Es ist der Büstenhalter, wie Auto und Motorrad in Cannstatt, bei der Firma Lindauer, hergestellt und mit dem Namen *Hautana* verunziert; er bringt zwei Hälften in Einklang, ohne sie dialektisch gegeneinander auszuspielen, und erfüllt eine Forderung des Deutschlandlieds, indem er *stets zu Schutz und Trutze brüderlich zusammenhält.*

Ich möchte dieses Kapitel nicht abschließen, ohne zu bemerken, daß man den schwäbischen Grübler, Sinnierer und Philosophen nicht nur in den gebildeten Kreisen trifft. Im Gespräch mit Bauern stößt man immer wieder auf das Bemühen, Welträtsel zu lösen; die Hahnschen Gemeinschaften des Pietismus, in denen die Laien Worte und Begriffe der Bibel auszulegen versuchen, kultivieren diesen schwäbischen Wesenszug; in kleinen Weinstuben trifft man oft auf einen Tischnachbarn, den der Wein dazu verleitet, seine Gedanken zu äußern, die um Widersprüche in der Welterkenntnis kreisen. In solchen Gesprächen tut sich wieder ein schwäbischer Dualismus auf: die Verbindung des Erhabenen mit dem Trivialen, des Spintisierenden mit dem Praktischen, wie bei dem philosophierenden Ochsenmetzger und Dichter Christian Späth aus Tübingen, dessen Abwandlung Kants die hegelianische Dreiheit von These, Antithese und Synthese exemplifiziert: »Wenn e nachts von Luschtnau reifahr, da gschtirnta Hemmel iber mir, 's moralische Gsetz en mir ond meine Säu henter mir – nô kommet mir ällmôl de beschte Gedanka.«

Wie lebendig dieses Zitat bei den Schwaben ist, erlebte ich auf der Terrasse eines schwäbischen Landhauses. Während die Freunde dem schwäbischen Wein zusprachen, lag der Hausherr in einem Liegestuhl und gab sich ein paar Minuten schweigend der Betrachtung der Sommernacht, der Landschaft und des Sternenhimmels hin. Als die Freunde in seinem Rücken eine deftige, keineswegs druckreife Anekdote erzählten, sagte der Hausherr: »Wenn i so auf meiner Terraß lieg, da gschtirnta Hemmel iber mir, 's moralische Gsetz en mir ond meine Säu henter mir . . .«

SCHWABEN HABEN ERFUNDEN:

das astronomische Fernrohr
die Zeitung
die Neigungswaage
die Rechenmaschine
den Benzinmotor
das erste brauchbare Kraftfahrzeug
das Motorrad
das Motorboot
das lenkbare Luftschiff
die Magnetzündung
die Linotype-Setzmaschine
den Dieselmotor
den Düsenjäger
die Kehrwoche
den Büstenhalter
das Zündholz

(Die Liste ist unvollständig)

SCHWABEN HABEN ENTDECKT:

die Gesetze der Planetenbewegung
das Gesetz von der Erhaltung der Energie
die Erkenntnis: Freiheit STATT Sozialismus
das epische Theater
die Relativitätstheorie

(Die Liste ist unvollständig)

Das nennt T.T. eine „Erkenntnis"!

12. Kapitel | Der Schwabe und die Musen

Hermann Kurz, Vater von Isolde, demokratischer Schriftsteller; K. Chr. Planck, Philosoph

»Das enge Land hat den Reichtum seiner Begabungen nicht immer ertragen, hat die großartigsten Naturen, Schiller, List, auch Kepler, gequält; Hegel und Schelling haben sich ›draußen‹ entfaltet, Kurz und Planck blieben einsam; Mörike und Hölderlin hat schließlich Deutschland früher in ihrem ganzen Range erkannt, als es die Heimat getan hatte.«

THEODOR HEUSS

»Man hat in diesem Lande nicht ungestraft künstlerische Fähigkeiten.«

»Semper enim fugiunt Musas Nicer atque Bacena
et nequit in Suevis vatibus esse locus.«

(Ewig fliehn die Musen den Nesenbach und den Neckar,
und im schwäbischen Land nimmer ein Dichter gedeiht.)

JOHANNES REUCHLIN

Letzteres stimmt nicht. In Schwaben fühlen sich die Musen sogar wohl. Die Gespielinnen Apolls standen an der Wiege manch schwäbischen Genius Pate, sie lebten in einer Onkelehe mit manchem Pfarrer, Hauslehrer, Professor und Redakteur. Aber hat der Durchschnittsschwabe, dessen pietistisches und bäuerliches Erbgut sein Wesen bestimmt, auch ein Verhältnis mit ihnen? Es fällt mir schwer, ihn des Verkehrs mit diesen leichtfertigen, nichtsnutzigen Geschöpfen zu zeihen. Denn der Umgang mit den Musen erfordert Muße, und für die hat der von Arbeitssucht befallene Schwabe nicht allzuviel übrig. Der praktische Sinn steht dem unpraktischen Un-Sinn einer L'art-pour-l'art-Gesinnung entgegen. Das puritanische Bürgertum pflegt nur sonntäglichen Umgang mit den kostspieligen Künsten und läßt die Musen nur gelten, wenn sie Hand in Hand mit der Bildung kommen. Wenn man nur das notiert, was in wenigen Wochen den Musen an Feindschaft, Unverstand und Provinzialismus angetan wurde, so bekommt man einen ganzen Schandkatalog zusammen:

Unter dem schäbigen Vorwand, sie sei eine die Sicherheit und Ordnung gefährdende *Sympathisantin*, laden Gemeinderäte die engagierte katholische Schriftstellerin Luise Rinser, die in der Nazizeit Publikationsverbot hatte und im Gefängnis saß, von einer Lesung in der Volkshochschule aus. Gemeinderäte verhindern, daß aus dem schönen alten Geburtshaus Christian Wagners eine Gedenkstätte und eine Bibliothek zugleich gemacht wird. Ein Gemeinderat nennt das Freiburger Theater, das sich unter dem Intendanten Manfred Beilharz von der Provinzgeltung ins internationale Interesse hochgespielt hat, zum Pornotheater verkommen und fordert Zensur durch gemeinderätliche *Normen*, an denen sich die Theaterarbeit orientieren müsse. Gemeinderäte verhindern, daß ein Literaturpreis nach dem Dichter und 48er-Revolutionär Georg Herwegh benannt wird, der ein Vorkämpfer unserer demokratischen Freiheit gewesen ist. Gemeinderäte setzen sich dafür ein, daß eine Schule nach dem Nazibarden Hermann Burte benannt wird, dessen Dichterei Tucholsky *Löschpapier en gros* nannte, mit dem man Babys füttern sollte, wenn sie aus Versehen Tinte getrunken hätten. Gemeinderäte wollen

Warum verschweigt Troll an dieser Stelle, daß die geistigen Gartenzwerge auch noch vom Staatsministerium belohnt würden? Selbstzensur?

verhindern, daß eine Schule nach Heinrich Heine und eine Straße nach Ernst Bloch benannt wird, weil sich dieser »einer solchen Ehrung unwürdig gezeigt« habe. Die erste moderne Sozialsiedlung der Welt, auf dem Stuttgarter Weißenhof, eines der bedeutendsten Denkmäler der neuen Architektur, ist verwahrlost und verschandelt. Der Schillerpreis wurde 1977 an Golo Mann verliehen, dessen politisches Verhalten zwar aktuelle Regierungsgesinnung ausweist, aber in krassem Gegensatz zu den Grundsätzen des jungen Deserteurs und Revoluzzers Schiller steht. Wegen eines Werkes geringfügiger Barmherzigkeit versucht die Politbürokratie, über den Stuttgarter Schauspieldirektor Claus Peymann Berufsverbot zu verhängen. Einmütig stimmt die Regierungspartei dem Kündigungsbeschluß zu. Das Stuttgarter Ensemble, wohl zur Zeit das beste in Deutschland, beschließt daraufhin fast geschlossen den Exodus in musischere Gefilde.

Das alles sind Symptome. Die Krankheit sind wir, sind die Bürger, die sich der Verfolgung der Musen nicht widersetzen. Herostrat hat den Tempel von Ephesus angezündet, um in die Geschichte einzugehen. Die Bürokraten, die gegen die Kunst Amok laufen, kennen zum großen Teil gar nicht das, was sie zerstört haben. Aber man wird sich in der Geschichte des Landes noch ihrer Taten erinnern, wenn ihre Namen längst vergessen sind.

Die Antwort auf die Frage, welche der leichtgeschürzten Damen vom Parnaß, die dem Schwaben als rechte Luxusgeschöpfe vorkommen, weil sie auch »werdichs [werktags] putzte Schuah ahenn [anhaben]«, hierzulande besonders favorisiert wird, welche man auf der Gänsheide, dem Stuttgarter Montparnasse, in Marmor oder Cannstatter Travertin schlagen sollte, ist nicht einfach. Ich wäre geneigt, um weder die Musen noch meine Mitbürger zu kränken, ein schwäbisches Hintertürle zu suchen und statt eines Call-Girls vom Parnaß eine Allegorie in Wasseralfinger Gußeisen vorzuschlagen. Am besten die der *Industria*, des Fleißes. Ein Weibsbild in wallendem Gewand, gut beieinander, wie man zur körperlichen Üppigkeit sagt, im Schoß ein Fabrikle, in der Rechten einen rotierenden Mercedesstern, in blauem Neon leuchtend, unter den linken Ellbogen ein Buch geklemmt.

Aber was für ein Buch? Schillers *Grund des Vergnügens an tragischen Gegenständen*? Wielands *Abderiten*, diese köstliche Satire auf den schwäbischen Kleinstädter? Hölderlins *Hyperion* oder Peter Härtlings *Hölderlin*? Mörikes Gedichte? Hegels tiefsinnig-schwierige *Wissenschaft der Logik*? Keplers *Astronomia nova*? Uhlands kernige Balladen? Hermann Hesses *Steppenwolf*, der den moralgehemmten Bürger zur Wolfsnatur des Unterbewußten befreien will? Brechts *Flüchtlingsgespräche*? Heuss' Reden? Martin Walsers Schlüsselroman *Ehen in Philippsburg*, in dem mancher Stuttgarter manchen Stuttgarter wiedererkannte? Oder Ganghofers *Martinsklause* – denn auch dieser Schriftsteller ist, obwohl er aus dem oberbayrischen Milieu schöpft, gebürtiger Schwabe, er stammt wie Hans Magnus Enzensberger aus Kaufbeuren.

Die Ernte der Lesefrüchte, die vom Baum der schwäbischen Erkenntnisse fallen, ist überreich, und die Wahl fällt schwer. Eine Anzeige, die durch die schwäbische Presse ging, macht sie mir leichter. Da steht auf dem verschwommenen Hintergrund einer Reihe von Büchern, die sich nur dem Kenner als sechzehn Bände von Meyers Konversationslexikon vorstellen, dieser Text: »Manche Leute haben viele Bücher … andere wiederum haben nur eins. Ein ganz kleines Buch. Ein Sparbuch. Natürlich ein Volksbank-Sparbuch.«

Das ist prächtig! In einem Land, in dem das Sparbuch werbend gegen eine Bibliothek ausgespielt werden kann, gibt es keinen Zweifel: Wir klemmen der Allegorie schwäbischen Fleißes ein Kassenbuch unter den Arm, und sie darf des allgemeinen Beifalls gewiß sein. Und auf die erste Seite schreiben wir: »Unsern Eingang segne Gott!« Damit ist der Bund zwischen Pietas und Mercantia, zwischen Frömmigkeit und Erwerbssinn geschlossen, und das ist fürwahr eine Ehe, die schwäbischen Segens gewiß sein darf. Dazu registrieren wir noch mit Genugtuung: Manche Leute haben viele Bücher, aber ätsch!, wir Stuttgarter haben laut Statistik im Verhältnis zur Einwohnerzahl weit mehr Sparkassenbücher als die Bewohner aller anderen deutschen Großstädte.

Nun aber zur Antithese:

Der Schiller und der Hegel
Der Uhland und der Hauff
Das ist bei uns die Regel
Das fällt uns gar nicht auf.

Peter Bamm nannte diesen Vers von Eduard Paulus, den fast jeder Schwabe zu zitieren ständig bereit ist, den »arrogantesten Vers der deutschen Literatur«. Er kannte den Schwaben nicht. Denn ich bin überzeugt, der selbst- und stammeskritische Eduard Paulus hat ihn ironisch gemeint. Der Genius fällt hierzulande wirklich nicht auf, nicht weil er die auf Hegel reimende Regel wäre, man nimmt ihn nicht wahr, weil man ihn nicht braucht. Auch wenn Friedrich List den Dualismus zwischen Geist und Gut auflöst, indem er den Geist als Wirtschaftsfaktor akzeptabel macht: »Die Vermehrung des materiellen Nationalkapitals ist bedingt durch die Vermehrung des nationalen Geisteskapitals und umgekehrt.«

Die Reigschmeckten sind kursiv gesetzt.

Von ihren Lesern geschätzt, von ihren Freunden geliebt, miteinander größtenteils kollegial verbunden, von den Herrschenden nicht beachtet, von den Neidern, die wissen, wie man es macht, es aber nicht können, angefeindet, wohnt eine Fülle einheimischer und reigschmeckter Literaten im Ländle. Zur älteren Generation gehören Josef Eberle, Otto Rombach, *Peter Huchel*, Albrecht Goes, Otto Heuschele, *Hilde Domin*, Emil Belzner, *Theodor Eschenburg*, *Kurt Heynicke*, Gerhard Storz, *Ernst Jünger* und Paul Wanner. Zur mittleren Generation, zum größten Teil im Schriftstellerverband gewerkschaftlich organisiert, gehören Martin Walser, *Johannes Poethen*, Walter Helmut Fritz, *Helmut Heißenbüttel*, Klaus Nonnenmann, *Rolf Vollmann*, Josef Janker, *Thilo Koch*, *Walter Jens*, *Karl Schwedhelm*, Otto Jägersberg, Margarete Hannsmann, *Hans Joachim Sell*, *Irmela Brender*, um nur ein paar zu nennen.

Schwäbisch sind leider auch die enttäuschenden Erfahrungen, die »unser«

Hermann Hesse mit seiner Heimatstadt Calw machen mußte, die er liebte, von der er schrieb: »Die schönste Stadt, die ich kenne, ist Calw an der Nagold, ein kleines, altes schwäbisches Städtchen.« Dort nannte man ihn im Ersten Weltkrieg einen *Gesinnungslumpen*, weil er als Kriegsfreiwilliger zurückgestellt worden war. Der Hesse-Brunnen, 1920 errichtet, wurde 1933 gewendet. 1947 wurde Hesse Ehrenbürger von Calw. 1957 lag dem Stadtrat der Antrag vor, das Gymnasium nach dem Nobelpreisträger zu benennen. Man hatte schon Hesses Genehmigung eingeholt. Aber im Stadtrat fielen Urteile wie *pornographischer Schriftsteller, fauler Schüler, kein Vorbild*. Bis auf den Pfarrer, der den Antrag eingebracht hatte, stimmten alle Gemeinderäte, auch die der SPD und der einzige Kommunist, dagegen. Und mit Mehrheit sprach sich auch das Lehrerkollegium dagegen aus.

So geht's, wenn die Mehrheit über Kultur bestimmt!

Was haben die Schwaben für die Musen übrig? Nicht viel. Zwar befinden sich im Ländle die reichsten Städte der Bundesrepublik, aber auch die, die für die Musen am wenigsten tun: Zwischen 0,5 und 5 Prozent (Ulm) des gesamten städtischen Haushalts bleiben für die Kultur übrig. Die Einstellung »Wenn's onter-er Mark isch, kô's koschta, was's will« gilt vor allem für die Kultur. Aber für die Prokopfpfennige verlangt der Schwabe viel. Vor allem solide Kleidung der Musen.

Von den beiden Liegenden, die in Stuttgart als ärgerliche Glorifizierung eines unschwäbischen *Dolce far niente* in Stein gehauen oder in Bronze gegossen müßig sind, wird nur Graf Eberhard respektiert, der sein Haupt zu kurzem Schlummer in des Untertanen Schoß legt. Die Liegende von Henry Moore dagegen wird in den hintersten Winkel versteckt, damit sie des hintersten Stuttgarters ästhetisches Empfinden nicht verletzt. Sie stößt mit ihrem kleinen Kopf und mit ihrem massigen Körper auf feindseliges Unverständnis, als habe sie eine ganze Mark vierzehn Steuergelder gefressen. Mit seinem auf das Praktische gerichteten Sinn argumentiert der Schwabe: »Mit so ebbes könnt mer doch net verheiratet sei!« Eine Einstellung zur Kunst, die schwer zu widerlegen ist.

Wir sehen: Die Musen anzuerkennen oder sie gar zu protegieren, das fällt dem Schwaben nicht immer leicht. Der gescheite Kurt Roschmann stellt fest, das das Land regierende Mittelmaß brauche die Verdienste der verjagten und unterdrückten schöpferischen Geister, um die eigene Inferiorität zu verdekken, und kokettiere mit einer Treuherzigkeit, die es gar nicht besitze. Wenn man von *unserem Schiller* und *unserem Hölderlin* spreche, so sei das nur anmaßende Unechtheit, die sich mit fremden Federn schmücke, und schlechtes Gewissen darüber, daß man nicht selbst aus der Ehrbarkeit ausgebrochen sei, sondern die Pensionsberechtigung vorgezogen habe. Er schließt: »Unser Schiller, unser Hölderlin: das sind Identifikationen, die nur den Wert von Selbstaufwertung und Selbsttäuschung haben.«

Ganz typisch für das Verhältnis zwischen Geist und Macht ist die Tatsache, daß in einer staatlich edierten Glorifizierungsschrift, in der die Leistungen der Spätzlesrepublik zur Schau gestellt werden und die jedem Bürger in den Briefkasten geworfen wurde, zwar die Maler und die Musiker genannt, die Schriftsteller und die Philosophen aber verschwiegen werden. Da kennt man weder einen Ernst Bloch noch einen Martin Walser. Deshalb sei dieses Versäumnis an dieser Stelle, wenn auch nur lückenhaft, nachgeholt.

Aber kaum habe ich diese Sätze hingeschrieben, da meldet sich mein logisches Gewissen mit der Antithese: Ja, aber in Oberschwaben ... – das in diesem Buch viel zu kurz kommt, dafür aber in der Fortsetzung *Preisend mit viel schönen Reden* ausführlicher gewürdigt wird.

So isch's bei ons nô au wieder! Oberschwaben, das von den Bilderstürmern der Reformation und von der Kunstfeindlichkeit des Pietismus verschont geblieben ist, das seine Fasnet behalten durfte und seine Sinnenfreudigkeit, lud die Musen sogar in die Kirche ein.

Wo sich im protestantischen Kernland Sinnlichkeit und Weltfreude in philosophische und mystische Spekulation oder in die praktische Tüchtigkeit der Tüftler umgewandelt hatten, da blieb den katholischen Landesteilen der Verlust der Farbe und die Entsinnlichung erspart. Der oberschwäbische Barock, aus dem Bayrischen und dem Vorarlbergischen herüberbrandend, hinterließ die schönsten Zeugnisse der Baumeister, Maler und Kunsthandwerker in

Weingarten, Zwiefalten, Ottobeuren, Obermarchtal, Wiblingen, Ochsenhausen, Schussenried, Birnau und Steinhausen, um nur die leuchtendsten Perlen zu nennen.

Drei Persönlichkeiten, wie der schon erwähnte Schöpfer des Jesuitendramas Jacob Bidermann aus Ehingen durchweg geistliche Herren, seien hier herausgehoben:

Abraham a Sancta Clara wurde 1644 in Kreenheinstetten bei Meßkirch geboren und hieß eigentlich Ulrich Megerle. Der Augustiner-Barfüßer wurde Hofprediger in Wien und Ordensprovinzial. Seine Sprache war volkstümlich, derb und aggressiv. Schiller hat ihm in der Augustinerpredigt in *Wallensteins Lager* ein satirisches Denkmal gesetzt.

Sebastian Sailer, 1714 in Weißenhorn im Ulmer Winkel geboren, Prämonstratenser, der auf seinen Gastspielreisen als *Cicero suevicus* auch in der Wiener Hofkirche predigte. Als ein Verleger seine Predigten herausgeben wollte, schlug er in koketter Selbstironie den Titel *Geistlicher Misthaufen*, dann *Geistlicher Hosenträger, das ist die Vereinigung des unteren mit dem oberen Menschen* vor. Berühmt geworden sind seine Komödien, in denen er biblische Ereignisse in einem saftigen, derben Schwäbisch voll Freude an Anachronismen und Lust an der Parodie in szenische Form brachte. Er trug sie seinen Amtsbrüdern vor und begleitete die darin enthaltenen, selbstkomponierten Arien mit der Fiedel. Am bekanntesten ist die *Schwäbische Schöpfung*, in welcher der Herrgott zu einem gemütlichen alten Bauern verschwäbelt ist. Sebastian Sailer war ein Universalgenie: Dichter, Komponist, Komödiant und Sänger in Personalunion. Er hat seine frühesten dramatischen Versuche in schwäbischer Mundart, die in ihrer bäuerlichen Härte heute von Städtern kaum mehr zu verstehen sind, nie für Kunstwerke gehalten, obgleich sie in ihrer Charakterisierung der Rollen, in ihrem Witz und in ihrer Sprachkraft zu den besten Zeugnissen schwäbischer Literatur gehören.

Ein Unikum war der 1781 in Saulgau geborene Pfarrer Michael Jung. Als gelernter Schneider trug er sein Leben lang selbstgefertigte Röcke. Weil er während einer Seuche auch medizinische Fähigkeiten bewiesen hatte, erhob ihn der Herzog in den Adelsstand und verlieh ihm einen hohen Orden. Den zeigte er auch, wenn er im selbstgeschneiderten Häs (Anzug) die zu seinem Amt gehörenden Felder bestellte und Mist fuhr. Berühmt wurde er als Folksinger, denn er pflegte am Grab seiner Pfarrkinder selbstverfaßte Verse zu singen, wobei er sich mit der Laute begleitete. Ein großer Teil dieser Grabgesänge, zu denen sich stets ein Publikum von nah und fern einfand, ist uns erhalten. Besonders gelangen ihm Lieder über Personen, die einen für die Boulevardpresse geeigneten Tod gestorben waren: *Bei dem Grabe eines Mannes, der mit dem Regenschirm erstochen wurde* oder *Bei dem Grabe eines sechsfachen Mörders* oder *Bei dem Grabe eines Mannes, der in der Betrunkenheit erfror.* Darin heißt die Moral:

Laßt uns daher das Giftgesäuf
Gebrannten Geists verachten,
Sonst macht es uns zum Tode reif,
Wo wir's am mindsten dachten,
Und künftig für den Durst allein
Nur weiß' und braunes Bier und Wein
Mit Wasser mäßig trinken.

Dagegen verbot am 13. II. 1784 das Consistorium das "Spielen von Comedien" und "das Lesen schädlichen Bücher und Romanen" in den Klosterschulen.

Auf dem Humus des sinnlichen oberschwäbischen Barock konnte auch der viel zuwenig beachtete Dichter des deutschen Rokoko in seiner ganzen Weltweite und Heiterkeit gedeihen: Christoph Martin Wieland, der bei seinen prüden Landsleuten im Ruf der Obszönität stand, obgleich er nichts anderes als keck, anmutig und frivol war. Hermann Missenharter sagt von ihm: »Er hat unsere Sprache geschmeidig, hat sie weltläufig gemacht und uns gelehrt, daß auch das Dunkle hell und das Schwere leicht auszudrücken ist.« Wieland hat als erster Deutscher zweiundzwanzig Stücke von Shakespeare übersetzt. In Biberach wurde 1761 zum erstenmal ein Werk Shakespeares in deutscher Sprache aufgeführt. Es war der *Sturm*, in der Wielandschen Übersetzung von einer Laienbühne gespielt.

Jetzt bin ich aber froh! Denn ich fürchtete schon, das Kapitel über den Schwaben und sein Sach sei gewichtiger als das über den Schwaben und die Musen. Nun merke ich, daß hier wenigstens quantitativ der Rahmen eines Kapitels gesprengt wird, daß die Musen das Übergewicht über das *Sach* bekommen. So mache ich eine Zäsur und lasse die Musen in ein zweites Kapitel überlaufen. Habe ich hier über den Schwaben und sein Verhältnis zur Kunst im allgemeinen gesprochen, so sei im nächsten Kapitel vom Schwaben und von den Musen im speziellen die Rede.

13. Kapitel | Noch mehr über die Musen

Ambivalent wie so vieles am Schwaben ist auch sein Verhältnis zum Theater. Seine dialektische Begabung begünstigt zwar den Umgang mit Melpomene, der Muse der Tragödie. Schiller, nach Kleist der bedeutendste deutsche Dramatiker, und Bertolt Brecht seien dafür als hochkarätige Musterexemplare genannt. Der Reformation und dem Pietismus sind die Schwaben indessen jenen Ernst schuldig, der den Verkehr mit Thalien, der Muse der Komödie, frustriert. Weder hat ein Schwabe ein bemerkenswertes Lustspiel geschrieben, noch findet man hierzulande, im Gegensatz zu Bayern, ein breitgestreutes Volks- oder Bauerntheater. Theater genießt nur dann Ansehen, wenn es moralische Anstalt ist, wenn es der Besserung der Welt dient.
Auffallend ist, wie wenig Schauspieler gebürtige Schwaben sind. Albert Bassermann war Mannheimer, Eugen Klöpfer Franke. Besinnt man sich auf bedeutende schwäbische Schauspieler, so kann man nur Otto Treßler, Maria Koppenhöfer, Hannes Messemer und Willy Reichert nennen, für den der Dialekt weniger ein Hemmnis als eine Bereicherung seines Spektrums war. Verschiedene Faktoren kommen zusammen, um dem Schwaben den Schauspielberuf fast zu verschließen. Einmal das Hindernis des Dialekts. Denn ein Romeo mit Wiener Klangfarbe, ein Galilei mit bayrischem Bodensatz mögen hingehen, wogegen schwäbischer Sprachhintergrund höchstens dem Götz oder dem Stadtmusikus Miller zugestanden wird. Aber noch wesentlicher: Das *Verstellen* liegt dem Schwaben nicht, das *Außer-sich-Sein* entspricht

nicht seinem Wesen. Wenn sich hierzulande bisweilen noch ein gutes Theater etablieren konnte, so verdanken das die Musen zunächst ein paar mäzenatischen Monarchen. Schon Herzog Ludwig war theaterbesessen. Der musenfreundlichste Monarch aber war Karl Eugen. Hermann Missenharter schildert: »Es gab in Europa keinen Hof, von dem der württembergische Herzog sich hätte überbieten lassen, wenn es galt, einen Komponisten vom Rang Jomellis, einen Ballettmeister von der Erfindungsgabe Noverres, einen Geigenvirtuosen von der Süßigkeit eines Lolli oder einen tänzerischen Akrobaten wie den großen Vestris für sich zu gewinnen.«

Aber dieses Theater war exklusiv, höfisch, nicht für den Bürger da. Im Gegenteil: Der hatte nur die gewaltige Zeche zu bezahlen, die hier von den Musen gemacht wurde. So war das Theater für den Bürger keineswegs ein kulturelles Phänomen, sondern ein Ärgernis, ein Symbol der Verschwendung, für den Pietisten aber als Schauplatz der Mätressenwirtschaft ein Sündenpfuhl.

Vielleicht sind es solche historischen Reminiszenzen, die des Schwaben Reserve gegenüber dem Theater wachgehalten haben. Selbst der oberschwäbische Katholik Michael Jung meldet *Bei dem Grabe einer vortrefflichen Sängerin, die an der Kolera starb* zur Laute moralische Bedenken gegen das Theater an:

Dort modert Rittler Katherine.
Die holde Sängerin entschlief
Mit hochentzückter Engelsmiene,
Als Gottes Vaterstimme rief:
Komm her in meinen Sängerchor
Und sing mir deine Lieder vor!

Sie traf die fernesten Distanzen,
Sang tief hinab und hoch hinauf
Und löste alle Dissonanzen
In schönste Harmonien auf.
Und, hörend ihre Arien,
Blieb jedermann bezaubert stehn...

Sie hätt vielleicht auf dem Theater,
Das oft der Sünde Gift versüßt,
Die Herzensunschuld in zu spater
Verzweiflung schmerzlich eingebüßt,
So daß die Kolera sogar
Für ihre Seele besser war.

Eine zweite Blüte des Theaters erlebten die Schwaben unter ihrem liebenswürdigen und theaterbesessenen König Wilhelm II. Nun profitierten auch die Bürger vom Hoftheater, als dessen Intendanten der König den ehemaligen Offizier Joachim Gans Edlen zu Putlitz berief. Unter ihm war das Schauspiel avantgardistisch, die Oper glanzvoll. Stuttgart war damals die einzige Stadt in Deutschland, die keine Theaterzensur hatte. Verfemte Stücke von Gorki, Ibsen, Bjørnson, Hauptmann, Sudermann erlebten ihre erste deutsche Aufführung am Hoftheater. Der König lud Radikale wie Ludwig Thoma und Frank Wedekind, die wegen Majestätsbeleidigung vorbestraft waren, an seine Tafel. Als aber die Primadonna Anna Sutter von einem eifersüchtigen Kapellmeister ermordet wurde, gab das den puritanischen Vorbehalten gegen das Theater neue Nahrung. 1912 schenkte der König dem Lande mit dem Doppelbau des Münchner Architekten Littmann das modernste und schönste Theater Deutschlands. Das Große Haus hat den Krieg überstanden, das Kleine Haus wurde sein Opfer und ist heute durch einen Neubau ersetzt. Vor 1933 hatte das Staatsschauspiel stärkere politische Wirkung als je danach. Friedrich Wolf, in Stuttgart lebender kommunistischer Arzt und Schriftsteller, dessen Motto »Kunst ist Waffe« hieß, wurde gespielt. Die Besucher des Schauspiels wurden gegen den Terroristenstaat, der sich ankündigte, geimpft. Die Wachhunde der Demokratie waren Albert Kehm als Intendant, Walter Erich Schäfer und Curt Elwenspoek als Dramaturgen, Friedrich Brandenburg als politischer Regisseur. Sie taten, was sie konnten, um vor dem Faschismus zu warnen. Aber ihre Warnungen waren vergeblich. Zwar war der personale Eingriff 1933 nicht so radikal, wie er heute ist. Aber mit dem Auszug der jüdischen Schauspieler und Sänger wie Fritz Wisten, Max Marx, Ludwig Donath, Kurt Weill und Anita Oberländer verband sich auch die Verbannung der Theaterleitung, die Machtübernahme durch mediokre Nazibarden und braune Schleppenträger.

Nach dem letzten Krieg erfreuten sich die Schwaben gleich an drei Stellen beachtlicher Schauspielfreuden: In Tübingen, wo die Franzosen weniger gouvernantenhaft in das kulturelle Leben eingriffen als die Amerikaner in Stuttgart, wurde ein Theater gegründet, zu dessen Ensemble Theodor Loos, Elisabeth Flickenschildt und Anna Dammann gehörten. Pforzheim war ein paar Jahre lang Baumschule für begabte junge Regisseure wie Franz Peter Wirth und Hanscarl Zaiser. Dort wurde Tennessee Williams' *Endstation Sehnsucht* zum erstenmal in Deutschland aufgeführt. Mit Artur Adamov, dem Vorläufer Becketts und Ionescos, führten die Pforzheimer das absurde Theater in Deutschland ein und haben es heute in ihrem absurden Gerangel um einen Theaterneubau in die Tat umgesetzt. In Stuttgart florierte das Schauspiel unter dem Intendanten Helmut Henrichs und unter dem damaligen Schauspiel- und späteren Burgtheaterdirektor Paul Hoffmann. Erich Ponto, Theodor Loos, Lola Müthel, Hermine Körner, Edith Heerdegen, Mila Kopp, Hans Mahnke, Heinz Reincke, Rolf Henniger gehörten damals fast gleichzeitig dem Stuttgarter Ensemble an, zu dem später noch als Regisseur und zeitweiliger Schauspieldirektor Günter Lüders kam. Dann leitete es der von provinziellen Stadtvätern hart befehdete Brecht-Schüler Peter Palitzsch, der präzise, für das deutsche Theater vorbildliche Regiekonzeptionen realisierte, zuweilen aber auch mit erigiertem Zeigefinger arg ledernen marxistischen Nachhilfeunterricht gab. In Ulm, welches das älteste Stadttheater Deutschlands besitzt und wo Karajan als Dirigent debütierte, machte lange Jahre das Theater unter Kurt Hübner, Ulrich Brecht, Peter Palitzsch, Peter Zadek und Claus Bremer, vom Feuilletonchef der *Schwäbischen Donauzeitung* Kurt Fried publizistisch unterstützt, durch seine avantgardistischen Experimente in der ganzen deutschen Theaterwelt von sich reden. Der Ulmer Stil hat auf fast alle progressiven deutschen Bühnen ausgestrahlt. Kurt Fried ist auch ein Mäzen der bildenden Kunst, so daß sich abstrakte und popartige Musen in der sonst so konservativen Stadt zu manch kühnem Happening zusammenfinden.

Der vielseitige Schwabe Walter Erich Schäfer, der auch als Hörspielautor und Dramatiker einen Namen hat, leitete ein Vierteljahrhundert das Stuttgarter Staatstheater. Ihm war vor allem zu verdanken, daß die Oper europäischen Rang hat. Künstler, die an der Scala, der New Yorker Met, der Wiener und der Pariser Oper sangen, gehörten auch dem Stuttgarter Ensemble an.

Zu Wieland Wagners Lebzeiten war Stuttgart die Probebühne für Bayreuth, und Günther Rennert hat in Stuttgart Inszenierungen gezeigt, welche die Stuttgarter Oper eine Reise wert machten. Nicht zuletzt aber hat der englische Ballettdirektor und Choreograph John Cranko das Stuttgarter Ballettwunder bewirkt und das Stuttgart Corps zu einem der ersten der Welt gemacht. Nach seinem Tod versucht die schwerelose Primaballerina Marcia Haydée, das Erbe Crankos zu wahren und fortzusetzen.

In den letzten Jahren unter dem Intendanten Hans-Peter Doll ist es Claus Peymann gelungen, ein Ensemble zu schaffen, das, was Komödiantik, Schaffenskraft, Einfallsreichtum, Spielfreude und Begabung betrifft, aus allen Nähten platzt. Peymann hat Klassiker verjüngt; Zuschauerräume gefüllt, so daß er für eine Jahresproduktion fünf Jahre volle Häuser hätte; Ideologien von der Bühne verbannt, aber Gesinnung gezeigt; namenlose Anfänger zu Stars ohne Starallüren geprägt; dem Theater neue Spielplätze gewonnen und das Stuttgarter Theater zum Partner des Welttheaters gemacht. Das Schicksal, aus dem Land, das er so reicht beschenkt hat, verjagt zu werden, ist zwar ein persönliches, aber auch ein historisch bedingtes. Denn unter dem Absolutismus, der mit Künstlern kurzen oder gar keinen Prozeß machte, waren auf den Hohenasperg eingekerkert:

ein und sein persönliches

der Pfarrer und Literat Friedrich Albrecht
der Dorfidyllen-Schreiber Berthold Auerbach
der Verleger Gottlob Franckh
der Historiker Immanuel Hoch
der Dichter Hermann Kurz
der Schriftsteller Johannes Nefflen
die Sängerin Marianne Pirker
der Sänger Gustav Adolf Rösler
der Dichter Christian Friedrich Daniel Schubart
der Lyriker, Journalist und Übersetzer Ludwig Seeger
der Journalist Friedrich Seybold

(Die Liste ist unvollständig)

Wenn man nicht wüßte, daß es die Frucht persönlicher Leistung ist, so müßte man es fast als ein Wunder bezeichnen, daß in einem Lande, in dem kulturelle Repräsentation nichts, politische alles ist, in dem die Bevölkerung sogar ihre historisch und religiös begründeten Vorbehalte gegen repräsentative Kunstgattungen pflegt, diese den provinziellen Rahmen gesprengt haben und weit über die Landes- und Bundesgrenzen wirken. Der musische Schwabe ist sich dessen wohl bewußt und den kreativen und pfleglichen Geistern des Landes dafür dankbar, aber auch verstimmt über den Mief an Provinzialismus, Willkür, Tartuffismus und Bürokratie, der sich wie Abgase über den fruchtbaren kulturellen Humus dieses Landes legt.
Im allgemeinen jedoch gilt der Satz: Je intimer eine Kunstform, um so mehr ist sie schwäbischem Wesen gemäß.
Suevia non cantat: Im Schwabenland singt man nicht. Das ist falsch. Denn das Ländle ist die Heimat zahlreicher Männerchöre. In Stuttgart alle Chöre zu nennen, die von hohem künstlerischem Rang sind, hieße eine Liste veröffentlichen. Daß auch der Massensang der Fischer-Chöre in Stuttgart zu Hause ist, sei nur verschämt vermerkt. Die Schwaben haben jedoch keinen Komponisten hervorgebracht, der über seine Heimat und über seine Zeit hinaus wirksam war. Als einziger von Rang gilt der bescheidene Friedrich Silcher, der sich des Volkslieds angenommen und Männerchöre mit *Liedgut* versorgt hat. Unter den Zeitgenossen ragt Hermann Reutter als Komponist, Liedbegleiter und weltweit bekannter Musikpädagoge heraus, dem viele namhafte Opernsänger ihre Karriere an deutschen Opernhäusern verdanken. Dagegen wird in vielen Familien die Hausmusik gepflegt. Da im schwäbischen Stammesgebiet das Fernsehen weniger verbreitet ist als in anderen deutschen Gauen, bleiben noch Zeit und Interesse für musische Selbstversorgung.
Die geringere Fernsehdichte entspricht dem schwäbischen Wesen. Einmal hindert die schwäbische Sparsamkeit den Eintritt in die Television-Gemeinde. Noch stärker aber mag das puritanische Erbe eine Aversion gegen das *Deifelszeig* wachhalten. Weiter will mancher Schwabe keinen Partner in der Stube dulden, der einen unterhält, ohne daß man sich mit ihm unterhalten

kann. Das widerspricht dem Hang zur Dialektik. Nicht zuletzt aber gibt es schwäbische Familien, die geistig noch so autark sind, daß sie einen Abend aus eigener Kraft mit Reden oder Schweigen auszufüllen vermögen.

Damit will ich freilich nicht einem arroganten Antifernseh-Snobismus das Wort reden. Im Gegenteil. Lange Zeit war der Süddeutsche Rundfunk ein Kindergarten, in dem sich wie im Tübinger Stift auf einer Stube Talente zusammenfanden, die heute zu den Koryphäen des Fernsehens gehören wie Franz Peter Wirth, Michael Pfleghar, Helmut Jedele, Oliver Storz und Hans Gottschalk und zu den Koryphäen der Literatur wie Martin Walser und Alfred Andersch. Lange Zeit boten die Fernsehspiele, die aus Stuttgart kamen, Garantie für Qualität.

Auch der Südwestfunk in Baden-Baden war zu Zeiten des Intendanten Friedrich Bischof und des Programmdirektors Lothar Hartmann musisches Quellgebiet, aus dem vor allem die zeitgenössische Musik und das Hörspiel gespeist wurden. Inzwischen tun die politisch eingefrorenen Rundfunkgebühren, die den Wert der Leistung weit unterschreiten, und das obszöne Wort *Ausgewogenheit* = Langeweile alles, um das Kreative auf kleiner Flamme zu halten, die Ausbildung von Nachwuchs zu erschweren und Experimente und Minderheitenprogramme zu schmälern. Die staatlich verordnete Kooperation von Süddeutschem Rundfunk und Südwestfunk hat die kulturellen Programme schrumpfen lassen. Der Begriff *Ausgewogenheit* bedeutet nichts anderes als Übertragung der schwarz-roten Parzellierung der Bundesrepublik auch auf die öffentlichen Anstalten. Der Süddeutsche Rundfunk mit einem vorbildlichen Rundfunkgesetz und damit einem ständisch gegliederten Rundfunkrat und einem liberalen Intendanten, die nicht nach Parteibüchern, sondern nach Qualität messen, gehört noch zu den Oasen in der tristen deutschen Medienlandschaft.

Über die Bedeutung des Schwaben in der Literatur ist so viel zu sagen, daß es als bekannt vorausgesetzt werden kann. Vor allem liegt die Lyrik als intimste literarische Form dem Schwaben. Von Hölderlin und Mörike wurde in diesem Buch fast schon zu oft gesprochen; andere Lyriker, wie der genialische, früh verstorbene Wilhelm Waiblinger (auch ein Tübinger Stiftler) oder der Bauer und Dichter Christian Wagner, wären es wert, innerhalb und außerhalb des Ländle stärker gewürdigt zu werden. Rechnet man die heimlichen Lyriker dazu, die ihre Gedichte lediglich *per dilettarsi*, um sich zu erfreuen, schreiben, dann rekrutiert sich aus Schwaben ein ganzes Dichterheer.

Merkwürdig ist, daß die schwäbische Dialektdichtung im Gegensatz zur alemannischen, bayrischen oder plattdeutschen nicht in die deutsche Literatur eingegangen ist, obgleich es genug schwäbische Mundartdichter gibt, die literarischen Rang haben. Sie bedienen sich nicht der Mundart, weil sie nicht anders können – denn wer schwäbisch spricht, schreibt nicht schwäbisch –, sondern weil der schwäbische Dialekt mit seinem Wortschatz und seinen Nuancierungsmöglichkeiten sich für die Lyrik geradezu anbietet. So beschränkte sich die schwäbische Mundartdichtung zumeist auf Kleinst- und Kleinformen. Von den schwäbischen Mundartdichtern seien hier nur Sebastian Sailer, Michael Buck und August Lämmle, der kernige Sebastian Blau, der witzige Alfred Weitnauer und Friedrich E. Vogt genannt, der das Stuttgarter Schwäbisch literaturfähig zu machen versucht und jetzt als erfahrener Philologe eine gründliche und ergötzliche Sprachlehre unter dem Titel *Schwäbisch in Laut und Schrift* herausgebracht hat.

Die schwäbische Mundartdichtung in Verruf gebracht haben die unzähligen Gedichtleschreiber, die einen Witz zum neckischen Versgebilde auswalzen. Für den echten Schwaben peinlich, mehr zum Heulen als zum Lachen, sind auch die schwäbischen Truppen, die Vereinsbühnen heimsuchen und Bierzeltgaude in schwäbischem Dialekt arrangieren. Unausstehlich sind all die Jörgle, Oddole und Hansele, die teils herzig, teils zotig den schwäbischen Dialekt verfälschen, den Schwaben als einfältigen Hinterwäldler oder als grobschlächtigen Kauz verzeichnen und ihre läppischen Späße in *Schwäbischen Geschichten* verpacken, welche die schwäbische Mentalität simplifizieren und verblödeln. Da wird Einfalt zu Einfältigkeit; Pfiffigkeit zu Verlogenheit; Gefühlstiefe zu Schmalz; Naivität zu Dümmlichkeit.

Außer den von der Dialektwelle getragenen Heimatdichtern, die schwäbisch schreiben, weil sie nicht Deutsch können, gibt es einige, die mit Erfolg versuchen, die Mundart vom Strich der Verblödung und Vermarktung wenigstens in die Nähe der Literatur zurückzuholen. Zu ihnen gehört Peter Härtling, der den Dialekt als Würze gebraucht und uns Hölderlin näherbringt, indem er ihn schwäbisch schwätzen läßt. Zu ihnen gehört Günter Herburger, in dessen hochkarätigem Lyrikband *Ziele* auch Mundartgedichte enthalten sind. Georg Holzwarth hat nie hochdeutsch geschrieben, ist aber ein bedeutender Mundart-Lyriker. Die schlichte, stille Maria Menz aus dem Oberland schreibt vor allem religiöse und Natur-Lyrik, hochdeutsch und im Dialekt; ihr *Johannes-Zyklus* ist in beiden Sprachen zu Hause. In Qualität und Innigkeit erinnert sie an Christian Wagner. Auch die Alemannen Manfred Bosch und Bruno Epple gehören zur ersten Garnitur. Sie beweisen, daß der Dialekt nicht läppisch sein muß. Daß er auch zärtlich, engagiert, aggressiv, gesellschaftskritisch sein kann. Sie tun sich schwer, weil sie nicht wie die Tümler Idyllen schaffen, sondern verlogene Idyllen zerstören. Sie weisen in unserer so biedermännisch klingenden Sprache auf Gestank nach Eiter und Müllhalden hin; auf die Versauung der Gewässer und der Landschaft; auf die Bedrohung durch Siedeleien und Atomverseuchung; auf schleichende Unterdrükkung, Behördenwillkür, Politbürokratie und Proporzgerangel; auf Brutalität am Arbeitsplatz, im Fernsehen, hinterm Schreibtisch und in den Parlamentsdebatten. Sie werden nicht nur in den Palästen verstanden, sondern auch in den Hütten, auf den Märkten, in den Betrieben, in den Bürgerinitiativen, auf Bauplätzen, die nichts anderes als energieträchtige Richtstätten für unsere Kindeskinder sind. Bei den Herrschenden unerwünscht, hören ihnen die Beherrschten zu. In ihren manchmal schrecklichen Visionen zeigen sie die Wirklichkeit von übermorgen. Ihre Phantasie hat Beweiskraft. Freilich ist diese Mundart-Lyrik kein reiner Ortsdialekt, keine puristische Museumssprache. Für sie ist Mundart als Mittel der Landnahme und Parteilichkeit ständigem Wandel unterworfen, tendiert zur allgemein verständlichen Umgangssprache hin. Also statt Tracht Unterhäs, statt Selbstbeweihräucherung Kritik, statt Idealisierung Entlarvung, statt Bewahrung Veränderung.

Hier darf Michael Spohn nicht vergessen werden!

Als Herzog Ulrich mit der Reformation 1537 anordnete, daß alle Bilder aus den Kirchen entfernt würden, bedeutete das einen schweren Eingriff in die große Tradition der bildenden Kunst in Schwaben, zumal diese plötzliche Zäsur einem Höhepunkt der schwäbischen Malerei folgte. Denn die Ulmer Schule mit Hans Multscher, Martin Schaffner, Bartholomäus Zeitblom und Bernhard Strigel hat weit über das Land hinaus gewirkt; der Herrenberger Altar des 1526 in Pforzheim wegen Beteiligung am Bauernaufstand gevierteilten Jörg Ratgeb beweist eine ganz eigenwillige Begabung; Vater und Sohn Holbein stammen aus Augsburg; Hans Baldung Grien, Konrad Witz und Martin Schongauer gehörten, wenn sie auch nicht alle gebürtige Schwaben waren, doch zum schwäbischen Kulturkreis.

Aus dem vorigen Jahrhundert sei nur der an den holländischen Kleinmeistern geschulte Idyllenmaler Johann Baptist Pflug erwähnt, ein Genießer, gutem Essen, altem Wein und schönen Frauen zugetan. Er führte eine gute Ehe, aber als seine Frau starb, lebte er in dem Wahn, der Teufel habe sie ihm als Strafe für seine Liebeleien weggenommen. Um ihn von sich selbst fernzuhalten, legte er ein offenes Bekenntnis ab und fertigte eine Liste aller Frauen und Mädchen an, die er in seinem Leben physisch begehrt hatte. Die Liste war recht umfangreich, und der Teufel ließ ihn noch fünfundzwanzig Jahre leben. Dies begab sich nicht in Altwürttemberg, sondern im sinnenfroheren Oberschwaben.

In den zwanziger Jahren trug die Schule Hölzels mit Oskar Schlemmer und Willi Baumeister zur Evolution der bildenden Kunst bei, wenn auch sonst die Schwaben gemäß ihrem Motto »No nex narrets!« selten in den Reihen der künstlerischen Avantgarde zu finden waren. Rolf Nesch und HAP Grieshaber bilden eine rühmliche Ausnahme von dieser Erfahrung.

Von den zeitgenössischen Malern verkörperte Reinhold Nägele am eindrucksvollsten den schwäbischen Dualismus. In seinen Bildern gelingt ihm die vollkommene Synthese zwischen Zartheit der Form und Drastik des Sujets, zwischen Traum und Realität, Grüblertum und Spielerei, Wirklichkeit und Märchen, bizarrer Phantasie und handwerklicher Genauigkeit, Andacht und

Spott, Oberfläche und Transparenz. Auch menschlich verbarg der Künstler hinter einer räsen und unwirschen Fassade den unpathetischen, freundlichen, gescheiten und empfindsamen Künstler. Wenn Reinhold Nägeles künstlerische Begabung auch den Rahmen des Stammes sprengt, seine menschliche Erscheinung repräsentierte den musischen Schwaben in seiner ganzen Vielschichtigkeit und Ambivalenz. Er ist 1972 gestorben.

Die Architektur als die solideste, zweckvollste und wertbeständigste Kunstform wird von den Schwaben mehr ästimiert als spielerische Musengebilde. Ein Haus ist eben mehr wert als ein Gedicht, und eine Kirche erscheint zweckvoller als ein Roman. So hat der schwäbische Stamm von der Familie Parler bis zu einigen noch lebenden eine Fülle bedeutender Architekten hervorgebracht. Wenn in Stuttgart auch ein kunsthistorisches Denkmal wie Mendelsohns Warenhausbau abgerissen und durch ein Netzhemdgebäude Eiermanns ersetzt wurde, wenn der so schöne Stadtkern auch ein Opfer des Kriegs wurde und schwäbischer Individualismus, gepaart mit finanziellen Interessen, einem großzügigen Wiederaufbau oft hemmend im Weg stand, so besitzt die Stadt doch eine Reihe bemerkenswerter neuer Bauten, die allerdings bis auf das Gebiet um den Anlagensee, in dem architektonisch sich widersprechende Gebilde durch Park, See und Bäume recht glücklich zu einer Einheit zusammengefaßt sind, mehr oder weniger isoliert in der Nähe von Paul Bonatz' zweckschönem Bahnhof stehen. In der 1927 erbauten Weißenhofsiedlung besitzt die Stadt ein architektonisches Denkmal. Es ist die erste Normsiedlung in Europa mit flachen Dächern, in welcher die damals neuen Baustoffe Glas und Beton angewendet wurden und ein bequemeres und rationelleres Wohnen in einer Siedlungsgemeinschaft entgegen dem schwäbischen Zug zum Eigenheim demonstriert wurde. Unter der Leitung des Stuttgarter Architekten Döcker arbeiteten an dieser Siedlung der klassenlosen Gesellschaft Gropius, Mies van der Rohe, Le Corbusier und Scharoun mit. Aber dem Besitzer dieser Häuser, nämlich dem Bund, konnte keine Behörde individuelle Retuschen verwehren. Denn Besitz verpflichtet hierzulande weniger, als er berechtigt; und so machten die Anlieger manchmal etwas daraus, was die Architekten nicht in ihren unruhigsten Alpträumen befürchtet hätten. Unterstützt wurde diese Verspießerung durch den Nationalsozialismus. Leider ist es einer freiheitlicheren Zeit mit weniger Autorität nicht gelungen, den überzeugenden Urzustand ganz wiederherzustellen.

14. Kapitel | Schwäbischer Sex

Kann er solche heiklen Themen nicht lassen?

»In Betrachtung, daß die Bosheit des weiblichen Geschlechtes alle Bosheit der Welt übersteigt, daß kein Zorn den Zorn einer Weibsperson übertrifft, wie auch, daß das Gift der Schlangen und Drachengelichter zu heilen ist und unschädlicher sei als Vertraulichkeit mit dem anderen Geschlecht, haben wir beschlossen, in Zukunft keine Ordensschwester zur Vermehrung unseres Verderbens mehr aufzunehmen.«

BEGRÜNDUNG DES PROPSTES VON OBERMARCHTAL AUS DEM 14. JAHRHUNDERT, DAS MIT DEM CHORHERRENSTIFT VERBUNDENE FRAUENKLOSTER AUFZUHEBEN

»Kendermacha isch koi Konscht, aber 's Vrheba.«

ANONYMER PRAGMATIKER

So, da steht sie also in der Überschrift, diese unglückliche Wortehe zweier Partner, die nicht zueinander passen. Schwäbischer Sex: Das ist eine *contradictio in adiecto*, ein Widerspruch in sich, ein gegenseitiger Hohn, als ob man sagte: *Gebildet durch BILD.* Aber sosehr ihn der Schwabe durch Verschweigen zu leugnen versucht, auch ihm bleibt trotz dem Stundenbruder im Blut die Tatsache des *sogenannten* Geschlechtlichen – Gott sei Dank! – nicht erspart. Wo jedoch der Puritanismus den Umgang mit dem Geschlecht verwehrt, da zwingt uns zunächst die schwäbische Grammatik, eine geschlechtliche Perversion wenn nicht zu deuten, so doch zum mindesten beim Namen zu nennen. Der Schwabe neigt nämlich zum Transvestismus einiger Wörter. Er zieht weiblichen Begriffen zuweilen die Hosen eines männlichen Geschlechtsworts an: *Die Butter* wird zu *der Buddr, die Schokolade* zu *der Schoglad.* Auf *die Bank* trägt man sein Geld, aber man setzt sich auf *den Bank. Der Zwiebel* dient nicht nur zur Bereitung eines delikaten Kuchens, sondern auch als Bezeichnung für die Taschenuhr. *Die Schürze* wird zum *Schurz, die Zehe* ist *der Zeha.* Wird ein Mensch zur Schnecke gemacht, so geschieht es in zärtlicher Absicht, aber mit Geschlechtswandel. *A goldiger Schneck* wird ein Mädchen genannt, an das man sich *nôschneckla* (anschmiegen) möchte. Daß einem männlichen Wort ein Rock verpaßt und es damit ins Weibliche transvestiert wird, ist mir nicht bekannt. *Der Teller* aber ist *das Teller* und umgekehrt *das Sofa: dr Sofa.* Wenn der unbestimmte Mehrzahlbegriff *Kies* in die Einzahl rutscht, so ist *der Kies* genau wie *'s Gerschtle* das Geld. Reigschmeckte verderben dem Schwaben die Freude am sächlichen *Feschbr,* wenn sie *eine Wesper* daraus machen. Woher solche Geschlechtsverwandlungen kommen, weiß ich nicht. Ich überlasse die Deutung einem Freudianer.

Mit der schwäbischen Scheu vor dem Geschlechtlichen mag das Paradoxon zusammenhängen, daß einige Begriffe neutralisiert werden, wenn sie ein sexuelles Gschmäckle bekommen. So ist *der Mensch* ziemlich neutral, während *das Mensch* vom Drang heimgesucht wird, sich recht eindeutig feminin zu betätigen. Das superlativistische *Saumensch* ist dabei bar aller Hemmungen; das *Saumenschle* kann einer gewissen Sympathie des Titulierenden sicher sein, während *das Menschle* eine Person weiblichen Geschlechts ist, die leider mit anderen Mannsbildern das willig tut, was man selbst gern mit ihr täte. *Das Ripp* dagegen ist ursprünglich feminin, meist aber zuwenig als

Femininum ästimiert worden, so daß eine ältliche, bösartige, keifende Ausgabe der Adamschen Rippe daraus wurde.

Das streng neutrale Ding verliert im Schwäbischen seine Sächlichkeit. Ein *nettes Deng* ist stets weiblichen Geschlechts, wird aus dem *Deng* eine *Denge* oder gar *Dengere,* so darf man naher Beziehungen zwischen dem Benamenden und der Benamsten sicher sein. Auch wenn er »du wiaschda Denge« sagt, schwingt in diesem unübersetzbaren Begriff Zärtlichkeit und Sympathie mit. Der Begriff *der Denger* ist keineswegs sächlich, er kann sogar, wie der Schluß dieses Kapitels beweisen mag, geradezu vulgär-maskulin sein. »Du wiaschdr Denger« läßt keine Assoziationen zum *Wüstling* zu, im Gegenteil, eine zärtlich liebende Dengere kann diesen Ausdruck als schmollenden Vorwurf für ein Mannsbild gebrauchen, das im Augenblick nicht geneigt ist, ihren Wunsch nach zwischenmenschlichen Kontakten zu befriedigen.

Aber während solche sprachlichen Feinheiten, die nur der Schwabe nachempfinden kann, lediglich im Umgang zwischen Personen beiderlei Geschlechts gebräuchlich sind, deren Verhältnis zum Geschlechtlichen nur grammatikalisch gestört ist, muß hier erwähnt werden, daß solche Personen die Ausnahme von der schwäbischen Regel bilden, die lautet: Seine puritanischen Vorfahren, die laut Sebastian Blau bloß *em Hemmed,* und wenn es sich gar nicht verheben ließ, miteinander der Erbsünde anheimfielen, haben dem Schwaben als Erbgut eine arge Ängstlichkeit gegenüber allem natürlich Sinnlichen mitgegeben. Was mit dem Geschlechtlichen zusammenhängt, wird nach außen hin negiert, wird puritanisch-prüde verdrängt und verleugnet. Den Eros ein Geschenk Gottes zu nennen, für das man besonders dankbar sein müsse, käme unter Schwaben einer Lästerung gleich. Der Sexus ist eine Erfindung des Satans, mit dem er den Menschen in seine Krallen lockt. Das Fleisch ist der Köder der Hölle. So wird alles Geschlechtliche im Spiegel eines protestantisch-bäuerlichen Gewissens gebrochen, es wird immer wieder zwischen Wunsch und Furcht reflektiert. Da aber der Schwabe im allgemeinen nicht des sexuellen Tatendrangs und auch die Schwäbin nicht immer der sexuellen Bereitschaft ermangelt, sind sie in diesem Punkt häufig beeinträchtigt. Wo

Das ist eine beleidigende Behauptung!

das offene Bekenntnis zur Sexualität unterdrückt wird, da wird alles, was damit zusammenhängt, hehlinge mit der ruhelosen Phantasie einer nie ganz überwundenen Pubertät umspielt. Den verklemmten Heuchler und Pharisäer im schwarzen Fräckle des Moralisten trifft man unter den Schwaben häufig. Dem Tartuffe begegnet man nicht nur in der Landespolitik. Der Abscheu der Politbürokraten gegen das Staatsschauspiel entzündete sich zuerst an einem unverklemmten Programmheft zu Wedekinds *Frühlings Erwachen.* Der weitverbreitete *Fotzaneid* richtet sich vor allem gegen die, die das mit zärtlichem Vergnügen tun, was andere sich nicht zu tun trauen. Die moralische Entrüstung, die laut H. G. Wells »Neid mit Heiligenschein« ist, darf sich als Ehrenbürgerin schwäbischer Kleinstädte fühlen. Der Sexualneid als Triebkraft des Klatsches und der Boshaftigkeit ist eine Eigenschaft, der man oft begegnet, obgleich die Macht des Sexus hartnäckig verleugnet wird. Die braven Untertanen konnten es sich nicht vorstellen, daß die Abhängigkeit ihres Herzogs Eberhard Ludwig von seiner Geliebten, der Grävenitz, ihren Grund in *einem* Punkt hatte. Sie meinten, es müßten Zaubermittel sein, deren sich die agile Bettgenossin bediente.

Daß der Schwabe indessen nicht so frei von menschlichen Urtrieben und den damit zusammenhängenden Verfehlungen ist, wie er vorgibt, zeigen nicht nur Hausbälle in schwäbischen Kleinstädten während der Faschingszeit, bei denen man seine blauen Wunder an Direktheit und Deutlichkeit erleben kann, sondern auch diese Anekdote, die dazu noch die Fixigkeit beweist, mit welcher der sonst so schwerfällige Schwabe eine Situation zu seinen Gunsten auszunützen versteht:

Ein Bauer arbeitet mit seinem Weib auf dem Acker, während ein beängstigendes Unwetter heraufzieht. Sie finden nur mangelhaften Unterschlupf. Dem Bauern schlägt das Gewissen: »Ob mer dô no leabich [lebendig] hoimkommet, woiß mer net. Drom moin i, mer sottet jetzt, eb [bevor] mir vôr da ewicha Richter tretet, anander beichta, was mer so en onserem Eheleba älles bosget [Böses getan] hent«, sagt der Bauer. »Nô fang du amôl a«, schlägt die Frau vor. Der Mann beginnt und gesteht etliche Verfehlungen gegen die

eheliche Treue. Die Frau: »Daß du a gottsallmächticher Lomp ond a Erzschlawiner bisch, han e jô gwißt. Aber fir so an Erdafetz han e di doch net ghalta. Trotzdem, en onserer jetzicha Lag will i dir's halt nomôl verzeiha.« Der Mann ist froh und sagt: »So, Weib, aber jetzetle sechsch du mr, was du sô älles uffm Gwissa hôsch.« Die Frau nach einem Blick zum Himmel: »Leck me am Arsch, dô henta kommt's heller!« Der Pietist Bengel verlangte, man müsse sein Weib so lieben wie Christum, und wurde etwas wirklichkeitsnäher mit der Forderung, auch ja zu sagen zu Kreuz und Jammer, die Gott auf den ehelichen Stand gelegt habe. Die Liebe wird mit Vernunft überwacht. Schwäbisches Mißtrauen gegen allen Gefühlsüberschwang, Zweifel an der Selbstlosigkeit einer Gabe machen auch skeptisch gegen selbstlose Hingabe. »Trau dr Liab net ond schneid net z' viel vom Loib«, heißt eine alte Bauernweisheit. Die schwäbische Reserve; die Unfähigkeit, ein Gefühl zu äußern oder gar außer sich zu sein; der Ernst, der keine Freude am Spiel, am Flirt aufkommen läßt; der Mangel an Galanterie: Das alles steht der Liebe im Weg, verkleinert sie zur *Mögetse*, wie man sie bisweilen im Schwäbischen nennt. Der Schwabe kann wohl zart, jedoch schwer zärtlich sein. Aber auch seine Zartheit wird in erotischen Dingen von der Derbheit erschlagen: »Jetzt han-e emmer gmoint, bei meiner Lina wär's Leidaschaft, drweil isch's bloß Aschthma.«

Das Vergnügen, selbst wenn es nichts kostet, wird gern wenn nicht zum *Schaffa* (»Meine Mädla send nemlich a ruhichs Schaffa gwöhnt«), so doch zur *Ärbet* deklariert und im Schweiße des Angesichts verrichtet. »Iber fuffzich isch's halt a arga Schenderei«, hörte ich einmal einen Landsmann klagen. Wozu eigentlich, wenn es keinen Spaß macht und nichts einbringt wie bei jenem Gôgen, dessen Tochter von einem Studenten ein Kind erwartete? Er beschwerte sich beim Vater des Studenten, worauf ihm dieser ein unerwartet günstiges finanzielles Angebot machte. Darauf der Gôg: »Aber gellet Se, em Fall sich mei Annale mit dem Kend täuscht han sott, derf mer Ihren Herra Soh doch no amôl bemiha?«

Der praktische Sinn des Schwaben bricht immer wieder in das sich der Vernunft widersetzende Gebiet des Eros ein und bringt es unter seine Kontrolle.

Er beeinflußt auch die Partnerwahl. »Wôrom soll i a Wiaschde nehma, a Scheene frißt au net meh!« Das ist Ästhetik, vom gesunden Menschenverstand gestützt. Ein angejahrtes Mädchen in Göppingen vervollständigte seine Wohnung und erklärte: »So, jetzt han e a Schlôfzemmer – jetzt laß i d' Männer an me nô.« Aber manchmal führt auch der praktische Sinn in den Gefilden des Eros über Stolperdrähte. So in einer typisch schwäbischen Affäre, die sogar vor Gericht verhandelt wurde. Da hatte ein Schwabe ein Häusle gebaut, das er über alles liebte und auf das er stolz war. Finanziell hatte er sich dabei übernommen, und so blieb ihm nichts anderes übrig, als es zu verkaufen, um seinen Schuldenberg abzutragen. Aber welcher Schwabe verkauft schon sein Häusle? Lieber noch die Frau. Sie hieß Rosemarie und sah ein, daß man für das Häusle Opfer bringen mußte. Sie beschloß also, in einem Beruf zu dilettieren, für den sie wenig Begabung hatte. Für den ersten Devisen-Hunderter, den sie sich in dieser Branche von einem Jugoslawen verdiente, bekam sie in der Wechselstube ganze 34 Pfennig. Dennoch gab sie nicht auf, benahm sich aber so gewerbefremd, daß sie der Sittenpolizei auffiel und, auch im Umgang mit solchen Herren nicht genug erfahren, einem Polizisten ihre traurige Geschichte erzählte. Das brachte ihren Mann vor den Richter. Auf die Frage, weshalb er seine Frau zu einer solchen Tätigkeit angehalten habe, die nicht nur sittenwidrig sei, sondern zu der sie auch jede Begabung vermissen lasse, jammerte er echt schwäbisch: »Jôhrelang han e fir mei Häusle gschpart. Ond wia hätt e me vor dr Nôchberschaft blamiert, wenn e 's hätt vrkaufa miassa.«

Und nun wäre es an der Zeit, über die Schwäbin zu sprechen, was aus Gründen der Galanterie recht schwer fällt. Also ziehe ich mich mit der in diesem Buch so oft gebrauchten Redensart aus der Bredouille: Auch unter ihnen gibt es *sottiche ond sottiche.* Einmal die Weiber von Schorndorf, die ihren Männern, als diese kapitulieren wollten, mit Gewalt den Rücken stärkten. Das war, als Mélac raubend und plündernd durchs Ländle zog und schon die Angst vor ihm alle Stadttore öffnete. Nicht aber die von Schorndorf. Denn die mit Heu- und Mistgabeln, mit Bratspießen, Hackmessern und Besenstie-

Bravo! schwäbische Helden-Frauen!

len bewaffneten Weiber unter Führung der Schultheißengattin Künkelin und der Hirschwirtin Katzenstein sperrten alle Männer und zwei kaiserliche Kommissäre zwei Tage und drei Nächte im Rathaus ein und bedrohten jeden mit dem Tod, der von Übergabe spreche. Anders ein paar Jahrhunderte zuvor die Weiber von Weinsberg, denen nach der Kapitulation gestattet wurde, das, was sie am liebsten hätten, unangefochten aus der Festung zu tragen. Sie fackelten nicht lange und nahmen ihre Männer auf den Rücken. Seitdem heißt die Burg von Weinsberg die *Weibertreu.*

Ein paar allgemeine Adjektiva aber können wir getrost der Schwäbin anhängen: Sie ist lieb, zuverlässig, gediegen und treu. Wie überhaupt Anhänglichkeit und Treue schwäbische Charaktereigenschaften sind. So schwer der Schwabe warm wird, so schwer er Konnex bekommt, so zuverlässig ist er als Freund. Das Stuttgarter Theaterpublikum ist nicht leicht zu begeistern, aber wen es ins Herz geschlossen hat, den vergißt es auch nach Jahrzehnten nicht. Doch zurück zur Schwäbin. Ihre Devise beim Kleiderkauf: mehr solid als elegant, trifft auch auf sie selbst zu. Mehr sein als scheinen. Mehr halten als versprechen. Nichts mit kosmetischen Mitteln vortäuschen wollen, was die Natur versagt hat. Denn die Schwäbin putzt erst ihr Haus und dann sich selber. Aber ihre Vorsicht im Umgang mit Amor schließt nicht alle Pannen aus. Das beweist diese Anzeige in der *Stuttgarter Zeitung*:

> Wer kann in dringendem Notfall helfen und kennt folgenden Herrn: Vorname Benno. Angebl. aus Stuttgart, ledig, 35–40 J., 1,75–1,80 m, braune Augen, Eigentümer eines Maschinengeschäftes, einer Jacht. Zuschriften unter Z 13 254 an die Stuttgarter Zeitung.

Inserieren Bringt auf Umwegen Gewinn!

Nun gibt es sicher nicht wenig sottiche Schwäbinnen, denen der Notschrei der Landsmännin kein Mitleid entlockt. Es sind die, die im Umgang mit Männern nicht allzuviel Glück gehabt haben. Ob ihre böse Gosch, ihre keifende Stimme und ihre Neigung, was sie tun, dem Nachbarn *zum Posse* zu tun, ihre pharisäische Neugier, mit der sie sich naseweis um das Liebesleben anderer kümmern, die Folge oder die Ursache ihres gestörten Umgangs mit Männern sind, das bleibe dahingestellt. Ein Ripp wird eine solche Anzeige nicht ohne Schadenfreude lesen: »Grad recht gschieht's dem Mensch! Benno – dees isch koi Schwôb, bsonders wenn er dem Mädle gsagt hôt, er häb a Jacht! Ond des Maschenagschäft wird au net weit her sei. So muaß komma, wenn mer sich so geha läßt.« Solcher Landsmänninnen gibt es genug. Beiseite sei hier bescheiden vermerkt, wessen Bücher fähig sind. Denn blieb auch die

Herzlichen Glückwunsch!

Suchanzeige unbemerkt, so las das Bennole doch dieses Buch, beichtete den Vorfall seiner Frau, und so kamen Kindsvater, Kindsmutter und das auf der Jacht gezeugte Kendle unter der wohlwollenden Schirmherrschaft der Ehefrau zusammen.

Wie sie wohl aussah, diese so großzügig verzeihende Ehefrau? Ob es eine von den reizvollen Schwäbinnen war, in denen man noch römisches Besatzerblut zu erkennen glaubt? Die man mit ihrem wohlproportionierten Wuchs, ihrem dunklen Haar, ihrem schmalen Gesicht, ihren schönen und gescheiten Augen und um ihrer zutraulichen Freundlichkeit willen als *siaße Krott* oder *goldigen Schneck* bezeichnet, denn der Schwabe nimmt seine Vergleiche, wenn er zärtlich wird, gern aus dem Band *Amphibien und niedere Tierarten.* Oder war es eine mit rotblonden oder rotbraunen Haaren und Sommersprossen, oberschwäbisch *Riesele,* neckarschwäbisch *Roßmucken* oder *Muckenschisse* genannt, die auf irische Verwandtschaft und gemeinsame keltische Ahnen schließen lassen? Eine, die sich von der anderen Rasse ihrer Landsmänninnen unterscheidet, von jenen, die untersetzt, stumpig, rundköpfig und halslos sind und sich so unglücklich kleiden, daß sie das, was ihnen die Natur vorenthalten hat, auch noch als Mangel unterstreichen? Deren einziger Schwung, dessen sie sich erfreuen, in den etwas zu kräftigen Waden liegt? Ob sie jenes Schwäbisch spricht, das einen Flirt ausschließt und in seiner Langsamkeit vielleicht oft zu Unrecht auf einen Mangel an Temperament schließen läßt? Wenn auch die pragmatische Erfahrung beweist, daß Wohlklang der Mundart nicht immer proportional den erotischen Reizen ist – wo käme sonst die Sächsin hin, deren Dialekt in krassem Widerspruch zu ihrer erotischen Fähigkeit steht!

Verlassen wir die Schwäbin, nicht ohne einen Blick zurück in die Geschichte zu werfen und Jean Paul das Wort zu erteilen, den in Stuttgart die Damenwelt zunächst nicht so anhimmelte, wie er es gewohnt war.

Er urteilte: »In der höheren wie in der niederen Weiberwelt gibt es wenig schöne Gesichter, aber dafür feste, gesundfarbige und eckige; zehnmal wohlgebauter als die Gesichter sind die Straßen, worin sie wandeln.«

Aber kaum war seine dichterische Eitelkeit befriedigt, da änderte sich auch schon sein Urteil: »Himmel! Wie schön und groß sind die Stuttgarter Mädchenaugen! Die Geheimräthin Hartmann bat mir gestern einen ganz weiblichen Augenthee zusammen.«

Wurde am Anfang dieses Kapitels die Behauptung aufgestellt, der Schwabe negiere alles Geschlechtliche, so gilt das eher für das gebildete Bürgertum und für das vom Pietismus geprägte Landvolk. Württembergs Herrscher indessen kümmerten sich einen Dreck ums sogenannte *gesunde Volksempfinden* und um die lustfeindliche Moral der Kirche. Der erste König, Friedrich, baute für sich und seinen Lustknaben von Zeppelin auf dem Ludwigsburger Friedhof ein gemeinsames Mausoleum, auf daß ihre Glieder und Gebeine auch im Tod vereint beieinander ruhten. Eberhard Ludwig ließ seine Mätresse das Land regieren und aussaugen, Karl Eugen schwängerte weite Teile der weiblichen Bevölkerung und peuplierte das halbe Ländle mit seinen illegitimen Nachkommen. König Wilhelm I. hatte von seiner Geliebten, der Sängerin Stubenrauch, eine Tochter. »Wia dr Herr, so 's Gscherr« – diese schwäbische Erkenntnis gilt nicht für die moralischen Auffassungen von Herrscher und Volk. Daß bisweilen auch geschlechtlinge Dinge mit Witz und Offenheit ohne Zoterei ausgesprochen werden, mögen folgende Aussprüche beweisen, die ich in einem Dorfwirtshaus aufgeschnappt habe. Über ein ungleiches Paar, er sehr groß und *gut beieinander,* sie klein und zierlich: »'s isch no nia a Mäusle onterm-a Haihaufa vrschtickt.« Über einen älteren Mann, der eine junge Frau heiratete: »Der kommt mr grad vôr wia oiner, wo obedengt an ôigena Schiaßplatz han muaß, au wenn d' Munizio afanga rar wird.«

Ein Schwabe heiratete eine Reigschmeckte. In der Hochzeitsnacht zog er sein langes Nachthemd an, gab seiner Frau ein Küßle auf die Stirn, sagte: »Gut Nacht, Schätzle!« und drehte sich auf die Seite. In der nächsten Nacht wiederholte sich diese Zärtlichkeit. In der dritten Nacht strich die Frau mit der Hand über sein Gesicht, und er biß sie dabei in den Finger. Als sie sich über diesen Temperamentsausbruch erstaunt zeigte, erklärte er ihr: »Woisch, en dr Erotik, dô send mir Schwôba de reinschte Deifel!«

In seinem Buch *Wirken und Wirren* erzählt der Staatsrechtler und spätere badische Staatspräsident Willy Hellpach eine bezeichnende Geschichte. Es war am Karfreitag, dem höchsten Feiertag schwäbischer Protestanten, in einem Stuttgarter Wirtschäftle. Dort trotzten vier Skatspieler dem Feiertagsgebot. In einer Ecke saß ein Pärchen, das in Schwulitäten war, sie jung, er ziemlich älter. Die beiden mußten in ihre Kleinstadt zurück, durften sich aber nicht zusammen sehen lassen, um nicht ins Gerede zu kommen. Da sich aber keine verschiedenen Züge mehr zur Heimreise anboten, mußte eine Zwischenstation eingelegt werden. Dies wurde den Skatbrüdern aus dem Gespräch und einem Anruf im *Ochsen* in Tübingen klar. Die Skatbrüder hörten mit, daß der Ochs nur noch ein Doppelzimmer frei hätte, was der Kavalier dem um seinen Ruf besorgten weinenden Mädle mitteilte, worauf er sie anschnauzte: »Dô hilft älles Beta nex – nehm de halt zamma, wem-mer dees Zemmer zamma nehmet.« Als die beiden weggegangen waren, wurde unter den Skatbrüdern über das Vorkommnis palavert. »Dees isch doch dem sei Menschle.« – »Hano, a Mensch wird doch au amôl a Mensch han derfa.« – »Dem sei Alta tät domm glotza, wenn se dees wissa tät.« Da sagte der, der die Karten mischte: »Scho reacht. Aber daß dia zwôi net amôl da Karfreitag reschpektieret!« Die drei anderen nickten dem, der für diesen Tag das Fasten in jedwedem Fleische forderte, beistimmend zu – »so isch's!« – und begannen zu reizen.

Was es mit dem schwäbischen Sexualverständnis auf sich hat, ging mir auf, nachdem ich ein englisches Aufklärungsbuch mit dem Titel *Wo kam ich her?* sehr frei ins Deutsche übertragen hatte. Als mir mein Verlag die Chance gab, das Buch, was in der Literaturgeschichte eine Premiere war, gleichzeitig auf schwäbisch herauszubringen, lehnte ich zuerst entrüstet ab. Sexuelle Dinge in der Sprache der Puritaner und Pietisten? Das erschien mir unmöglich. Erst als ich das Buch mit schwäbischen Augen las, merkte ich, daß man Eros und Zärtlichkeit in der Muttersprache viel lieber, viel herzlicher ausdrücken kann. So erschienen gleichzeitig *Wo komm' ich eigentlich her?* und *Wo kommet denn dia kloine Kender her?*. Und jetzt gefällt mir die hochsprachliche

Fassung gar nicht mehr – sie erscheint mir an der Dialektfassung gemessen steril, sachlich, unzärtlich. Sie brachte es auch nur auf 20 000 Auflage, während die schwäbische Fassung wie manches meiner in der Mund-Art geschriebenen Bücher die schwäbischen Sprachgrenzen weit überschritten hat und viermal soviel verkauft worden ist.

So e Blech!

Aber was habe ich einstecken müssen? War das Buch von jungen Eltern und Pädagogen, von Kindern und in katholischen Gebieten mit Begeisterung aufgenommen worden, so wurde es in protestantischen Gebieten gerade noch geduldet oder stieß auf eine Entrüstung, die sich teilweise so ordinär oder so altjüngferlich äußerte, daß ich mich geniere, sie zu zitieren.

Nit Recht!

Das Wort *Liebe* ist im Schwäbischen ungebräuchlich. Nach einem Vortrag vor Tübinger Professoren beklagte sich im Gespräch die reigschmeckte Ehefrau eines Ordinarius, ihr Mann habe noch nie zu ihr »Ich liebe dich« gesagt. Ich klärte sie auf, daß ein solches Bekenntnis zu theatralisch klänge, also unglaubwürdig sei, und fragte: »Hat Ihr Mann noch nie zu Ihnen gesagt: ›Fahr vorsichtig!‹?« – »Doch, das sagt er immer, wenn ich wegfahre.« – »Sehen Sie – das bedeutet in unserer Sprache: Ich liebe dich.«

Vermieter von Zimmern und Wohnungen erlegen oft ihren Mietern erotische Enthaltsamkeit auf. Als ich als Student in Tübingen einmal eine Bude suchte, verordnete mir die Wirtin: »Also gell, Damabsuach gibt's bei mir net. Net môrgens, net mittags, net ôbends. Koi Schweschter, koi Braut, koi Bäsle.« Auf meinen Hinweis, ich sei streng homosexuell, kam ein »Nô isch's jô guat«. Ich mietete das Zimmer nicht.

Aber es gibt auch Vermieter, die sogar ein unverheiratetes Paar nicht ablehnen unter der pragmatischen Begründung: »Nehmet mer oina, nô brengt se oin. Nehmet mer oin, nô brengt r oina. Nehmet mer also glei zwoi, nô wisset mer wenigschtens, wen mer em Haus hen.« Als ein Freund in Tübingen ein Zimmer bei einer jungen Witwe gemietet hatte und sich eben einrichtete, kam der kleine Sohn herein, fragte: »Wo isch d' Mamma, des Luader?« und guckte erfahren unter die Bettdecke.

In der Sprache ist der einfache Schwabe ungeniert. *A Muggaseggele* ist ein

Minimalmaß. *Wia 's Muggafigga* meint eine knappe Zeitspanne. Der *Katzelmacher,* zuweilen auch fälschlich *Idaggr* genannt, hat nichts mit dem Kater zu tun und nichts mit der Insel Ithaka. Er ist eine Verballhornung des italienischen *far il cazzo,* eine wenig salonfähige Bezeichnung für das männliche Mitschaffen an der menschlichen Mehrung, die nordischer Neid unseren südlichen Brüdern als ihre einzige Fähigkeit zugute hält.

Schwäbischer Sex, das sei eine *arg optimistische Formulierung,* sagte mir ein katholischer Pfarrer, der mich fragte, an welchem Kapitel des Schwabenbuchs ich arbeite. Katholische Priester sind aus Gründen des Beichtgeheimnisses zum Schweigen verpflichtete Sachverständige. Protestantische Schwaben aber tun so, als sei alles, was mit Sex zusammenhängt, »net drwert«. Nach Auffassung der Hahnschen Pietisten ist der Sitz der *Wolluscht* das *greeschde Hendernis fir d' ewich Sälichkeit* und wird einfach ignoriert. Deshalb konnte sich diese wahre Geschichte vor Jahrzehnten nur in Württemberg, und zwar in Tübingen, zutragen, und der schwäbische Student, ein Normanne, der diesen Streich gespielt hat, war der spätere Staatssekretär Alfred von Kiderlen-Waechter:

Da war die Unsitte eingerissen, daß die Studenten auf dem Heimweg von der Kneipe ihre Notdurft ungeniert an den Hausecken verrichteten, und ein Anschlag am Schwarzen Brett der Universität wies darauf hin, daß die Polizei ihr Augenmerk besonders auf solche Ungehörigkeit richte und sie sofort mit einer Ordnungsstrafe belege. Die Tübinger Studenten wandten schon immer viel Erfindungsgeist auf, um die damals recht studentenfreundlichen Polizisten zu verblüffen. So kaufte sich einer ein Kuheuter, steckte es in die Hose und tat damit, als er nachts eines Polizisten ansichtig wurde, als verletze er die Ordnung. Sofort stellte ihn der Polizist: »So – Sia han i grad en flagrandi vrdwischt. Sia hen dô nôbronza wella. Dees koschtet drei Mark.« – »Drei Mark!« empörte sich der Student. »Dees isch mr der Denger gar net wert!« Holte ein Messer aus der Tasche, schnitt das Requisit ab und warf es dem ob solchen Übermaßes an schwäbischer Sparsamkeit und an Mißachtung geschlechtlicher Attribute sprachlosen Polizisten vor die Füße.

Drei Goldmark! Dürfte heute teurer sein!

15. Kapitel | Schwäbischer Wein

»... daß der Küfer Hans Jacob Erni eine hochverpönte Verfälschung mit denen ziemlich schlechten 1701er und 1703er Weinen abermalen zu practicieren sich unterstanden. Wie nun in gepflogener Inquisition sich ergab, daß daraufhin und wieder etliche Personen an ihrer Person merklichen Schaden erlitten, einige auch daran gestorben sind, also ist ihm zu wohlverdienter Straf in allhiesiger Residenzstadt der Kopf abgeschlagen, auch die von dergleichen verbotenen Weinkünsten zusammengeschriebenen Büchlein aboliert und durch den Henker öffentlich verbrannt, sonsten auch durch Vernichtung und Auslaufung des Weins fernerem Unheil vorgebeugt worden.«

AMTLICHE BEKANNTMACHUNG IN STUTTGART 1706

»Mäßig genossen, ist dieser Wein auch in größeren Mengen nicht schädlich.«

DER WEINKENNER UND MINISTERIALRAT DR. LINSENMAIER BEI EINER WEINPROBE

Der Wein kommt in seiner Polarität von herber Säure und fruchtiger Süße dem gegensätzlichen Charakter des Schwaben entgegen. Er prägte und zierte auch die schwäbische Landschaft. Die Hügel wurden von den grauen Weinbergmauern waagerecht gegliedert. In sanfter Schräge glitten Wege ins Tal. Senkrecht klommen die Weinbergstäffele in die Höhe. Das üppige Grün des Weinlaubs überflutete das wohlige Bild. Mit spitzgiebligen roten Dächern standen die Gerätehäuschen wie Wächter in dem sonnenüberfluteten, fruchtbaren Segen. Leider hat die Rebland-Umlegung, die aus Gründen rationeller Bearbeitung nötig war, auch diese Landschaft monotonisiert.
Eine Weinlese am Neckar oder im Bottwartal war ein unvergeßliches Erlebnis. Die Sonne verschwendet noch einmal ein goldenes Stück Brokat aus der Herbstkollektion, um das wilde Tomatenrot und das süße Honiggelb der sterbenden Blätter zu illuminieren. Ein letzter warmer Hauch von Süden streichelt zärtlich das Laub von den Bäumen. Die Rätsche des Wengertschützen knarrt im Orffschen Rhythmus. Aus der Kelter steigt der schwere Duft des Mostes. Das aufgeregte Gebimmel einer viel zu kleinen Glocke schallt durch das Tal. Böllerschüsse krachen dem neuen Jahrgang entgegen. Aus den Weinbergen quillt das Geschrei und Gelächter der Winzer und Leserinnen, denn die Weinlese ist keine *Ärbet* wie die Mahd oder die Ernte, sie ist eher ein Fest, »von unglaublicher Heiterkeit erfüllt«, wie Goethe berichtet. Ein Häher schreit, und die Lokomotive der Kleinbahn macht sich mit gellem Pfeifen wichtig. Vor der Kelter türmen sich die braunen Berge des Tresters, die nach süßer Fäulnis duften, milchig und trüb fließt der Most aus den Pressen, und die Melodie der Traubennamen klingt wie ein Liedchen: Traminer, Silvaner, Riesling, Trollinger, Portugieser, Lemberger, Spätburgunder ... Durch die Straßen rumpeln die Wagen der Kelter zu, und die Fässer mit den großen offenen Faßtürle, die vor manchen Häusern stehen, in deren Aussteuer das Weinfaß im Keller noch nicht durch die Flasche verdrängt worden ist, sehen aus, als ob sie gähnten. So war es noch vor fünfzig Jahren.
Die Weinlese ist heute noch ein dionysisches Fest, auch wenn es nicht mehr üblich ist, wie der Chronist aus dem Jahr 1695 berichtet, »daß die trauben-

lesenden Burschen und Mägde nach dem Essen, das aus Fleischzukost mit Hirse besteht, untereinander spielen und huren, indem die Burschen den Mägden die Brüste bloßlegen und küssen«.

Der Menschenschlag, der längs des Neckars und seiner Seitentäler mit dem Wein in Koexistenz lebt, scheint sonniger, fröhlicher, toleranter, geselliger, musischer, kontaktfreudiger, leichter und witziger zu sein als der, der auf dem kargen Boden der Rauhen Alb oder in den Tälern des Schwarzwalds gedeiht. Wobei die Komparative noch keineswegs die Existenz der Grundform voraussetzen. Denn ein *besserer Herr* braucht kein guter Herr, ein weniger p'häber noch lange kein großzügiger Schwabe zu sein.

Obwohl Württemberg eines der ertragreichsten Weinbaugebiete Deutschlands ist, wird der Wein zum größten Teil im Ländle selbst getrunken. Er war von jeher ein Volks- und kein Luxusgetränk. Deshalb stand Weinpanscherei als Verbrechen gegen die Volksgesundheit früher unter Todesstrafe. Der Wengerter, wie der Weingärtner heißt, der in harter Arbeit den Scheißbutten zur Düngung seines schmalen und steilen, im Frühling von Frost, im Sommer von Hagel, im Herbst von Staren bedrohten Besitzes emporwuchtete, war der Prototyp schwäbischer Grobheit, Schlagfertigkeit und Wortkargheit.

Sah man in vergangenen Zeiten mehr auf die Quantität als auf die Qualität des Weines, so ist das heute umgekehrt. Noch zu meines Großvaters Zeiten war das kleinste Maß, das man in der Wirtschaft bestellen konnte, ein Schoppen, wie man in Württemberg den halben Liter nannte. So viel stand auch den sonst karg regalierten Insassen des Stuttgarter Waisenhauses vor hundert Jahren als tägliche Ration zu. Er wurde vom Faß abgelassen in einer Karaffe serviert. Nach dem Ersten Weltkrieg wurde das Viertele, im Henkelglas kredenzt, zum Normalmaß. Erst in den letzten Jahren fand auch die Bestellung eines schüchternen Achtele, das inzwischen von Amts wegen zu einem läppischen Zehntele dezimiert worden ist, ein geneigtes Ohr.

Als nach dem Dreißigjährigen Krieg die Jesuiten Stuttgart verlassen mußten, kamen sie dem herzoglichen Befehl erst nach, als man ihre riesigen Weinvor-

räte beschlagnahmt hatte. Auf die Entbehrungen des Krieges folgte eine Zeit der Völlerei. Man stand auf dem Standpunkt, Räusche seien gesundheitsfördernd, mindestens deren zwei im Monat mit nach Hause zu bringen, hielten die Ärzte für gut. Es gab kein größeres Lob für die Gastfreundschaft, als wenn man sagen konnte, man sei ein, zwei Wochen lang keine Stunde nüchtern gewesen.

Der Urgroßvater des Verfassers war Bäckermeister und Wirt in der Cannstatter Spreuergasse. Als er im Keller den Weinkrug füllte – er tat das nie, ohne einen kräftigen Zug zu nehmen – traf ihn der Schlag. Es gelang ihm jedoch noch den Hahnen zuzudrehen, was ihm ein besonders ehrendes Gedenken sicherte.

Unsere Großväter tranken noch zum Frühschoppen ihre drei bis vier Schoppen, und am Abend konnten es acht werden, wie mir alte Wirte erzählten. Ich erinnere mich an manchen Abend in Weinstuben, wo sechzehn Striche auf dem Bierdeckel des Zechers dessen lautes Wesen erklärten: Er hatte immerhin sechzehn Viertele konsumiert, was keine Seltenheit war. Ein Stuttgarter Flaschnermeister hielt Maß: Bei jedem Viertele öffnete er einen Westenknopf, in der Rückrunde verfuhr er umgekehrt. War die Weste zugeknöpft, so war es Zeit, nach Hause zu gehen. Wieviel Knöpfe die Weste hatte, ist nicht überliefert. Bevor er starb, bat er noch einen Stammtischgenossen, ihm doch jede Woche ein Glas Wein übers Grab zu gießen, damit er sein Viertele nicht ganz entbehren müsse. Als man den Freund ein halbes Jahr später fragte, ob er sein Versprechen auch halte, sagte der: »Freile halt e's! Aber erscht wenn dees Viertele iber meine Niera gloffa isch!«

Wein war früher billiger als Bier. Mit Ausnahme des Jahres 1709. In diesem Jahr war er so sauer und so teuer, daß im *Goldenen Becher* in Stuttgart nur noch Bier ausgeschenkt wurde, das in normalen Jahren doppelt soviel kostete wie der Wein. Daß der Wein damals leichter und saurer war, ist zu vermuten. Denn er wurde noch in Lagen angepflanzt, denen die Sonne nicht sehr geneigt war, so daß es nur zu einem *Rachaputzer, Semsakrebsler, Ranzaspanner* oder *Schellafitzer* reichte. Besonders die Tübinger und die Reutlinger Weine standen in dem Ruf, so räs (sauer) zu sein wie die, die sie anbauten. *Räs* = sauer, scharf ist ein Wort, das aus dem Althochdeutschen kommt und in der Schriftsprache ausgestorben ist. Das spanische *recio* hat genau die gleiche Bedeutung.

So wird vom Prinzen Eugen erzählt, bei einem Besuch in Reutlingen sei ihm von den Stadtvätern ein Pokal eigenen Gewächses kredenzt worden, worauf der Prinz nach einem Schluck das Gesicht verzogen und erklärt habe, er wolle lieber noch einmal Belgrad erobern als den Pokal austrinken. Die Städte Tübingen und Reutlingen neckten sich im vergangenen Jahrhundert gern wegen der Qualität ihrer Weine. Die Tübinger behaupteten, der Reutlinger Wein schmecke, als ob man eine Katze durch die Gurgel jage; die Reutlinger konterten mit der Feststellung, der Tübinger schmecke, als ob man die Katze am Schwanz wieder hochziehe. Beide Städte behaupteten auch voneinander, die Elefanten vom Zirkus Hagenbeck seien zur Weinlese ausgeliehen worden, um die harten Beeren zu zerstampfen, hätten sich dabei aber solche Fußverletzungen zugezogen, daß der Tierschutz eine solche elefantenberufsfremde Arbeit unterbunden habe.

Der württembergische Innenminister Ulrich, der selbst Weingärtner war und vielleicht deshalb viel Witz hatte, urteilte über den Reutlinger nicht viel besser: Seit seine Frau einen Reutlinger Weinberg mit in die Ehe gebracht habe, wisse er, weshalb man von einer Mit*gift* spreche.

Alte Weinzähne, die hierzulande *Viertelesschlotzer* heißen, weil sie den Wein nicht rinken, sondern wie eine Bombole schlotzen, im Mund zergehen lassen, beschweren sich über zweierlei: Der schwäbische Wein sei erstens zu teuer und zweitens *nemme dees*, nicht mehr so wie früher, er habe seinen Charakter verändert. An beidem ist etwas Wahres. Aber daß guter württembergischer Wein teuer ist, das ist eine alte Klage, der schon vor fünfzig Jahren Vater Bofinger im schwäbischen Renommierlokal *Sonne-Post* in Murrhardt zu begegnen wußte. Bei dem beschwerte sich ein reicher Backnanger: »Dei Wei isch jô guat, wenn d' ehn no a bißle billiger verkaufa tätsch!« – »Nô tät e nemme soviel dra vrdeana«, war die schlagfertige Antwort, die dem p'häben Gast einleuchtete. O schöne Zeit, Ende der zwanziger Jahre, als das Viertele Wein noch dreißig Pfennig kostete, nicht viel mehr als ein Glas Bier! Aber ob sich der Charakter des schwäbischen Weins in der Erinnerung nicht doch etwas verklärt hat? Denn kurz zuvor hatte es fast einen Aufstand der Wengerter gegeben, als die sogenannten Hybriden-Reben verboten wurden, die zwar reichen Segen abwarfen, deren Wein aber minderwertig und gefährlich war.

Heute ist man in Württemberg darauf bedacht, durch Qualität den guten Ruf zusammen mit dem Wein zu verbessern. Erlauchte Namen bürgen für Qualität. Die Weine des Grafen Adelmann aus Kleinbottwar. Der Eisfink aus Asperg und die Weine der Grafen Neipperg und Bentzel-Sturmfeder und der Barone Göler und Weiler. Die Hofkammer-Weine der ehemals königlichen Domänen; die der Staatlichen Weinbauschule in Weinsberg und des Gartenbauamts der Stadt Stuttgart; der Brackenheimer Zweifelberg, der Lieblingswein Theodor Heuss'; der Fleiner und der Schnaiter Riesling; der Oberderdinger und die berühmten Sorten aus Stetten; der Pulvermächer und das Brotwasser seien nicht vergessen. Wie dieses zu seinem Namen kam, ist eine typisch schwäbische Geschichte: Eine trinkfreudige württembergische Fürstin wurde arg von Krankheiten heimgesucht, so daß ihr der Arzt, es muß ein Puritaner gewesen sein, nur noch Wasser und Brot als Diät gestattete. Das Brot ließ sich die Patientin gefallen, aber das Wasser war aus Stettener spätgelesenen Rieslingtrauben gekeltert, und sie schickte ihren Kammerherrn mehr als einmal am Tag in den Keller, damit er ihr ein Krügle *Brotwasser* hole. Wie die Diät anschlug, das zu berichten hat der Chronist leider unterlassen.

Wie alle deutschen Weine, so wird auch der schwäbische nicht immer so von der Sonne verwöhnt, daß er nicht *gerichtet* werden müßte. Nun hat sich einmal der Weingeschmack gewandelt: Der so üppig zitierte *Endverbraucher,* der nicht in einer Weinbaugegend groß geworden ist, hat die verdammte liebliche Welle ausgelöst; er bevorzugt verbesserte, geschönte Weine. Diesem *Trend,* um dieses Modewort auch hier einmal anzuwenden, konnten auch die württembergischen Genossenschaften nicht ausweichen, die seit geraumer Zeit in ihren riesigen Gärtanks die technische Möglichkeit haben, den Wein in der Gärung zu stoppen oder ihm eine *Süßreserve* zuzusetzen. Derart gestoppte Weine schmecken für den alten Weinzahn kastriert, sie haben keinen Kopf, wie man den starken, vollen Geschmack auf der Zunge nennt, und keinen Schwanz, wie der kräftige Nachgeschmack heißt. Ich bin gegen die Todesstrafe. Aber dem einstigen Chef der Zentralgenossenschaft, der diesen mit Saft und Schwefel in eine süßliche Geschmacksuniform gepreßten Eunuchentrunk auf den Markt gebrunzt hat, würde ich gönnen, daß er sein Leben lang seine eigene Bombolesbriah saufen müßte. »Mehr Krätzer, aber aufrichtigen, Wirt!« forderte schon der Weinkenner Jean Paul.

Aber der Kenner weiß, wie man diese faden Süßlinge meidet, er kennt die Herrichter, die Weinkosmetiker, die zwar eine große Anzahl von Sorten und Lagen anpreisen, hinter denen sich aber nur Allerweltsweine verstecken, von denen der eine gleich charakterlos wie der andere schmeckt. Er kennt die Quellen, von denen er einen Wein bezieht, der sich schlecht hält, weil er schmeckt, als ob einem ein Engele auf die Zunge brunzt. Denn ein guter schwäbischer Wein macht *glüschtig*, ein schwäbisches Wort, das von gelüsten kommt. Und diese *Glüschtigkeit*, welche die Liebe zum Wein mit sich bringt, läßt die Bestände im Keller nicht alt werden, verringert die Möglichkeit des Exports. »Mir saufet onsern Wei selber«, sagen die Viertelesschlotzer, die vor ihrem Glas Trollinger oder Schiller oder Riesling sitzen. Am verbreitetsten ist die reich tragende Trollingerrebe mit ihren großen Trauben, die bis zu zwei Pfund wiegen können. Sie hat nichts mit Trollen nordischer oder schwäbischer Herkunft zu tun, sondern leitet sich von *Tirol* ab und gibt einen hellen Rotwein, der zuweilen, mit weißen Trauben vermischt, *Schiller* heißt, was nicht auf den dichtenden Landsmann, sondern auf die schillernde Farbe zurückzuführen ist.

Der schwäbische Wein ist erdig und ehrlich, süffig und etwas derb. Er schmeckt nach Boden, hat ein *Bodengfährtle,* wie man anerkennend sagt. Schwäbischer Wein ist wie der Schwabe selbst, zurückhaltend und eigenwillig. Er drängt sich nicht auf. Er ist zunächst scheu, fast ein wenig unliebenswürdig, wenn es ihm an Kosmetik mangelt, doch wenn man ihn näher kennt, kräftig und sauber. Er kann aber auch heimtückisch, *knitz* sein, sich unbemerkt in die Beine setzen und dem unbesonnenen Zecher beim Aufstehen gegen die Kniekehlen schlagen oder ihn vom Stadium der Beschaulichkeit in

T.T. testet Weine mit einem GLUKO-TESTSTREIFEN, mit dem Diabetiker ganz andere Flüssigkeiten testen. Wird er dunkelgrün (bei 2% Zucker, also 20 Gramm pro Liter), nennt er das Getränk VINICOLA.
Ratschlag: In unbekannten Lokalen nur Diabetikerweine trinken!

den Zustand innerer Hitze bringen. Das kann leicht schiefgehen, wie bei einem Tübinger Bäckermeister. Der saß – es mag vor siebzig Jahren gewesen sein – allabendlich an seinem Stammtisch, der nach Tübinger Brauch aus Weingärtnern, bejahrten Studenten und Handwerksmeistern bestand. Besagter *Bäck*, wie es auf schwäbisch heißt, war ein kleiner Mann, den der Wein mitunter etwas hitzig machte. »Wenn oiner a Widerred gibt, duellier i me mit ehm uff Pischtola!« pflegte er dann zu krakeelen. Die Tafelrunde beschloß, ihm das zu verleiden. Als er wieder einmal seine Drohung krächzte, sagte ein uraltes Semester seelenruhig: »Kerle, du bisch doch viel z' feig zom-a Duell.« Der Bäck geriet noch mehr in Rage und verlangte sofortige Genugtuung. Darauf war die Runde präpariert. Man beschloß, das Duell auf der Stelle im Saal auszutragen. Ein paar alte Pistolen, mit Platzpatronen geladen, wurden geholt. Der Metzgermeister, ebenfalls Mitglied der nahrhaften Runde, hatte zuvor dem Studenten eine mit Ochsenblut gefüllte Schweinsblase unters Hemd gebunden. Der Unparteiische kommandierte: »Feuer!« Zwei Schüsse fielen. Wie verabredet, fiel der Student um. Die Blase lief aus, das Hemd war voll Blut. Da wurde der baccantische Bäck nüchtern: »Om Gottes willa, i han ehn vrschossa! Mei Lebdag fend i koi Ruah meh! I gäbt älles drom, wenn er no leaba tät!« So, wieviel das denn sei, dieses *Alles*, wollten die Zechgenossen wissen. Und p'häb, wie es des Landes Brauch, wimmerte er: »A Fäßle Wei ond an Korb voll Raote Wiarscht!« Ein mitverschworener Mediziner machte erfolgreich Wiederbelebungsversuche. Den Pistolenbäck kannte von dem Tag an jeder in Tübingen.

EPITAPH AUF DEN MOST

Es ist zwar unehrenhaft, den geringeren Bruder des Weins, den Apfelmost, in dieses Kapitel einzubeziehen. Eine Zeitlang sah es aus, als würde er aussterben. Heute wird er wieder in vielen Wirtschäftle, sogar in Steigenbergers *Zeppelinstüble*, ausgeschenkt. Auf dem Land war er schon immer das Volks-

getränk, weil sich der schwäbische Bauer früher keinen Wein leisten konnte. Deshalb sei ihm hier der Platz eines Anhängsels gewährt, und es sei vergessen, daß es Zeiten gab, in denen man im schwäbischen Wein hin und wieder einen Apfelkern finden konnte. Die Soldaten im Dreißigjährigen Krieg verlangten viel Wein. Aber die Weinberge waren verkommen, und so bereitete man große Mengen von Apfelwein (ein Ausdruck, der im Schwäbischen streng verpönt ist, da gibt es nur den langgezogenen *Mooohhscht*), um damit den echten Wein zu strecken. 1636 erließ der Rat der Freien Reichsstadt Esslingen eine Verordnung, die sich gegen die Verfälschung von Wein mit Most richtete. 1649 wurde die Herstellung von Most sogar verboten als »Mißbrauch, den man mit dem vom lieben Gott zu gedeihlicher Speise, nicht aber zu mutwilligem Vertrinken geordneten Obst treibe«. Nun bestand das Mostobst allerdings aus kargen und sauren Äpfeln und Birnen, die nicht zum Essen taugten. Volksgetränk wurde der mit Birnen vermischte Apfelwein, den man scherzhaft auch *Hohenastheimer* nannte, erst in der zweiten Hälfte des letzten Jahrhunderts. Noch in den dreißiger Jahren dieses Jahrhunderts kamen auf den Kopf der württembergischen Bevölkerung fünfzig Liter Most. Man trank ihn vor allem auf dem Land gegen den Durst.
Ein Mostrausch war etwas Entsetzliches, weil er den Trinker nicht in die Höhen der Beschwingtheit führte, lange nicht wich und einen peinigenden Kater hinterließ. Jede Bauern- und Handwerkerfamilie hatte ihre ein, zwei oder mehr Eimer Most im Keller (ein Eimer waren dreihundert Liter). Der unvergorene Apfelsaft hat ihn nicht verdrängt, auch wenn auf dem Land der durstlöschende, derbe Vetter des Weins rarer wird.

16. Kapitel | Die schwäbische Küche

Beginnen wir mit den Maultaschen. Sie sind für mich nicht nur das Spitzenerzeugnis der schwäbischen Küche, sie entsprechen auch dem Wesen des Schwaben. In einem unliebenswürdigen Gewand verbirgt sich ein delikater Kern. Sie schmecken hehlenga gut. Außen pfui und innen hui, überspitzt ausgedrückt.

Zunächst künden die Maultaschen des Schwaben kulinarische Vorliebe für Gebilde aus Mehl, für *Papp*, wie sich Nichtschwaben herabsetzend ausdrükken, was auf schwäbisch onomatopoetischer *Babb* hieße. Eine leichenfarbene Hülle aus Nudelteig entsagt jedem optischen Reiz und wirkt appetitzügelnd. Aber wie köstlich ist die reiche Fülle aus Bratwurstbrät, Schinken, Fleisch,

Speck, Spinat, Zwiebeln, Eiern, Petersilie, Muskat und Majoran. Jede Hausfrau hat dafür ihr Spezialrezept. Diese Maultaschen schwimmen wie Wasserleichen in Fleischbrühe. Oder sie werden, mit Eiern überzogen, im Ofen gebacken. Oder mit braunen Zwiebeln überschmälzt als blasse Wesen einem fahlen Kartoffelsalat beigelegt, der Zunge weit willkommener als dem Auge. Oder in Streifen geschnitten und in der Pfanne aufgebacken zu grünem Salat serviert. Oder sie dienen gar als augengräusliche Beilage zum Sauerkraut.
Was aber das Schlimmste an den Maultaschen ist: Man bemogelt den Lieben Gott. Denn der protestantische Schwabe hält *einen* Fastentag im Jahr streng ein, den Karfreitag. Da kommt kein Bissen Fleisch über seine Lippen. Geröstete Maultaschen aber sind eine beliebte Karfreitagsspeise. »Haltet ihr den Lieben Gott für so dumm, daß er nicht durch den Nudelteig durchgucken kann?« wies meine Tochter Isabel empört diese verbrämte Fastenspeise zurück.
Woher die Maultaschen und ihr unliebenswürdiger Name kommen, darüber berichtet keine zuverlässige Quelle. Mit der tirolischen Gräfin Margarete Maultasch haben sie nichts zu tun. Ob sie vergrößerte und verbesserte Nachkommen der italienischen Ravioli sind? Ob eine der Gemahlinnen württembergischer Dynasten aus dem Zarenhaus die Piroggen mitgebracht hat, die sich dann zu schwäbischen Maultaschen entwickelt haben? Das Mehl spielt in der schwäbischen Küche eine große, die Kartoffel eine geringe Rolle. Die Unsitte, Gemüse mit einem *Mehle* zu strecken und ihm damit einen babbigen, faden Einheitsgeschmack zu geben, wird glücklicherweise pensioniert. Dieser Gefahr sind Spätzle nicht ausgesetzt. Wie die Schwaben in der Stauferzeit *Fundamentum et columna imperii* waren, so sind die Spätzle Grundlage und Säule der schwäbischen Küche. Schon in mittelalterlichen Darstellungen ist der Schwabe mit einem Spätzlesbrett abgebildet, jenem Küchengerät, von dem ein Teig aus Mehl, Wasser, Salz und Eiern zu möglichst dünnen, wurmartigen Gebilden ins kochende Wasser geschabt wird, bis die Spätzle jene schlaffe Konsistenz haben, die sich von der Soße liebend umschmeicheln läßt. Spätzle schließen auf der schwäbischen Tafel glückliche und unglückliche

"A dicke Bauch kommt net von kleine Schpätzla!"

Ehen mit artfremden, allzu nah verwandten, kontrastierenden und harmonierenden Speisen. Welch glückliche Verbindung von Spätzle und einem kräftigen Rostbraten mit viel gebräunten Zwiebeln darauf, welch der Zunge wohlgefällige Ehe mit einem saftigen Schlachtbraten. Welch kühne Liaison zwischen Spätzle und Sauerkraut. Wie gefällig dem Auge die falben Gebilde neben dem gesunden Grün des Spinats. Dazu einen Rindsbraten: Ich finde das im Gegensatz zu meiner preußisch angeseuchten Familie deliziös. Mit dem ehemaligen Bundeskanzler Kiesinger verbindet mich die Vorliebe für eine wegen ihrer Verdoppelung der Kohlehydrate von Ernährungswissenschaftlern mit Abscheu vermerkte Mesalliance von Linsen mit Spätzle, dazu ein kräftiges Rauchfleisch oder heiße Würstle. Kühn, sehr kühn ist der pazifistische Gaisburger Marsch: in einer Fleischbrühe Rindfleisch, Kartoffeln und Spätzle vereint. Aber Spätzle und Kartoffelbrei im inzestuösen Beilager auf einem Teller tun mir weh, und auch für die bäuerlich-sonntägliche Zusammenstellung von Kalbsbraten, Kartoffelsalat und gerösteten Spätzle hat meine Zunge nicht das richtige Verständnis.

Eine Ahnin des Cannstatter Unternehmers Hermann Mahle hatte 1796 vier französische Soldaten im Quartier, die sie verköstigen mußte. Sie stellte eine riesige Spätzlesschüssel auf den Tisch. Auf die Frage eines der Soldaten: »Ist das Fress pour moi?« antwortete die von der Spätzlesschaberei abgeschlaffte Madame Mahle bestimmt: »Dees send Schpätzla, ond dia send fei guat.« Der Soldat sprang vor Zorn in die Schüssel, diese sprang auch, aber zer-, und der Spätzlesberg ergoß sich über die ganze Stube. Dies erboste die Gastgeberin so, daß sie mit dem am Tischfuß hängenden Tischbesen den Soldaten so donderschlächtig verdrosch, daß dieser durchs Fenster Reißaus nahm und tapfer davonlief.

Das Wörtle FEI enthält auch hier eine Drohung – Donnergrollen, bevor der Blitz reihaut.

In einigen Teilen Schwabens, besonders im Allgäu, wird der Spätzlesteig durchs Sieb gestrichen, dann entstehen Knöpfle, die dem Schwaben den Beinamen gegeben haben. Daß die handgemachten, also geschabten Spätzle besser sind als alle maschinell hergestellten, ist eine Tatsache, die man nicht genug betonen kann. Der Spätzlesteig läßt sich mit vielen Zutaten vermischen, zum Beispiel mit Leber. Aber manchmal versteht man unter *Leberspätzle* auch Leberknödel, eine ebenfalls rühmenswerte schwäbische Delikatesse, die in der Brühe oder zu Kartoffelsalat serviert wird und vortrefflich schmeckt, besser *wi-a Gosch voll Glufa* (Stecknadeln). Aus Mehl also weiß der Schwabe, oder besser gesagt die Schwäbin, etwas zu machen. Als der pietistische Pfarrer Flattich einmal bei Hofe eingeladen war und als einziger mit ungepuderten Haaren an der Tafel saß, monierte Herzog Karl Eugen diesen Eigenwillen. Aber der Pfarrer war um eine pragmatische Begründung nicht verlegen: »I brauch mei Mehl zu de Knöpfla.«

Auch die Flädle, dünne Eierkuchen, sind eine schwäbische Spezialität. Man serviert sie als Beilage zu Spargeln oder füllt sie mit Fleisch oder *Gsälz*. Dieses Gsälz hat nichts mit Gesalzenem oder Geselchtem zu tun, wohin es etymologisch tendiert. Es mit *Marmelade* zu übersetzen, würde das schwäbische Hausfrauenherz beleidigen. Gsälz ist ein ausgezeichneter Brotaufstrich aus eingekochtem Obst und Zucker, von der Hausfrau mühevoll selbst bereitet. Das *Einmachen* gehört zu den Kardinaltugenden der schwäbischen Hausfrau. *Eigmachte Keenich* heißen in einem schwäbischen Schwank ägyptische Mumien. Gewiß, es gibt Konserven – aber sie lassen sich mit dem *Selber-Eigmachta* nicht vergleichen. Im Schwäbischen existiert sogar ein *eingemachtes Kalbfleisch*, das keineswegs eingeweckt ist, aber so gut schmeckt, als ob es eingemacht wäre.

Flädle legt man auch, in dünne Streifen geschnitten, in Fleischbrühe und hat damit eine schwäbische Leibspeise: die Flädlessuppe. Wie überhaupt für den Schwaben ein Essen ohne Suppe kein Essen ist, was ihm die Bezeichnung *Suppenschwab* eingebracht hat. Schwäbische Suppenspezialitäten: Brotsuppe, Riebelessuppe (Fleischbrühe mit hineingeriebenem Nudelteig), Einlaufsuppe (Fleischbrühe mit geschlagenem Ei), Nudelsuppe, Suppe mit Mutschelmehlklößchen, eine Ulmer Besonderheit.

Ja besonders güte Suppen kleppert die Schwäbin "no a ganz halbs Oi nei".

Die *Metzelsuppe* hingegen ist eine verkleinernde Bezeichnung für eine große Sache. Früher pflegten die Wirte durch eine ausgehängte Schweinsblase bekanntzugeben, daß sie geschlachtet hatten. Da gab es dann eine Wurstbrühe mit Schwarzbrotscheiben, die der Metzelsuppe den Namen gab, und dann eine Schlachtplatte, auf deren Fundament aus Sauerkraut, Spätzle, Kartoffeln und Erbspüree sich ein Gebirge von hausgemachten Blut- und Leberwürsten und Kesselfleisch erhob. Uhland hat der Metzelsuppe sogar ein Gedicht gewidmet, das jedoch in den letzten Jahrzehnten entweder gar nicht oder entstellt zitiert wird, weil es einen antisemitischen Seitenhieb enthält.

Doch wir sind mit der Vorliebe des Schwaben zum Mehl entflohen und schon aufs Fleisch gekommen, das es früher bei den armen und sparsamen Schwaben nur sonntags und da in stets gleicher Zusammenstellung gab: Kalbs- oder Schweinebraten mit Kartoffelsalat und gröschte (was nicht von *groß*, sondern von *geröstet* kommt) Spätzle. Also zurück vom sonntäglichen Rostbrätle, von Nierle und Briesle, Knöchle, Ripple und Wädle und noch einen genüßlichen Seitenblick geworfen auf die Mehlspeisen, wie der Wiener zu den süßen Speisen sagt: Ofenschlupfer aus Weißbrot, Äpfeln, Eiern und Rosinen; Pfitzauf; bachenen Schnitten; Fasnetsküchle; Dampfnudeln; Gugelhopf; Hefekranz, den man bei Kaffee-Einladungen zuerst serviert, weil er billig ist und den Magen füllt, so daß die Gäste nicht mehr so viel von der teuren Torte essen können; Schneckennudeln; Streusel-, Käs- und Apfelkuchen. Der Käskuchen ist süß und wird aus *Luckeleskäs* gemacht. *Luckele* sind junge Hühner, die mit *Quark* gefüttert wurden. Dieser ordinäre preußische Quark hat erst im letzten Krieg durch die Lebensmittelzuteilungen den bildhaften Luckeleskäs verdrängt.

Hat Luckeleskäs nichts mit LUKULLUS zu tun?

Mit der Kartoffel kann der Schwabe nicht allzu viel anfangen. Sie heißt *Grombir* (Grundbirne) – ein Wort, das sogar ins Slowenische und ins Kroatische als *Krumpir* eingegangen ist – oder *Erdäpfel.* Der Schwabe serviert sie als bescheidene Beilage *en dr Schal,* wobei ihr Striptease erst bei Tisch stattfindet. Köstlich ist der schwäbische Kartoffelsalat, gut ein Kartoffelgemüse mit Siedfleisch, ein traditionelles Samstagsessen, das manchmal zu einer Kartoffelsuppe verwässert wird, delikat die gerösteten Kartoffeln, oberschwäbisch *Bäcksla* genannt.

Solid, habhaft, konservativ, mitunter etwas derb wie der Schwabe selbst ist

auch die schwäbische Küche. Die gutbürgerliche Hausmannskost dominiert. Experimenten in der Küche ist der Schwabe abgeneigt. »Was dr Bauer net kennt, frißt er net!« Dennoch schmeckte einem schwäbischen Landwehrmajor, der an des Königs Tafel geladen war, das Ungewohnte, denn er sagte: »Lakai, brenget Se mr no ebbes von dem Kawiargmias!«

Delikate Wildgerichte; Forellen und Aal in Salbei; Wels, der bei uns *Waller* heißt, aus dem Federsee oder der Donau; Fasanen und Rebhühner gibt es zwar auch in Schwaben, und es gibt auch Schwaben, die solche Gerichte zu genießen und sogar zu kochen vermögen, aber das ist eine kulinarische Oberschicht, die aus der Art schlägt. Der Schwabe liebt eine gute Küche. Zum Gourmet, zum Feinschmecker, bringt er es selten. Vielleicht steht ihm dazu auch der bäuerliche und der pietistische Ahn im Wege, der seine Genußfähigkeit beschränkt. Man ißt, um satt zu werden. Daß der Geschmackssinn im schwäbischen Dialekt ausfällt, ist kein Zufall.

Wichtiger als das Abendessen ist ihm sein Vesper, eine Zwischenmahlzeit, die früher morgens um zehn Uhr und nachmittags gegen vier Uhr eingenommen wurde. Heute hat das nachmittägliche Vesper zuweilen sogar das Abendessen verdrängt. Da trinkt man ein Glas Wein und ißt dazu Laugenbrezel, ebenfalls eine schwäbische Spezialität, die man nicht genug preisen kann. Dazu einen Kräuterkäs oder eine von den einfachen schwäbischen Würsten, die gut sind: einen Schwartenmagen oder eine weiße Preßwurst, eine Schinken- oder eine Leberwurst. Da man im Schwäbischen nicht riechen kann, sondern nur schmecken, gilt der Grundsatz: »Ons Schwoba schmeckt d' Wurscht bloß, wenn se net schmeckt; wenn se schmeckt, schmeckt se ons nemme.« Raffiniertere Würste sucht man vergebens in Schwaben. Die meisten sind rosa und schmecken auch so. Belegte Brote sind unbeliebt. Man schneidet die Wurst und ißt sie wie Fleisch ohne Butter zum Brot. Ein köstliches Vesper ist auch ein warmer Zwiebelkuchen, den es im Herbst zum süßen oder räsen Wein gibt, der am besten dann schmeckt, wenn er bizzelt. *Suser* sagt der Schweizer Vetter dazu. Man kann darauf schön koppen, *kobba,* wie auf schwäbisch das Rülpsen heißt. Bei urwüchsigen Landsleuten ist das nicht verpönt, im Gegenteil: Es gilt als ein Zeichen von Wohlbehagen, denn ein Kopper repetiert noch einmal den Wohlgeschmack des Genossenen und zeigt an, daß der Magen bereit ist, das Dargebotene zu verdauen. Weil alles, was Kohlensäure enthält, koppfreundlich ist, nennt der wohlhabende Schwabe, wenn er sich einen Champagner leistet, diesen tiefstaplerisch *Koppermooscht.* Im Schwäbischen haben gute Gerichte deftige Namen. Schupfnudeln sind *Buabaschpitzla* oder *Bauraseckala;* ein *Nonnafürzle* ist ein delikates Gebäck. Es mit *heilige Blähungen* zu übersetzen, wäre geradezu obszön.

Zuweilen verhindert die Sparsamkeit üppige Tafelei. Der Vater beklagt sich: »Meine sechs Kender fresset me no onter da Disch nonter.« Und er erklärt: »I lang zua, wenn e eiglada ben. Wenn se's gern gebet, frait se's, wenn se's net gern gebet, ärgert se's – ond bôides frait mi!«

Daß der Geschmackssinn des einfachen Schwaben nicht allzu empfindlich ist, möge diese Anekdote illustrieren: Zwei Marktfrauen haben Streit. Die eine greift nach einem Roßapfel, wirft nach der Gegnerin und trifft mitten in den Mund. Die Getroffene mummelt: »So, aber der bleibt dren, bis d' Bollezei kommt!«

Hier vermisse ich einen Hinweis darauf, daß es bei manchen schwäbischen Familien verpönt war, über das Essen zu sprechen oder es gar zu loben ("Wenn se älles aufessat, isch's gnug globt!"). Woran lag das? Weil Essen ein sinnlicher Genuß ist, hart am Rande der Sünde?

Gegenbeispiel: Ein Onkel von Max Baecher (der viel Architektur verursacht hat) sagte nach einem aufwendigen Mittagessen: "Etzt muaß i ebbes ganz Domms frôga: "Was gibt's heit zom Nachtessa?""

17. Kapitel | Wirtschäftla

Stuttgarts Wein- und Bäckerstübchen

Vor dem heißen Ofen balgen
Katzen sich. Wie dumme Jungen.
Auf dem Tisch an kleinen Galgen
Hängen Brezel, schön geschwungen.
Würdebärte schlürfen kräftig
Wichtig diskutierte Weine. –
Links im Laden bückt die kleine
Bäckerstochter sich geschäftig.
Zinn blitzt von der Holz-Fassade.
Zeichnungen an allen Wänden.
(Stumm, mit mehlbestaubten Händen
Rückt der Wirt die schiefen grade.)
Setzte mich so ganz bescheiden hin
Und vergaß auch nicht, sehr laut zu grüßen.
Dennoch ließen Blicke mich leicht büßen,
Daß ich kein Stuttgarter bin.

JOACHIM RINGELNATZ

Es gibt sie noch, die kleinen, holzgetäfelten Wirtschäftla, die zuweilen mit einer Bäckerei verheiratet sind. Frisches Brot und abgeklärter Wein, das ist wahrlich eine gute Ehe. Wenn sie auch selten geworden sind, gedeiht noch allerorten die Verbindung zwischen Metzgerei und Wirtschaft, die garantiert, daß man zum Wein oder zum Bier einen Schwartenmagen oder einen Leberkäs, einen Rost- oder einen Sauerbraten mit in einem Rahmsößle badenden Spätzle bekommt. Freilich, die schwäbische *Wirtschaft* ist oft zum *Gasthof* oder gar zum *Restaurant* geworden, wogegen die altmodische *Restauration* ausgestorben ist, und statt *Metzgerei* liest man zuweilen das Versprechen *Eigene Schlachtung*, was keinesfalls bedeutet, daß sich hier der Wirt für kannibalische Gäste in die Pfanne hauen läßt.

Die Qualität des in der Wirtschaft Gebotenen hängt ganz von der Persönlichkeit des Wirts, der Wirtin, manchmal auch des bedienenden Luisle oder der Alice ab. Sobald man auf die Aufforderung: »Bringen Sie mir doch bitte mal die Karte, ja!« die Antwort bekommt: »Erscht wenn i ja sag!«, dann ist man gut aufgehoben, verzichtet am besten auf die Karte und verläßt sich auf die mündlichen Empfehlungen der Beraterin, deren Vornamen man möglichst kennen sollte, weil die Bezeichnung *Kellnerin* oder *Bedienung* für sie nicht treffend ist. Wenn man dann ein paarmal in dem Wirtschäftle war, vom Luisle mit Namen angeredet wird und etwas länger warten muß, weil sie sagt: »Ihren Rehbrôta han e wieder zrickgeha lassa. Der isch z' zuttelig fir Sia!«, dann hat man seine wirtschaftliche Heimat gefunden.

Wirtschaften, in denen man noch Gast ist, kein zahlender Kunde, in denen man vom Wirt oder von der Wirtin mit Handschlag begrüßt wird, was einen Pakt bedeutet (»Wir tun alles, um dich zufriedenzustellen«), gibt es noch genug in allen Preisklassen in Schwaben. Da sind die kleinen Weinstüble, in denen nur vier, fünf Tische Platz haben. Der Schwabe ist zunächst *oizecht*, ungesellig, er möchte seinen Tisch für sich. »Was machet mer bloß, Vadder, dô kommet femf Schduagerder, ond mir hen bloß vier Disch!« lautet der Verzweiflungsruf einer ländlichen Wirtstochter. Aber die Intimität des Lokals, die Qualität des Weins, der Ruf des Wirts, der familiäre Ton der

Bedienung steigern die Frequenz und zwingen zu unschwäbischer Tuchfühlung. Nach dem zweiten oder dritten Glas neigt der Schwabe, je nach Temperament, zur behaglichen Geselligkeit oder zum stillen In-sich-Gehen. In jedem Fall wendet man sich zum Tischnachbarn und fängt mit ihm einen zunächst zähen, dann immer regeren Diskurs an, der beim Wein beginnt, der Lösung verschiedener Welträtsel entgegenstrebt und beim Lieben Gott endet. Im anderen Fall baut man eine unsichtbare Wand um sich, und wenn der Herr Nachbar ein Schwabe ist, wird er sie respektieren und verständnisvoll jede Störung unterlassen. Dann hält man Zwiegespräch mit seinem besseren Ich, das von den Geistern des schwäbischen Weines zu dialektischer Bereitschaft geweckt worden ist.

„D'Nôtheiser ond d'Wirts-heiser breuget an Mô om sei Vrmeega."

Jedes dieser Weinwirtschäftla hat sein eigenes Klima. In der *Kiste* in Stuttgart traf man einst den Glockengießer Kurtz, den Fürsten Urach, Erich Ponto und den kleinen Herrn Koch aus der Lerchenstraße, der sich in schwäbischen Weinen ebenso gut auskannte wie in schwäbischer Literatur. Bei Alice, die im *Bubenbad* das Zepter führte, fanden sich Maler, Literaten und Musiker ein, sie war der sorgende Mittelpunkt des Kreises um Willi Baumeister, hat später das *Träuble* in Gablenberg übernommen und zu einem musischen und kulinarischen Treffpunkt gemacht. Aber ich gerate ins Imperfekt! Leider – denn der Fürst Urach und Erich Ponto sind gestorben, Alice hat sich ins Privatleben zurückgezogen, und während das *Träuble* mit seiner gastlichen Pfälzer Wirtin immer noch besuchenswert ist, heißt das *Bubenbad* heute *Wienerwald* und hat genormten Wein, genormte *Hendl*, eine genormte Bedienung und genormte Schrammelmusik. Dagegen hat die *Kiste* ihre Tradition bewahren können, nur das Publikum hat sich verjüngt. In der *Weinstube Widmer*, mitten im Hurenviertel der Altstadt gelegen, führt die Wirtin Melle, eine ehemalige Balletteuse, die in der Talkshow mit ihrem saftigen Schwäbisch selbst Horst Ehmke gewachsen ist, das Regiment, vom Kellner Hans teils mürrisch, teils leutselig assistiert. Hier verkehrt die Stuttgarter Kulturmafia, der Kreis um den stets anregenden Herbert Hajek und um die Feuilletonisten Hans Fröhlich und Günter Petzold. Hierhin führt der Förderkreis der Schriftsteller

seine literarischen Küken aus. Hier tauchen die Bundestagsabgeordneten Horst Ehmke und Peter Conradi mit ihren Wahlhelfern und Sympathisanten auf. Hier treibt die Polizeistunde die Gäste nicht schon um Mitternacht ins Nest. In der *Schreinerei* in Cannstatt sitzt man nicht mehr wie früher weit über die Polizeistunde hinaus, das Publikum ist solider und weniger robust geworden, man trinkt jedoch immer noch einen selbstgebauten Wein, die Küche ist einfach, aber delikat. Der *Beckametzger,* ebenfalls in Cannstatt, hat zwar seine Bäckerei verpachtet, aber das schlauchartige Wirtschäftle ist dasselbe geblieben, an den Wänden hängen die Bilder seines Onkels, des Malermetzgers, immer ist es voll, und der Backofen ist auch noch da, in dem Würste, Göckela und Schinken in Brotteig gebacken werden. Ja, man findet sie noch hier und da, die originellen Wirtschäftla wie *Zum Muke* in Ravensburg, den *Fidelisbäck* in Wangen, die *Eiche* in Murrhardt, die *Weinstube*

Also kein besonders gutes Publikum!

Beck in Gablenberg, die *Panoramahöhe* in Untertürkheim, den *Löwen* in Mühlhausen, das *Theaterstüble* und die *Kochenbas* in Stuttgart, das *Einhorn* in Oppenweiler, das *Rößle* in Grab mit seinem europäischen Angebot an Faßbier und seinen Wildwürsten. Der Inhaber sieht wie ein Vetter des Bundespräsidenten aus, macht aber bessere Würste als dieser. Aber genug – ich werde den Teufel tun und hier wirtschaftliche Geheimtips preisgeben.
Denn es muß auch gesagt sein: Hat die Freß- und Wohlstandswelle aus einigen schwäbischen Wirtschaften, die schon immer Wert auf eine vortreffliche Hausmannskost legten, auf der einen Seite Schlemmerlokale gemacht, deren Preise manchmal noch auf dem Status schwäbischer Gutbürgerlichkeit liegen, so hat sie auch auf der anderen Seite manchen *Stern, Engel, Ochsen, Löwen,* manche *Sonne* und manchen *Schwanen,* manches *Rädle* und *Lamm* arg entarten lassen. Da kündet giftgrünes Neonlicht einen *Tempel der Gourmets* an, da ist schon die Fassade mit Automaten für Kaugummi, saure Drops und Pfefferminz verunziert, da werden Getränke ausgeschenkt, die wie Haarwasser schmecken, und wer ein Gelüscht nach einem Sauerbraten mit einem Rahmsößle hat, dem bedeutet der Kellner in schmuddliger Jacke und in schmuddligem Deutsch, es gäbe heute nur *Schaschligg flangbee mit Pommfritz.* Der Duft der großen weiten Welt hat mit seinem gemeinen Frituregestank auch manches schwäbische Wirtschäftle verpestet, der delikate schwäbische Kartoffelsalat, mit ausgelassenen Speckwürfeln abgeschmeckt, ist zu einem *gem. Salat* geworden, und dieser Gemsalat besteht bisweilen aus einer verdrossenen wäßrigen Brühe, auf der wie das Auge Polyphems ein grünes Ölauge neben fünf Blättchen Rapunzeln, drei Scheiben fahler Kartoffeln von vorgestern, einer rosa Raupe, einer zerquetschten Tomate und einem Haar vom Haupte der Kalten Mamsell schwimmt. Die holzgetäfelten Wirtsstuben sind mit Bambus, Bast und Binsen und vielerlei Tapeten raumgestaltet, an den Wänden hängen Spielautomaten, und aus der Musikbox röhrt Heino, was für das Ohr fast ebenso beleidigend ist wie das Deutsch der Schlagersänger oder für das Auge die Rothenberger als Ophelia.
Doch vergessen wir in unserem Unmut über die schwäbischen Wirtschäftla,

die Allerweltslokale geworden sind, nicht die vielen anderen, die ihre Eigenart nicht nur bewahrt, sondern sie gastlich der Allgemeinheit zugänglich gemacht haben, wie die Burg- und Schloßgaststätten in Weitenburg, Guttenberg, Öhringen-Friedrichsruhe, Stetten, Jagsthausen, Lichtenberg, Heinsheim, Schwaigern, Vellberg, Hornberg und Königsegg, deren Besitzer den Fremden auflauern, nicht um ihnen etwas zu nehmen, sondern etwas zu bieten, bevor sie nehmen. Vergessen wir nicht, wie auch in neuen Betrieben die Tradition der schwäbischen Weinstube gepflegt wird, zum Beispiel in der *Zirbelstube* im Stuttgarter Schloßgartenhotel oder im *Zeppelinstüble* und im *Maukeneschт* des Nobel-Hotels *Graf Zeppelin*. Übersehen wir nicht die Weingärtnerorte um Stuttgart: Stetten und Korb; Strümpfelbach, Beutelsbach, Schnait und Grunbach, die jetzt unter dem scheußlichen Retorten-Namen *Weinstadt* Opfer der Gemeindereform geworden sind; die rebenreichen Stuttgarter Vororte Unter- und Obertürkheim, Uhlbach und Rotenberg, wo man ein gediegenes Publikum bei gediegenem Wein und exzellentem Essen findet.

Der *Guide Michelin*, das Kursbuch für Feinschmecker, das so sparsam mit dem Ritterkreuz seiner promovierenden Sterne ist, streut diese großzügiger über Baden aus. Mit Recht, denn die Raffinesse der Elsässer Küche hat Baden beeinflußt – so sehr, daß jetzt sogar die Franzosen zum Essen nach Deutschland kommen.

Meinen Stern bekommt die *Sonne-Post* in Murrhardt. Zwei Brüder, beide mit der Chaîne des Rôtisseurs ausgezeichnet, stehen der Küche vor, ihre Frauen überwachen mit Umsicht, Gastfreundschaft den typisch schwäbischen Familienbetrieb. Hier wurde der Südweststaat ausgeheckt, hier kehrten Theodor Heuss und Reinhold Nägele ein, hier speisen Backnanger Fabrikanten, Stuttgarter Feinschmecker, Murrhardter Handwerker, das angesehene Haupt einer Zigeunerfamilie, polnische Fußballspieler, der Oberbürgermeister von Sydney, das Präsidium des Deutschen PEN-Zentrums und italienische Gastarbeiter. Es ist ein wahrhaft demokratisches und internationales Lokal, wo man Krebse, Aal in Salbei, eine Fischsuppe aus Süßwasserfischen, malaiisches

Huhn, ein Steak des Rôtisseurs, aber auch schwäbische Gerichte bekommt, wo die Weine noble Namen haben, aber auch zu einem herzhaften Vesper passen. Die *Sonne-Post* sei nur stellvertretend für die schwäbische Gastronomie genannt: Wirtschaften und Wirtschäftla, die im gleichen Stil, wenn auch nicht mit dem gleichen Erfolg wie sie geführt werden, findet man noch da und dort. Sie aufzuspüren ist die Krönung landschaftlicher Entdeckungsreisen durch das liebliche Ländle.

Management und Fernsehen haben am Stammtisch gezehrt, der in früheren Zeiten die schwäbische Wirtschaft repräsentierte und um den man sich oft zweimal am Tag, zum Früh- und Abendschoppen, zusammenfand. Man entdeckt ihn noch hier und dort; meist sind es ältere Honoratioren, die ihn bilden. Hier sei nur der originellste und exklusivste schwäbische Stammtisch erwähnt, der Club der 13, der jeden Montag in der Stuttgarter *Kiste* tagt. Sein einziges Statut ist, daß er aus nicht mehr als dreizehn Mitgliedern bestehen darf, wobei bei einem Überangebot zuweilen auch ein 13 A, B, C und D aufgestockt werden, und daß ein neues Mitglied nur mit einstimmiger Billigung der anderen aufgenommen wird. Die Schauspieler Günter Lüders und Werner Finck; der Gutenachtonkel Curt Elwenspoek und der Funkkulturchef Hans-Jürgen Schultz; die Schriftsteller Friedrich Sieburg, Ernst Glaeser, Gerhart Herrmann Mostar und Johannes Poethen; die Maler Karl Rössing, Cuno Fischer, Heinrich Klumbies und Wolfgang Schwamberger, der auch Rechtsanwalt und Dramatiker ist; der Theaterkritiker Siegfried Melchinger und der Shakespeare-Forscher Alfred Günther; die Journalisten Helmut M. Braem, Georg Böse und Erik Graf Wickenburg; die Verleger Albrecht Knaus und Egon Schramm; der Kulturdezernent Fritz Richert; der Historiker Eberhard Jäckel und der Architekt Max Baecher; die Ärzte Hans von Held und Hanns Maisch; der Pianist Hubert Giesen; der Antiquar Fritz Eggert; der ehemalige Kultusminister Gerhard Storz und sein ehemaliger Referent Wolf Donndorf; der Generalstaatsanwalt Robert Schabel und die Gelehrten Friedrich Pfäfflin und Wilhelm Hoffmann gehörten und gehören ihm an. Wer

geistigen oder künstlerischen Rang (oder gar beides) hat und durch Stuttgart kommt, den trifft man zuweilen an diesem Tisch, an dem über Kunst und Politik gesprochen wird und wo die Themen vom philosophischen Exkurs über kunstkritische Erörterungen und politische Diskussionen bis in die Ebenen des höheren Blödsinns oder des liebenswürdigen Klatsches reichen.
Friedrich Sieburg hat diese Runde selten versäumt und ihr ein Denkmal gesetzt: »Dieser Stammtisch ist die einzige echte Akademie in der Bundesrepublik, denn an ihm werden rechte Maße wenn nicht gelehrt, so doch angewandt, nämlich Geselligkeit ohne Rangordnung, Vertrauen ohne Intimität, Mitteilung ohne Eifer, Wohlwollen ohne Forderung, gute Sitte ohne Gesetz, Wettstreit ohne Ehrgeiz, Achtung ohne Vergleichung. Diese Akademie verehrt Götter, von denen niemals gesprochen wird, sie ist mit Statuen geschmückt, deren Gesichter für immer verhüllt sind.«
Diese Art der Geselligkeit, des anregenden Gesprächs gedeiht also auch in Schwaben. Sogar nicht schlecht. Obwohl von den Dreizehn nur die Hälfte Schwaben sind. Oder drum.

18. Kapitel | Die größte deutsche Kleinstadt

Stuttgart mit Umgebung

An des Neckars Silberstreifen, auch Groß-Stuttgart prächtig steht,
Wenig bleibt vom Nesenbache, weil er unterirdisch geht.
Wohl des Neckars kühle Fluten, manchem oft das Herz erfreut,
Wenn an heißen Sommertagen Bad und Schiffahrt er erneut.
Vom Minralbad reich gesegnet ist Groß-Stuttgart wirklich doch,
Heilend wirken seine Bäder und die Wasserkuren noch.
Viele schöne Ausflugsorte liegen auch um Stuttgarts Reihn,
Wo am Sonntag kann der Städter sich des bunten Lebens freu'n.
Schön liegt es in der Romantik, herrlich seine Höhn geschmückt.
Obstgärten und Rebenhügel, prächt'ge Wälder es umgibt.
Vöglein singen in den Zweigen, da spazieren schön herum
Liebes-Pärchen und Familien, das verehrte Publikum.
An dem Abend ist der Anblick, o wie prächtig! herrlich schön!
Ist lichtumstrahlt das Häusermeer, von den Höhen aus gesehn.
Prächtig, an dem See gelegen, sind Schauspiel- und Opernhaus,
Muse bringt es den Besuchern, die dort gehen ein und aus.
Auch in die Lichtspieltheater, sollte öfters rein man geh'n,
Herz und Auge kann sich laben, Stücke wirklich reich und schön.
Ganz besonders ist zu rühmen, daß schon absehbare Zeit,

Villa Berg und Parkanlagen sind dem Publikum geweiht.
Und der ganze Rosensteinpark, der auch gar so herrlich ist,
Jederzeit freut die Besucher, Zutritt ist zu jeder Frist.
Längst ist schon der Bahnhof fertig, zum Betriebe eingeweiht,
Presse und das Wirtschaftsleben fördern Stuttgarts Blütezeit.
Und der alte Marktbrunn strömet, auf dem Wilhelmsplatz so süß.
Und die hohen Sphären klingen, senden Euch die besten Grüß.
Nimmer darf sein Born versiegen, man setzt zeitig Regen ein.
Wenn die Quellen sind gespeiset, folgt rechtzeitig Sonnenschein.
Glorreich blüh auch ferner weiter, blühst der Welt im Spiegel schon,
Überwind'st die schwersten Zeiten, hast Natur zum höchsten Lohn.
Wohl wär ja noch viel zu rühmen, Nenn- und Sehenswürdigkeit,
Da ja Stuttgart alles bietet den Besuchern jederzeit.

A. WIELAND, DICHTER UND STAATSÖKONOM, STUTTGART – WIEN – BERLIN 1938

Das Poem, das dieses Kapitel einleitet, stammt von einem unbekannten Dichter. Vor dem Krieg konnte man es auf eine Postkarte gedruckt kaufen, und ich habe es als lyrische Rarität aufbewahrt. Der Stempelaufdruck »Mel.: Deutschland über alles« läßt auch die Möglichkeit offen, mit Hilfe dieser Reime in überlokal patriotischen Gesang auszubrechen. Die Verse, auch wenn sie etwas schlecht zu Fuß sind, mögen eines Stuttgarters Drang beweisen, seine Gefühle für die Vaterstadt sangbar zu machen. Die dichterische Vorsehung *überwind'st die schwersten Zeiten,* sie ist eingetroffen. Immer noch läßt sich von Stuttgart sagen, daß es *schön in der Romantik liegt* und daß *prächt'ge Wälder es umgibt.*

Wir, die wir solch apollinischer Töne entraten müssen, werfen zunächst die Nachteile ins Treffen, trotz denen sich Stuttgart zu einer schönen Stadt entwickelt hat. Ist schon das nach Westen vom Schwarzwald, nach Süden von

Alpen und Bodensee abgeriegelte Schwabenland verkehrstechnisch eine arge Sackgasse, so bildet seine Hauptstadt Stuttgart einen in diese Sackgasse gepferchten Hinterhof. Denn Stuttgart liegt im Talkessel des Nesenbachs, von welchem obiger Dichter ganz richtig sagt, daß er *unterirdisch geht.* Aber *des Neckars Silberstreifen* – eine Metapher, die A. Wielands Namensvetter Christoph Martin Wieland noch hätte gebrauchen dürfen, die aber schon 1938 arg farbenblind klang – meidet die Hauptstadt und schmiegt sich an die alte Römersiedlung Cannstatt, die 1905 zum Ärger ihrer alteingesessenen Bewohner mit Stuttgart zwangsvereinigt worden ist. Cannstatt ist das Herz Württembergs, organisch aus der Neckarlandschaft herausgewachsen, das sich als Verkehrsknotenpunkt geradezu anbietet. Für den Cannstatter ist Stuttgart das zerebrale Produkt einer Fürstenlaune, ein vom Verkehr nur mühselig zu erreichendes Residenzle, eine Siedlung, von der man ehedem höchstens wußte, daß sie bei Cannstatt liegt. Aber dennoch, das muß ich als gebürtiger Cannstatter bekennen, der in Stuttgart innerhalb des Stadtgebietes im Exil lebt: Die Lage der Hauptstadt, so übel sie mit ihren 300 Metern Höhenunterschied verkehrstechnisch ist, so schön ist sie landschaftlich. Dem Reisenden, der im Zug von Zürich kommend eine Schleife um die Stadt zieht, als flöge er sie mit dem Flugzeug an, dem Autofahrer, der von Tübingen her sanft in die Kesselstadt hineingleitet, bietet sich Stuttgart in seiner ganzen Lieblichkeit dar. Mag man dem Stuttgarter auch keinesfalls das schmückende Beiwort *heiter* zuerkennen, so ist man ohne Einschränkung bereit, es der gärtnerisch anmutigen Landschaft anzuhängen, in welche die Stadt eingekuschelt liegt. Von der Nadel des Fernsehturms aus bietet sie sich am vollkommensten dem genüßlichen Blick: die Rudel der Wälder, die sich in hinhaltendem Widerstand der drängenden Häuserflut entgegenstemmen; die Weinberge mit dem Lanzenwald der Rebpfähle, die in breiten Zungen in die Stadt hineingreifen; die Straßen, die wie überlastete Bergpfade, in zahllosen Kehren und Windungen immer wieder die Richtung ändernd, die Buckel und Hänge der in den Kessel gepferchten Stadt zu überwinden trachten; die Hochhäuser, die engbrüstig aus der von Gärten und Anlagen durchsetzten

Stadt herauszuwachsen versuchen. Daß die Stuttgarter an einem der schönsten Aussichtspunkte ein Blindenheim gebaut haben, das läßt tiefe Rückschlüsse auf schwäbisches Wesen zu und hat zur Folge, daß die Besucher die Blinden oft um ihre schöne Aussicht beneiden.

Die Stadt hat längst den Talkessel überflutet, hat die Weinberge und Wälder angeknabbert, mit denen sie gesäumt ist, hat sich ins Neckartal hinaus ergossen, ist auf die Filderebene übergelaufen und hat mit ihren Fangarmen viele Ortschaften ergriffen. Bäuerliche, industrialisierte und kleinstädtische Gemeinden sind in Groß-Stuttgart aufgegangen, ohne sich aufzulösen, ohne ihre Wesensmerkmale ganz aufzugeben. Die Stadt, selbst mit der Landschaft verwoben, hat das landschaftliche Eigenleben der aufgesogenen Gemeinden noch nicht ganz der gefräßigen Ausdehnung der Straßen und Häuserzeilen geopfert. So stellt sich Groß-Stuttgart, das gar nicht so großstädtisch ist, wie es tut, sondern dem das ironische Paradoxon der *größten deutschen Kleinstadt* wohl zu Gesicht steht, vom Fernsehturm aus als ein eigenwilliges Mosaik aus Wohnvierteln, Wäldern, Ausfallstraßen, Gärten, Industriegebieten, Parks, Siedlungen und Weinbergen vor.

Stuttgart hat 60 Stadtteile. Fast alle haben dörfliche Vergangenheit. Auch ihre Ur-Bewohner.

Romantische Gemüter mögen beim Anblick einer solchen Stadtlandschaft leicht ins Schwärmen geraten, wo praktische Naturen verzweifeln. Stuttgart gleicht einer Pflanze in einem zu kleinen Blumentopf. Aber Pflanzen kann man versetzen, während Städte wuchern und ersticken. Im überhitzten Stadtkessel brodelt, schwelt, gärt es. Auch wenn er überläuft, bleibt die City im Kessel, dessen Deckel an trüben Tagen von einer Dunstglocke gebildet, dessen Klima unter dem Schwund der Wälder immer schlechter wird und den Empfindlichen kurzatmig macht. Der Stadtverkehr in diesem von Höhenzügen durchfurchten Kessel droht im eigenen Saft zu ersticken. So hat sich die Stadt selbst tiefe Wunden geschlagen, um daran zu genesen. Die Innenstadt ist eine einzige große Baustelle. Die *Großstadt zwischen Wald und Reben*, wie sie die Fremdenverkehrswerbung nannte, ist für den Autofahrer zur *Großstadt zwischen Halt und Gräben* geworden. Die schweren chirurgischen Eingriffe, welche die arteriosklerotisch verengten Verkehrsadern unterirdisch entlasten und so lebensgefährliche Thrombosen verhindern sollen, sind zur Zeit höchst schmerzhaft, lassen aber doch auf eine Linderung der Stuttgarter Verkehrsnöte hoffen, wenn Pessimisten auch befürchten, daß das, was für morgen geplant ist, erst übermorgen fertig wird und dann vom Verkehr schon überholt ist. Der allzu hektische Wiederaufbau der Stadt nach dem Krieg unter dem Stadtplaner Hoß und dem Oberbürgermeister Klett hat sich inzwischen als glatte Fehlplanung erwiesen. Statt um die Stadt herum wurde der Fernverkehr durch die Stadt hindurch geleitet. Der Stadtkern wurde durch Geschäfte, Büros, Betriebe entvölkert und unwohnlich gemacht. Das ist schwer zu revidieren. Allerdings haben die Landschafts- und Gartenarchitekten manches wiedergutgemacht, was ihre Hochbau-Kollegen verbrochen haben. Durch die Gartenschau ist Stuttgart wieder eine schöne, begehbare Stadt geworden. Vom Bahnhof aus kann man stundenlang, nicht belästigt vom Verkehr, in Parks und Anlagen, die durch Brücken miteinander verbunden sind, spazierengehen.

Immer diese Badenser!

Stuttgart ist wieder eine schöne Stadt. Ihr Name stammt von einem Gestüt, das mit einem Dorf verbunden war. Sein Eigentümer, der Markgraf Rudolf V. von Baden, umgab das Dorf mit Mauern und erhob es 1219 zur Stadt. Seine Tochter heiratete einen Grafen von Württemberg, und dieser Ehe haben die Schwaben ihre Hauptstadt zu verdanken. Seit 1321 ist sie Residenz. Weit bedeutender waren allerdings die Freien Reichsstädte; um 1500 hatte Ulm 12000, Esslingen 5000, Heilbronn 5500, Reutlingen 4000 Einwohner. 1718 wurde Stuttgart wieder degradiert. Weil die rechtmäßige Gemahlin Eberhard Ludwigs ihren Platz im Stuttgarter Schloß zäh verteidigte, baute der Herzog für seine Mätresse, die Grävenitz, Ludwigsburg und erhob es zur Residenz. Stuttgart verarmte und verödete. Erst als »das Mensch« davongejagt war, erholte sich die als Opfer der Liebeslust zu einem unbedeutenden Landstädtchen heruntergekommene Stadt wieder.

Badenerin! →

1860 hatte Stuttgart 40 000 Einwohner, davon waren 4000 Dienstmädchen und 3600 Soldaten, aber nur 28 Redakteure und Literaten. Erst im Jahre

1862 wurde verboten, Schweine vor dem Haus auf der Straße zu schlachten, was in jedem wohlhabenden Haushalt üblich war. Denn das bäuerliche Element blieb erhalten. Noch heute stößt man im Stadtgebiet auf dörfliche Enklaven, so daß sich Oberbürgermeister Klett gern den »größten Bauernschultes Deutschlands« nannte. Wenige deutsche Gemeinden besitzen ein so großes Anbaugebiet für Wein wie Suttgart. Bis ein paar hundert Meter vor den Bahnhof schieben sich die Weinberge mitten in den schmalen Stadtkern hinein. Aber in echt schwäbischem Dualismus ist der Heiterkeit des Weins die Nüchternheit des Wassers beigesellt. Nach Budapest besitzt Stuttgart die stärksten Mineralquellen Europas. Das lauwarme Sauerwasser schmeckt nach Eisen, faulen Eiern und Erde, ist feinperlig wie guter Sekt, bizzelt angenehm auf der Zunge und erinnert Fremde an den berüchtigten Schwedentrunk. Nur der gebürtige Cannstatter behauptet, es schmecke gut. Wesentlicher jedoch ist, daß es das kollektive Wohlbehagen fördert, das in Mineralschwimmbädern zu beziehen ist. Denn das Wasser hat eine so wohlige Temperatur von 21 Grad Celsius, daß es sich wundersam darin schwimmen läßt. Es gibt sogar Schwaben mit preußischer Mentalität, die sich im tiefen Winter ins Mineralfreibad stürzen, obwohl daneben die behaglich geheizte Halle lockt. Die Quellen umperlen mit ihrem Reichtum an Kohlensäure den Körper so zärtlich, daß man Cannstatt nicht genug rühmen kann, das mit diesen Schätzen den Stuttgartern eine lebenslängliche Kurgelegenheit mit in die Ehe gebracht hat. Ein Mineralschwimmbad am frühen Morgen macht frisch und munter für den ganzen Tag. Am späten Vormittag macht es glüschtig auf feuchte innere Anwendung, die man jedoch besser mit einem oder zwei Viertele Cannstatter Zuckerle vornimmt. Um die Mittagszeit verhilft das Bad zu einem guten Appetit und einem wohligen Mittagsschläfle. Wer jedoch wie die meisten Schwaben von ungesundem Arbeitsdrang befallen ist und sich lange genug im Mineralwasser tummelt, der gerät – und das scheint mir die köstlichste Wirkung des Wassers zu sein – in jenen euphorischen Zustand, für den die Lokalsprache ein treffliches Bild hat: Er wird *faulmiad wia d' Cannstatter.*

über 1000 Stuttgarter besitzen, laut KNITZ, heute noch ein Stück oder ein Stückle Weinberg, sind "Aehlinge-Wengerter."

Auch im musischen Leben der Landeshauptstadt äußert sich der schwäbische Dualismus in seiner ganzen Unbegreiflichkeit. Ein Sinnbild ist das Fragment eines griechischen Tempels, das am häßlichsten Ort der Stadt, im Schatten des Elektrizitätswerks Münster, an einen Steinbruch gedrängt steht, gehauen aus bräunlichem Cannstatter Travertin. Hitler hatte die Säulen für sein Parteitagskolosseum in Nürnberg bestellt. Da stehen sie nun, bestellt und nicht abgeholt, wie die Musen in Stuttgart. Die bäuerliche Komponente macht dem Bürger die Kunscht verdächtig, die bloß Geld kostet und nichts einbringt. Der konservative Sinn auch des großstädtischen Schwaben schätzt das Solide und lehnt allzu rasche Reformen ab. Der Fernsehturm, ein Geisteskind des Architekten Fritz Leonhardt, vielerorts in der Welt nachgeahmt, in seiner Eleganz aber nirgends erreicht, war den Stuttgartern lange ein Balken im Auge. Erst als er sich schon nach wenigen Jahren finanziell hoch rentiert hatte, wurde er richtig ästimiert, und heute ist man stolz auf ihn als Wahrzeichen der Stadt. Genau im selben Jahr wie das Dreifarbenhaus, in dem Stuttgarter Damen ihrem Gewerbe nachgehen, feierte er seinen zwanzigsten Geburtstag. An diesem Tag durfte jeder umsonst – aber nur auf den Fernsehturm.
Aber was bringt schon die Kunscht ein! Das Wesen der Stuttgarter, allem Überschwang abhold, schließt eine zärtliche Vertraulichkeit im Umgang mit den Musen aus. Der Knöpflesmillionär, der Notar und der Kirchenrat repräsentieren die Bürgerschaft. Zwar hat es einmal der Musiker Lindenspür zum Stadtoberhaupt gebracht, aber dieses exzeptionelle Ereignis ist schon lange her. Nie konnte sich ein Schwabing entwickeln; der Zauber der Boheme, das genialisch Schlawinerhafte, das den Liebhaber der Musen in anderen Städten auszeichnet, wollen auf Stuttgarter Gemarkung nicht gedeihen. »Die Kerle sollet schaffe!« sagt der unabhängige Stuttgarter Bürger, den der Karikaturist Searle mit einem hinten und vorn überhängenden Bauch auf dünnen Beinen gezeichnet hat, den Mercedesstern als Gesicht, darauf eine Nickelbrille und ein Hütle, das streng waagerecht auf dem Möckel sitzt. Bei den Empfängen des Staates sind Unternehmer und Beamte geladen, einen Künstler sieht man selten, es sei denn, er besitze Amt und Würde.

Neben bäuerlicher Erbmasse und praktischem Sinn prägt die Tradition des Puritanismus den Stuttgarter. Hier gediehen schon immer die Sekten, die religiösen Eiferer und jene christlichen Gemeinschaften, die das Leben nicht als ein Geschenk Gottes, sondern als schweißtreibende Wanderung durch ein Jammertal betrachten, in dem Leichtfertigkeit und Leichtlebigkeit eine arge Sünde bedeuten. Bei der 350-Jahr-Feier des Staatsorchesters erzählte der amüsante Professor Hansmartin Decker-Hauff ein paar bezeichnende Anekdoten. In den württembergischen Archiven wurde über die Kollegen von Schillers Stadtmusikus Miller genau Buch geführt und von einem Bassisten vermerkt, er sei »zwar schwach in der Stimme, aber stark im Glauben«, was in Altwürttemberg wichtiger war. Ein Kapellmeister wurde nicht wegen seiner tollen Eskapaden entlassen, als er jedoch einen Kirchenrat »wortlos angähnte«, mußte er gehen. Der Dichter Karl Gerok war ein großer Freund der Oper. Nachdem er Hofprediger geworden war, mied er aber das Institut, um nicht den Brüdern im Herrn, die im Theater eine Sünde sahen, Anlaß zum Ärgernis zu geben. Fortan ging er hehlinge in München in die Oper.

Es wäre jedoch ungerecht zu sagen, daß alle Sekten und Gemeinschaften kulturfeindlich seien. Die anthroposophische Bewegung Rudolf Steiners ist in Stuttgart stark verbreitet. Ihre Waldorfschule als eine Stätte moderner Pädagogik hat weit in die Welt ausgestrahlt. Auch die Werkschule Merz mit ihren unorthodoxen musischen Methoden ist ein eigenständiges Stuttgarter Gewächs.

»Weltmode ohne Wagnis!«, dieser Werbeslogan der Firma Breuninger, traf den Nagel der Stuttgarter schizoiden Psyche auf den Kopf. In den von den Vätern angelegten Gleisen zu bleiben und sie doch hier und da individualistisch zu verlassen, diese landesübliche Polarität bewiesen zuweilen auch die Stuttgarter Straßenbahnen. Das Beharren der Be-Sitzer im geistigen, das Hängen am materiellen Erbe haben es auch fast unmöglich gemacht, das Gesicht der vom Krieg schwer versehrten Stadt großzügig zu erneuern. So blieb bei allem Elan der Wiederaufbau Stückwerk, trat das Ästhetische hinter dem Praktischen zurück. Stuttgart hat durch den Krieg viel von seiner städtebaulichen Eigenart und von seinem konservativen Charakter verloren. Sein kulturelles Leben hat durch den Zuwachs aus allen Teilen Deutschlands nur gewonnen. Das Zweiflerische, Wägende, Querköpfige, Kritische und Praktische im Wesen des Stuttgarters – Eigenschaften, die ihn gegen manche Infektion durch den Nationalsozialismus immun gemacht haben – vermischte sich mit der Großzügigkeit, dem Wagemut, der Urbanität und der Musenfreundlichkeit vieler Neubürger, welche die Nachkriegszeit nach Stuttgart hereingeschwemmt hatte und die sich bald assimiliert haben. Das kulturelle Leben gewann an Vielfalt, ohne seine Eigenständigkeit zu verlieren. Ließen ehedem, wie Ringelnatz bemerkte, Blicke den Fremden leicht büßen, daß er kein Stuttgarter sei, so hat sich jetzt bodenständiges Wesen mit fremden Einflüssen zu einem guten Humus verbunden.

Neubürger hießen früher FLICHTLENG, und das war in den späten 40er Jahren fast ein Schimpfwort!

Sosehr dem Ausländer die Stuttgarter als typische Schwaben vorkommen, draußen im Land sieht man sie als polierte Residenzler »voll noble Krämpf«, die »Räuch im Kopf und einen Allmachtskrattel« haben, um Sebastian Blau zu zitieren. Aber es sind Schwaben, auch wenn sie ihren Bauerndialekt gegen ein holpriges Schriftdeutsch oder den Singsang des Honoratiorenschwäbisch eingetauscht haben. Man sieht sie im Land mit einer Mischung aus Unbehagen und Hochachtung an. Sebastian Blau, geborener Rottenburger, der sich habhaft in Stuttgart festgesetzt hat, schließt sein Gedicht *D' Stuegeter* mit dem Bekenntnis:

Freilich, i gstand offe'-ei':
Wär-e et a Roateburger,
möcht-e schier vo Stueget sei'!

In einem jedoch sind sie Urschwaben: Es gehört sich bei ihnen nicht, die Nacht zum Tag zu machen. Man muß in aller Herrgottsfrühe, wenn malende und dichtende Schlawiner schon im Bett sind, frisch zum Schaffa sein. Deshalb fährt die letzte Straßenbahn so früh, als ob Vertreterinnen der Zürcher Frauenvereine im Verwaltungsrat dominierten. Die mitternächtliche Polizei-

stunde würgt die Kneipengemütlichkeit ab und verdrängt die Hocker ins Ehebett oder in miese Altstadtnepplokale.

So ist Stuttgart eine Nachtschönheit ohne Nachtleben, die Ansprüche verwöhnter *Haipfler* kaum befriedigt. Ein *Haipfler* ist ein Mann, der mit Bettwäsche hausierend von Bauernhof zu Bauernhof fährt. Das Wort *Haipfel* hat sich aus dem Mittelhochdeutschen erhalten; es bedeutete früher *Hauptpfühl* und ist heute ein nur noch auf dem Land erhaltenes, unten und oben zu kurz gekommenes Federdeckbett. Die Reize, die das nächtliche Stuttgart seinen Bewohnern und Besuchern bietet, sind solidester Art. Das Schönste an Stuttgart ist ein abendlicher Blick von den Höhen der Stadt. Die Dämmerung verschleiert die Konturen. Lichterketten flammen auf und zeichnen sternbildhaft den eigenwilligen Verlauf der Straßen, und das Neonlicht bildet, in dieser Stadtlandschaft etwas fremd und doch faszinierend, das fixierte Feuerwerk der lieblich hingebetteten Stadt.

Trotz dem großkotzigen und sprachlich schiefen Begriff *Partner der Welt* war Stuttgart nicht viel mehr als die Provinzialhauptstadt eines überprovinzialisierten Ländle, das von Kleinbürgern aus den schwarzen Wäldern und hinteren Tälern beherrscht wurde. Inzwischen haben die Stuttgarter eine alte schwäbische Regel verletzt – »Mer wählt nia da Gscheiteschta zom Schultes« – und damit der Stadt einen Oberbürgermeister gegeben, der in kurzer Zeit einen geistigen Klimawandel verursacht hat. Es ist »am Wüaschtafuchs sei Kloiner«, Manfred Rommel, von dem man nach seiner Wahl befürchtete, er sei lediglich eine Marionette des Landesvaters, dem er einmal in einer Regierungserklärung den Satz unterjubelte, Freiheit sei immer auch die Freiheit der Andersdenkenden. Wobei er die Autorin dieses Satzes, Rosa Luxemburg, unterschlagen hat. Manfred Rommel ist ein echter Liberaler, der auch extreme Ansichten ertragen, in gewissem Sinn sogar respektieren kann. Bis zum Letzten hat er in einer Entlastungsoffensive eine unglaubliche Blamage zu verhindern und das Staatsschauspiel der Stadt und dem Lande zu erhalten versucht. Als wahrhafter Christ hat er den drei Terroristen, deren Selbstmord ein Signal der Ausweglosigkeit und Hilflosigkeit war, aus eigener Verant-

Man sagt aber auch: "Wenn's Schaffa leicht wär, dät's dr Schultes selber."

wortung das gemeinsame Grab gegönnt. Er hat die Prinzipien menschlicher Würde, wo andere sie tief mißachtet haben, nicht aufgegeben und damit nicht nur wahres Christentum, sondern auch politische Vernunft gezeigt. So hat es weder eine Wallfahrtsstätte gegeben, noch ist es zu einem mit Sicherheit verlorenen Prozeß gekommen. Er hat sich öffentlich als Sympathisant seiner mit dem Ausdruck *Sympathisant* gebrandmarkten Schriftsteller bekannt. Manfred Rommel rühmt sich seiner christlichen Gesinnung nicht, er betrachtet sie als selbstverständlich. Der Architekt Max Baecher schreibt über ihn: »Man kann vor diesem Oberbürgermeister nur den Hut ziehen, den andere nehmen sollten.«

Der Stuttgarter Schultes leistet Widerstand gegen die Intoleranz in den eigenen Reihen und stimmt beim politischen Patt im Gemeinderat aus Vernunft auch zuweilen mit dem politischen Gegner gegen seine eigenen Freunde. Er ist gleich dem unvergeßlichen König Wilhelm II. nicht nur der Schultes seiner Sozialisten, sondern auch der seiner Intellektuellen. Während das Ländle aus alter Tradition schon immer alles tat, um seine schöpferischen Geister, sofern sie sich nicht vermarkten ließen, ins Exil zu treiben, während die Stadt Stuttgart bislang nie einen Finger gerührt hat, um ihre Dichter, Maler, Musiker zu halten – eine Liste, wer von Ernst Rowohlt über Friedrich Sieburg bis zu Hermann Lenz enttäuscht der Stadt den Rücken gekehrt hat, wäre ermüdend –, tut er alles, um Stuttgart kulturell nicht veröden zu lassen, stiftet einen Literaturpreis, läßt im Rathaus Schriftsteller lesen, pflegt Konnex mit den Künstlern und sucht zuweilen ihren Rat. So hat die Stadt Stuttgart die Chance, eine Oase in einer kulturellen Ödnis zu werden. Und Manfred Rommel ist schwäbisch-schlau genug, um zu wissen, daß sich so etwas für alle Beteiligten auszahlt. Aber für seine Freunde, die Künstler, ist es auch gut zu wissen, daß er es nicht deshalb tut.

So ist nicht nur in der Bundesgartenschau das Hoffnungsgrün für die Stadt kräftig ins Kraut geschossen.

Trotzdem gibt es in Stuttgart noch keine Friedrich-Wolf-Straße!

Jetz mach's no halblang! Outa zählt mer zamma!

19. Kapitel | Schwäbische Indianer

Die Schwaben und knitz Geld
führt der Teufel in alle Welt.

SPRICHWORT

»Es schickt sich nicht, daß meine Knochen einmal in Württemberg liegen. Land und Volk ist doch gegen uns beide ein Rabenvaterland gewesen. Nirgends haben wir mehr Verneinung und Verkleinerung und Verleumdung, nirgends weniger Verständnis und Wohlwollen erfahren. In fünfzig Jahren werden die Kerle dann groß damit tun, daß wir ihre Landsleute gewesen sind.«

DAVID FRIEDRICH STRAUSS 1864 IN EINEM BRIEF AN FRIEDRICH THEODOR VISCHER

Als Kolumbus in Amerika landete, rief ein Bootsmann aus Böblingen in das Häuflein staunender Indianer: »Isch koiner vo Beblenga dô?« und erhielt die Antwort: »Noi, aber vo Sendelfenga.« Das nahe Sindelfingen liegt in der gegenseitigen Abneigung Breitengrade von Böblingen entfernt.

Diese Anekdote, die illustrieren soll, daß der Schwabe wie im Märchen vom Hasen und vom Igel schon überall in der Welt auftaucht, bevor man ihn vermutet, ist übertrieben. Wahr ist, daß es schwäbische Indianerhäuptlinge und schwäbische Mameluckenscheichs gab. Wahr ist auch, daß ein Reisender in einem Beduinendorf aus einem Zelt plötzlich eine Stimme hörte: » Mehmed, hol dapfer 's Achmedle rei.«

Die Großmutter der Fürstin Gracia von Monaco (geb. Grace Kelly) stammt aus Sielmingen.

Ein historisches Ereignis hat den Schwaben geprägt und umgeprägt: die Völkerwanderung. Fünfhundert Jahre lang waren die Sueben ein fahrendes Volk, waren unterwegs, bis sie in ihrem heutigen Ländle Fuß fassen konnten. Das hat sich polar ausgewirkt. Auf der einen Seite gibt es muffige, verhockte Schwaben, die voll Mißtrauen gegen alles Fremde sind und deren Horizont kaum über die Kreisgrenze reicht. Das Volk der Grundbesitzer und Häuslesbauer zeichnet sich einesteils durch eine exzessive Seßhaftigkeit, anderenteils durch einen nie zu befriedigenden Wandertrieb aus. Kein Stamm, der wie die Schwaben in aller Welt rodete und siedelte, handelte und wandelte, revolutionierte und missionierte. Viele Staaten, viele Völker sind durch Schwabens Söhne landschaftlich, politisch, geistig oder technisch verändert worden.

Man begegnet aber unter den Schwaben engen Spießbürgern, die alles Fremde ablehnen und es als minderwertig betrachten. Vor dem Ersten Weltkrieg schoben schwäbische Familien ihre Söhne, die zu Haus nicht gut taten, gern nach Amerika ab. Das haben die Schwaben nie vergessen. »Dees wird au so a Kendlesmacher gwesa sei«, urteilte mein alter Hauswirt geringschätzig über einen, der drüben reich geworden war und in die alte Heimat auf Besuch kam. Als nach dem letzten Krieg ein großer Teil der Bevölkerung von amerikanischen Verwandten mit Care-Paketen unterstützt wurde, seufzte eine schwäbische Hausfrau: »Wenn i no au amôl a Cärpaket kriaga dät! Aber dô isch koi Dradenka, weil mir no nia an Lompa en dr Familie ghet hen.«

Aber wir wollen nicht verallgemeinern. Von der Flut der Reisewelle ergriffen, wurde auch mancher biedere Schwabe mit Touropas Hilfe an Gestade gespült, die er noch nicht einmal mit der Seele gesucht hatte. Als Erkenntnis von einer Griechenland-Reise brachte eine brave Degerlocherin, nach ihren

Eindrücken befragt, das wohlwollende Pauschalurteil nach Hause: »D' Griecha machet sich!« Worin die Hoffnung mitschwingt, daß die griechische Kultur, obwohl sie niemals die Chance haben wird, schwäbisches Niveau zu erreichen, sich aus ihrer Unterentwicklung zu befreien auf dem Wege ist.

Zu meinem Freund Hanns Maisch, von Beruf Hals-, Nasen- und Ohrenarzt, kam vor Jahren ein Patient, wortkarg, schnauzbärtig, Endsechziger, zu einer längeren Behandlung. Eines Tags trug er ein gelbes Emailabzeichen mit rotem Stern. Der Arzt: »Was habet Se denn dô?« – »Ha, des isch vom Mao.« – »Sind Sie denn en China gwese?« – »Jô, letscht Jôhr.« Bei der nächsten Behandlung setzte der Arzt die zähe Konversation fort. »Send Sie eigentlich gschäftlich oder privat en China gwese?« – »Privat. 's hôt me halt amôl entressiert.« Eine Woche später: »Sie habet mir neulich erzählt, Sie seiet grad vor 'me Jahr en China gwese. Da war doch grad die Kulturrevolution?« – »Ha jô, dô hôt dr Mao grad seine Thesa rausgeba.« – »Dann waret Sie ja Zeuge einer hischtorischen Schtunde.« – »Ha jô, 's isch amôl ebbes anders.«

Ein Teil der Schwaben dagegen *fremdelet*, hält die Heimat für den Nabel der Welt und beschränkt sich darauf, im Ländle mit engem Horizont und mit Vorurteilen zu leben.

Aber weit bemerkenswerter ist der andere Pol, sind die, welche Romantik, Fernweh, Abenteuerlust aus der Enge der Heimat treiben. Oft sind es die Außergewöhnlichen, die das Ländle verlassen. Viele wurden von der Armut außer Landes genötigt. Die freie Erbteilung dividierte die kleinbäuerliche Existenz unter das Existenzminimum. Aber auch das Alleinerbenrecht in Oberschwaben schuf ein Proletariat, das in der Heimat nicht existieren konnte. Wirtschaftliche Not verstärkte die Auswanderung. Die Kriege des 17. Jahrhunderts hatten die Existenzmöglichkeiten der Schwaben dezimiert. So kam es im Frühjahr 1709 zu einer Massenauswanderung. In der ersten Hälfte des 19. Jahrhunderts zog aus Württemberg der stärkste Auswandererstrom aller deutschen Länder ab. Während der Wirtschaftskrise um 1850 wanderten noch einmal 70000 Schwaben nach Nordamerika. Das Gebiet um den Heuberg, wo man heute noch schwäbische Urlaute hören kann, war vor einem halben Jahrhundert noch Bettelland. Die Männer gingen als Gipser und Maurer im Sommer zur Saisonarbeit in die baltischen Länder und in den Süden. Die Mädla verdingten sich als Bedienung in der Schweiz; die meisten blieben dort und gebaren wehrschäftige Mannen.

Viele zog es aber auch aus religiösen Gründen in die Fremde. Die *Stundistenbewegung* in Südrußland, die *Schwabenväter* in den Vereinigten Staaten, die streng pietistische Bewegung der *Templer* in Palästina, all diese Sekten wurden aus schwäbischen Quellen gespeist wie die Basler Mission, deren erster Inspektor der Schwabe Blumhardt war und die viele schwäbische Bekenner und Lehrer in die Welt hinauslockte. Wilhelm Rapp gründete in Amerika eine pietistisch-kommunistische Gemeinde. Als die Templer, die nicht immer ganz frei von Antisemitismus waren, bei der Gründung des Staates Israel weiterziehen mußten, ging ein Teil von ihnen nach Australien und sorgte dafür, daß es dort einen vorzüglichen Wein gibt, vor allem eine Frühlese, damit der Wein nicht zu süß wird und Frische und Säure behält. Wenn man *am Sonndich en Sidnei* keinen *Gluschten* verspürt, *drhoim d' Beem z' schpritza*, dann ist daran der australische Schwabenwein nicht ganz unschuldig.

Den besten im Barossatal, wo noch echte Schwaben hocken.

In Polen, Ungarn, Rumänien, Jugoslawien, Rußland, Israel, Südafrika, Nordamerika, Chile, Argentinien, Brasilien gab es geschlossene schwäbische Siedlungsgebiete. Die Schwaben waren als emsige Siedler und erfindungsreiche Kolonisatoren so bekannt, daß ihnen von europäischen Monarchen immer wieder Land zur Verfügung gestellt wurde, damit sie es aus einer Steppe in einen Garten verwandelten.

Schiller, Hegel und Schelling gediehen erst außerhalb Württembergs. Schelling schrieb einmal an Hegel: »Es wird mir alles zu eng hier in unserem Pfaffen- und Schreiberland. Wie froh will ich sein, wenn ich einmal freiere Luft atme.« Aber auch die Verfolgung des schöpferischen Geistes trieb manchen Schwaben in die Welt hinaus. Als rebellischer Radikaler, der in seinen *Räubern* eine Terroristengruppe glorifiziert hatte, in der man manche Parallelen zur Gegenwart findet, mußte Schiller, um dem Hohenasperg zu entgehen, bei Nacht und Nebel emigrieren und durfte sich erst wieder in seiner Heimat sehen lassen, als er ein braver Professor in Jena geworden war. Entweder lieferte man den schöpferischen Geist dem Hunger aus (Kepler, Mörike, Hölderlin); nahm ihm in Radikalenerlassen Amt und Einkunft (Uhland, Vischer, Strauß); kerkerte ihn ein (Schubart, Kurz, Auerbach); trieb ihn in den Tod (Frischlin); in den Selbstmord (List); richtete ihn hin (Ratgeb) oder trieb ihn ins Exil.

Nicht immer waren die schwäbischen Emigranten im Exil so wohlgelitten wie Friedrich Theodor Vischer, den die Schweizer nach Zürich holten und ihm an der Eidgenössischen Technischen Hochschule einen Lehrstuhl für Deutsche Literatur und Ästhetik anvertrauten. Er wirkte dort außerordentlich erfolgreich, freundete sich mit Gottfried Keller an und war auch noch fünf Jahre als Dozent an der Kantonalen Hochschule in einer Doppelstellung tätig. Dagegen beschwor David Friedrich Strauß eine Staatskrise herauf, als er auf den Lehrstuhl für Neutestamentliche Theologie nach Zürich berufen wurde. Landauf, landab fanden Protestversammlungen statt. Das Zürcher Volk trennte sich in zwei Teile: Strauß-Freunde und Strauß-Feinde. Diese Kluft zerriß alle Vereine und alle wirtschaftlichen und kulturellen Organisationen. Schließlich kam es zum bewaffneten Aufstand. In der Oberländer Kirche Pfäffikon wurde Sturm geläutet, und das Landvolk machte sich mit Dreschflegeln und Mistgabeln bewaffnet nach Zürich auf, um den Gottessohn Christus gegen den von Strauß vermenschlichten Jesus zu verteidigen. Bei den Tumulten auf dem Zürcher Münsterplatz ließen mehr als ein Dutzend Männer ihr Leben, unter ihnen ein Mitglied des Regierungsrats. Die liberale Regierung mußte zurücktreten. Strauß kam nie nach Zürich. Bevor er seine Stelle antrat, schickte ihn der neue konservative Regierungsrat mit einem guten Ruhegehalt in Pension.

Eines der traurigsten Beispiele, daß der Prophet im eigenen Land nichts gilt, ist der Nationalökonom Friedrich List, der im vergangenen Jahrhundert die Zollschranken der achtunddreißig deutschen Bundesstaaten beseitigen und

ein deutsches Eisenbahnnetz schaffen wollte. Als Reutlinger Landtagsabgeordneter mußte er seine Tübinger Professur wegen seiner Gegnerschaft gegen die staatliche Zollpolitik aufgeben. Er verfaßte eine Denkschrift gegen die Bürokratie und gegen den in Württemberg üblichen Mißbrauch der amtlichen Autorität. Gegen alles Recht verstieß der König List aus der Kammer und hielt ihn fünfzehn Monate lang in Untersuchungshaft. Er floh, kam nach zweieinhalb Jahren freiwillig zurück und mußte auf sein Bürgerrecht verzichten, um nicht wieder eingesperrt zu werden. Als »entwichener Sträfling« war er gezwungen, noch einmal außer Landes zu gehen, und nahm sich das Leben.

's wär höchste Zeit, daß so was einer heute schreibe!

Aber auch schwäbischer Geschäftssinn öffnete die Tore zur Welt. Von 1380 bis 1530 florierte die *Große Ravensburger Handelsgesellschaft*, die überall ihre Kontore hatte. Augsburg war im 15. Jahrhundert die reichste Stadt der Welt. 1528 erhielt der Augsburger Bartholomäus Welser von Karl V. Venezuela als Lehen.

Nennen wir aus der Vielfalt der Pioniere und Erfinder nur ein paar, die in der Neuen Welt ihr Glück gemacht haben:

Der Bäcker Ludwig Wernwag aus Altenburg bei Reutlingen wanderte 1786 nach Philadelphia aus. Er konstruierte Maschinen, baute Kunstmühlen und Holzbrücken. Seine 1812 über den Schuylkill bei Philadelphia gebaute Holzbrücke mit einer Spannweite von 340 Metern wurde damals wie ein Weltwunder bestaunt.

Beispiel aus der Gegenwart: Der Wagner Anton Schwarzkopf aus Münsterhausen baut in Amerika gigantische Achterbahnen, die auch in Moskau und Kiew laufen.

Der Apotheker Hermann Frasch aus Oberrot bei Gaildorf wurde wegen seiner Streiche von seinem Lehrherrn hinausgeworfen. Er wanderte nach Amerika aus, erfand mit 25 Jahren ein Verfahren, um das Erdöl zu entschwefeln, und baute als Chefchemiker Rockefellers die ersten Ölraffinerien. Als »Schwefelkönig von Louisiana« sicherte er den Vereinigten Staaten das Schwefelmonopol.

Der Gerber Jakob Friedrich Schöllkopf aus Kirchheim unter Teck baute die erste moderne Lederfabrik in den Vereinigten Staaten und gründete die *Niagara Falls Hydraulic Power Company*, das größte Kraftwerk der Erde. Das ist typisch für einen Schwaben, daß er einem Naturwunder praktische Leistungen abnötigt.

Die Zeichnungen in diesem Buch stammen von einem seiner Nachfahren.

Johann Jakob Bausch aus Groß-Süßen gründete die optische Industrie der USA, Georg Gemünder aus Ingelfingen war der berühmteste Geigenbauer der Neuen Welt, der Metzger Heinrich Kreiser aus Brackenheim wurde »Rinderherdenkönig«, der Weber Johann Georg Rapp aus Iptingen bei Vaihingen konstruierte die erste Dampfdreschmaschine, und Ottmar Mergenthaler aus Hachtel bei Mergentheim, der eigentlich ein Franke ist und dessen Büste in der Ruhmeshalle in New York steht, hat die Linotype-Setzmaschine erfunden.

Der Schultheißensohn Johann Konrad Weiser aus Großaspach bei Backnang war der Anführer schwäbischer Auswanderer, die 1709 mit zehn Schiffen in New York ankamen. Livingstone hielt diese Schwaben wie Sklaven. Sie meuterten und zogen nach Albany, wo Indianer der englischen Königin Land geschenkt hatten unter der Bedingung, daß man es schwäbischen Kolonisatoren zur Verfügung stelle. Die 150 Familien gründeten dort sieben schwäbische Dörfer. Der Gouverneur von New York untersagte ihnen die Arbeit und verlieh das Land an englische und holländische Kolonisatoren. Weiser schiffte sich in Philadelphia ein, um seine Sorgen der englischen Königin vorzutragen, wurde unterwegs von Seeräubern überfallen und ausgeraubt und in London ein Jahr lang in den Schuldturm geworfen. Bei Hofe wurde er, nachdem er ausgelöst worden war, als lästiger Querulant behandelt. Er kehrte, ohne die ersehnte Unabhängigkeit erreicht zu haben, zurück und wanderte zum dritten Mal mit sechzig Familien nach Pennsylvanien aus. Sein Sohn lebte lange unter Indianern, um ihre Sprache und ihre Sitten zu lernen, damit man besser mit ihnen verhandeln könnte. Er schloß sich der pietistischen Bewegung des Grafen Zinzendorf an, missionierte mit diesem die Eingeborenen und trat später der Sekte der *Siebentäger* bei.

Mehr darüber in „Preisend mit viel schönen Reden".

Der Gründer Hollywoods hieß Carl Laemmle. Die Stadt Laupheim als Geburtsort dieses bedeutenden und ehrenwerten Mannes hat allen Grund, stolz auf ihn zu sein. Er stammte aus der großen jüdischen Gemeinde dieser

Warum hat T.T. nicht die Gemeinderats-protokolle der Stadt Laupheim von 1930–1945 eingesehen, um Genaueres zu erfahren? → Was hier steht, ist mir zu pauschal!

ehemaligen oberschwäbischen Oberamtsstadt und wanderte 1884 nach Chicago aus. 1906 eröffnete er dort sein erstes Kino und machte später aus einem elenden Vorort von Los Angeles das berühmte Hollywood. Er gründete die Universal-Filmgesellschaft und entdeckte Mary Pickford und Erich von Stroheim. Seine schwäbische Sparsamkeit hinderte ihn daran, Chaplin eine Wochengage von 1000 Dollar zu geben. Wie fast alle ausgewanderten Schwaben kam er oft und gern zu Besuch in seine Heimatstadt, die er großzügig unterstützte. Auch mancher deutsche Emigrant ist ihm zu Dank verpflichtet.

Die Auslandsschwaben sind ihrer Heimat treu. Die Nordseite Chicagos war um die Jahrhundertwende noch so schwäbisch wie Filderkraut, und zahlreiche Vereine, Volksfeste, Wochenblätter und Kalender, die draußen erscheinen, sind in ihrer Heimatseligkeit noch so urschwäbisch, wie man in Schwaben vor dem Ersten Weltkrieg war. Bei einer Lesereise in die Vereinigten Staaten kam ich mir unter meinen Landsleuten wie in einem Volkstums-Museum vor, in dem auch der Schwabenkitsch Denkmalschutz genießt. Die New Yorker Steubenparade, eine deutschnationale Show mit Dornröschen im Glassarg, Alt-Heidelberg-Romantik, schwarz-weiß-roten Fahnen und marschierenden Ehrenjungfrauen, enthält auch schwäbische Fermente, und das Cannstatter Volksfest wird sogar in Chicago gefeiert. Und wenn Erwin Single, der Verleger der *New Yorker Staatszeitung und Herold*, der schon als Büble ausgewandert ist und dessen Schwäbisch nur von wenigen amerikanischen Gesteinsbrocken durchsetzt ist, in Cannstatt beim *Beckametzger* seine heimatlichen Viertele genießt, dann umgibt er sich gern mit Landsleuten, die noch der schwäbischen Sprache kundig sind. Denn der Schwabe mag leben wo er will: im Hochhaus in Manhattan, im Beduinenzelt, in der Botschaft in Paris, im Bauernhaus im Banat, in einer Villa in Hongkong, auf einer Orangenplantage in Palästina, in einem Predigerhaus in Pennsylvanien, im Kanzlerbungalow in Bonn, auf einer Farm in Chile oder gar auf einem Gut in Oberbayern: Seine Sprache, seine Eßgewohnheiten und sein Gläuble verleugnen selten das *Made in Swabia*.

Kein Verständnis für Heimat-Tradition!

20. Kapitel | Auf Umwegen

»Gutmütig und tückisch« – ein solches Nebeneinander, widersinnig in bezug auf jedes andere Volk, rechtfertigt sich leider zu oft in Deutschland: man lebe nur eine Zeitlang unter Schwaben.

FRIEDRICH NIETZSCHE IN »JENSEITS VON GUT UND BÖSE«

Mit einem Dialekt behaftet, der ihm zwar eine Fülle von Ausdrucks- und Nuancierungsmöglichkeiten bietet, ihn aber in den Ohren der anderen zum Hanswurst macht –
mit despotischen Fürsten bestraft, die ihn ausgesogen und verkauft haben –
in eine wenn auch malerische Sackgasse des Völkerverkehrs verbannt, die den westlichen Nachbarn zu vielen Überfällen provoziert hat –
auf engstem Raum zur Koexistenz mit fremden Glaubensbekenntnissen und Weltanschauungen gezwungen –
mit der Unfähigkeit geschlagen, einen Standpunkt zu beziehen, der ihm ein rasches und pauschales Urteil erlaubt –
von seinem logischen Gewissen immerzu genötigt, alle Erscheinungen des Lebens zu umkreisen, sie von allen Seiten zu betrachten und ihren Dualismus zu erkennen –

oft an der Unvereinbarkeit der Widersprüche scheiternd –
und so ständig umlauert von Gefahren, die ihm von außen, aber auch aus sich selbst drohen: Das war und ist der Schwabe. Fortwährend Aggressionen ausgesetzt, dauernd die eigene Polarität in dialektischer Selbstprüfung zu überwinden gezwungen, benötigt er einen starken Willen zur Selbstbehauptung neben der Fähigkeit, aus dem Widerspruch von These und Antithese eine Synthese, eine harmonische Vereinigung in einer starken Persönlichkeit mit breitem Spektrum zu finden.

Das gelingt freilich nicht jedem. Viele ertragen die gegensätzlichen Spannungen nicht, verstricken sich im Irrgarten der Widersprüche, finden nicht mehr heraus, sinken in Umnachtung oder zerbrechen. Theodor Haering berichtet von einem norddeutschen Psychiater, den es oft nach Tübingen zog, damit er in der Universitäts-Nervenklinik »wieder einmal die herrlichen schwäbischen Schizophrenien sehen könne«.

Andere vermischen die Gegensätze zu einem farblosen Grau, verlieren ihren Standpunkt, werden unbestimmt und allzu konziliant.

Ein nicht geringer Teil aber fällt in Einseitigkeit, Fanatismus oder Pedanterie und lebt mit einem fatalen Selbstgenügen innerhalb seines beschränkten Horizonts.

So ist der Schwabenstamm »ein komisches Gemisch«, wie der selbstkritische Eduard Paulus aus seinem Leben plaudert:

Allda wurde ich geboren, –
»Ungern«, wie ich oft geklagt,
Als ein Weißer unter Mohren,
Trüb in Träumerei verloren,
Seit die Sonne mir getagt.

Allda, in dem Schwabenstamme,
Der ein komisches Gemisch
Aus erweichtem Urweltschlamme

Und des Tiefsinns heiliger Flamme,
Herb und derb und grüblerisch.

Darum war das Volk der Schwaben
Stets von Poesie durchquickt,
Männer sind's von großen Gaben,
Die den Friedrich Schiller haben
Außer Landes fortgeschickt ...

Es gibt keine schwäbischen Helden. Der Schwabe bringt das Maß an Phantasielosigkeit, das zum Heldentum gehört, selten auf. Das Wort *tapfer* bedeutet im Schwäbischen nicht nur dasselbe wie *rasch*, es muß sich auch noch seine Entheroisierung durch die Nachsilbe *le* gefallen lassen, »Dapferle komm!« sagt die Mutter zu ihrem Büble. Man kann bei uns sogar tapfer davonlaufen. Der Schwabe ersetzt Heldentum durch Zivilcourage. Aber die schlechten Erfahrungen in seiner Geschichte haben ihn auch zur Vorsicht erzogen, die ihn zuweilen in den Ruf der Verschlagenheit bringt. In der *Perfidia Alemannorum*, in der schwäbischen Hinterhältigkeit, hat die Geschichte ein zu hartes Schlagwort für diese Kunst geprägt, den Kopf aus der Schlinge zu ziehen. Der Schwabe hat allen Grund, dem Frieden nicht zu trauen. Skepsis gehört zu den Eigenschaften, die bei ihm besonders stark ausgeprägt sind. Hegels Behauptung »Alles Seiende ist vernünftig« stellt er durch die hintersinnige Weisheit in Frage: »'s wird scho so sei, sonscht wär's net so.«
Seine Skepsis wirkt sich in seinem Dialekt aus. Das Wort *Bschiß*, das ihm sein Mißtrauen oft in den Mund legt, ist im Schwäbischen absolut salonfähig. Die Feststellung, das Leben sei beschissen, würde ein Pfarrfrauenkränzchen arg schockieren, wogegen eine Äußerung des Argwohns, man sei beim Metzger um zwei Pfennig beschissen worden, im gleichen Kreis durchaus nichts Anrüchiges hätte.
Kein Dialekt aber formuliert auch so vorsichtig, bedient sich mit der gleichen Vorliebe und Subtilität des Konjunktivs wie der schwäbische, wobei das

Hilfszeitwort *tun* bemüht wird. »Was hülfe es dem Menschen, so er die ganze Welt gewönne und nähme doch Schaden an seiner Seele«, diese schönste Komposition von Konjunktiven in der deutschen Sprache, klingt, ins Schwäbische übersetzt, trivialer: »Was tät's ama Menscha helfa, wenn er de ganz Welt gschenkt kriaga, drfir aber dr Deifel sei Säl hola tät.«

Der Zweifel an der Umwelt und an ihren Gesetzen, aber auch der Zweifel an sich selbst gehört zu den prägnantesten Eigenschaften des Schwaben. Aber der Zweifel als Attribut des Erkenntnis Suchenden ist auch wieder ein Ärgernis für den Beschränkten. Mit der rhetorischen Frage »Hôsch an Zweifel?« pflegten in meiner Heimatstadt robuste Oberrealschüler, den Ellbogen in die Magengrube sensibler Gymnasiasten setzend, eine Prügelei vom Zaun zu brechen.

Die Skepsis gegenüber der Realität geht so weit, daß es in manchen Gegenden einen regelrechten Bauernkonjunktiv gibt, der eine Schilderung von Tatsachen in die bloße Möglichkeitsform übersetzt. Also nicht: »Wir haben einen Gockel geschlachtet«, sondern: »Mir häbet an Goggl gschlachtet«; nicht: »Wir waren in Stuttgart«, sondern: »Mir seie en Schduegert gwä.« Außer diesem einfachen Konjunktiv gibt es aber noch besonders im Juristenschwäbisch einen *Conjunctivus dubii,* der eine Aussage für unglaubhaft erklärt. Dem Angeklagten, der sagt, er *habe* der Zeugin nicht beigewohnt, wird die Möglichkeit der Wahrheit immer noch eingeräumt. Wenn aber der Generalstaatsanwalt Schabel von einem Mann erzählte, der gesagt habe, er *häbe* der Zeugin nicht beigewohnt, so ist durch den gesteigerten Konjunktiv klar ausgedrückt, daß der Staatsanwalt dieser Aussage keinerlei Wahrheitswert beimaß.

Für Troll vielleicht! Aber nicht für anständige Schwaben! Hano!

Häufig steigert sich die schwäbische Skepsis zum nackten Mißtrauen, denn nur zu oft ist der Schwabe geneigt, dem Fremden allerlei Böses zu unterschieben, schon hinter Hilflosigkeit schlechte Absichten zu vermuten. So bei der Dame, die sich in Tübingen in der unteren Stadt, dem Wohngebiet der Gôgen, verlaufen hat und sich hilfesuchend umsieht. Da öffnet sich ein Fenster, und eine der nicht gerade liebenswürdigen Stimmen, die schwäbische

Ripper zum Zerfen mitbekommen haben, schreit: »He, Sia! Dô wird aber fei nergets nôbronzt.« Das onomatopoetische Wort *brunzen* gehört zu der Fülle von Ausdrücken, die der Schwabe für die Tätigkeit biologischer Entwässerung parat hat. Und das *fei* verhüllt dabei höchst unfein eine Drohung mit körperlichem Ungemach, während die Anrede *He, Sia!* schon recht gesittet ist.

Da müß man sich ja grad genieren! Alles tappt er an!

Obgleich wortkarg, beschränkt sich des Schwaben Rede nicht auf »Ja, ja, nein, nein!«. Sein logisches Gewissen, das ihm zur These sofort die Antithese souffliert, macht ihm Entscheidungen schwer. Oft drückt er sich um eine Stellungnahme: »Ha, was soll mer dô saga? Am beschta secht mer gar nex!« lautet eine typische schwäbische Antwort. Ständig vergewissert er sich in der Rede durch Interjektionen der Zustimmung des Partners; streut ein *oder net?* ein; sucht mit einem *gell* das Einverständnis des anderen, daß etwas gilt; schränkt Behauptungen mit einem *halt* ein, was ein Kürzel für »nach meinem Dafürhalten« ist; baut mit einem *trotz* (dem wie nach *wegen* im Schwäbischen ein Dativ und nicht der logisch falsche Genitiv des Schriftdeutschen folgt) die Gegenargumente ein; stellt mit einem *ja, aber* oder *net grad* den zuvor geäußerten Satz sofort in Frage; räumt dem *eineweg*, das fast dieselbe Bedeutung wie *trotz* hat, auch die Möglichkeiten eines zweiten Wegs ein; anerkennt mit einem *so isch nô au wieder* den entgegengesetzten Standpunkt und würzt die Rede mit dem bedrohlichen *fei.*

Auch »em Jäscht«, in jäher Wut, ist der Schwabe noch vorsichtig und versucht, die Verantwortung für eventuelle Untaten auf seine Umwelt abzuwälzen. »Hebet [haltet] me, i vergeß me!« hörte ich einmal einen cholerischen Landsmann schreien.

Wie man ein Kompliment, das man vor seinem Gewissen nicht verantworten kann, durch eine Anhäufung von Einschränkungen in sein Gegenteil verwandelt, hat mir mein Freund, der Musiker Hermann Reutter, erzählt. Seine Mutter wurde einmal nach einem Abschieds-Liederabend von dem Sänger, dessen Stimme vom Zahn der Zeit schon arg müde genagt war, gefragt, wie ihr das Konzert gefallen habe. Sie antwortete: »Also, Herr Kammersänger, i

Stammt diese Formulierung nicht von Claire Waldoff?

muß Ihne wirklich sage, wie wunderbar schee, Sie trotz allem, mitonter dronternei, immer wieder, au no gsonge hen.«

Seine Vorsicht und seine Skepsis bringen es mit sich, daß der Schwabe bisweilen die Gegenwart über dem Versuch vernachlässigt, die Zukunft zu bewältigen. Subtilere Naturen sind daran schon gescheitert; robustere wissen sich besser zu helfen wie jener Gôg, der besoffen nach Hause kam. Bevor sein Weib den Mund zu einer Strafpredigt auftun konnte, haute er ihr donderschlächtig aufs Maul. Sie kleinlaut: »Aber i han doch gar nex gsagt!« Er: »Aber wella!«

Die Fähigkeit, in allen Erscheinungen auch die Rückseite zu sehen, prädestiniert den intelligenten Schwaben zur Selbstkritik. So rief Ministerpräsident Reinhold Maier seinen Parteifreunden, die sich vor seiner Wahlreise von ihm verabschiedeten, nach: »Ond glaubet au net älles, was ihr saget!«

Die Selbstkritik fördert aber auch den Zweifel an der eigenen Leistung. »Môischter, d' Ärbet wär fertich – soll e se glei flicka?« Diese Erkenntnis des Lehrbuben ist untragisch. Tragischer ist es, daß es unter den Schwaben viele gescheite Köpfe gibt, die auch ihr gelungenes Werk nicht aus der Hand geben, die es nicht veröffentlichen lassen, weil es ihnen stets unfertig vorkommt, weil sie meinen, noch immer daran tüfteln, noch immer daran feilen zu müssen. Hätte der Schwabe Einfluß auf den Zeugungsakt, dann würde er darauf viel Zeit verwenden – nicht weil es ihm Spaß machte, denn dagegen hätte der puritanische Ahn etwas, sondern weil er stets das Bedürfnis hat, seine Produkte auf die penibelste Art zu verbessern.

Uffrichtich ond gradraus,
Guatmiatich bis dort naus,
Wenn's sei muaß, saugrob;
Dees isch dr Schwob!

So leid es mir tut, das logische Gewissen gebietet mir, auch diesen Vierzeiler, den der Schwabe gern zum eigenen Ruhm zitiert, anzuzweifeln. »Wenn's sei

Wie stets damit bei Ihnen Thaddäus Troll?
Böse Unterstellung!

muaß, saugrob« – das stimmt. »Guatmiatich bis dort naus« – der Schwabe kann manchmal tückisch sein. »Uffrichtich ond gradraus« – nur wo er sich's leisten zu können meint. Seine Geschichte, die geographische Lage seines Ländle, Vorsicht und Skepsis haben den Schwaben dazu gebracht, sich lieber zwei als einen Ausweg offen zu lassen, sein Ziel zuweilen auf Umwegen anzusteuern. Deshalb ist er schlau, verschlagen, pfiffig, knitz. Die Umstände zwingen ihn dazu. Aber manchmal macht er seiner Umwelt auch ohne Not etwas vor und verändert sogar die Realität zu seinen Gunsten. Manches muß man halt bei den Schwaben, wie es ja des Landes Brauch ist, *hentarom* machen. Nietzsche sagt im *Antichrist*: »Die Schwaben sind die besten Lügner in Deutschland, sie lügen unschuldig.« Es gibt aber auch Schwaben, die so ehrlich sind, daß sie zugeben, es mit der Wahrheit nicht immer so genau zu nehmen: »Wenn mr's net glauba willsch, i liag de gern ebbes anders a!«

NESTBE-SCHMUTZER!

21. Kapitel | Wenn's sei muaß, saugrob...

Da verirrte sich ein Professor in Tübingen auf das Grundstück eines Gôgen. Der drohte dem Eindringling: »Wenn d' net glei aus meim Giatle nausgôhsch, nô henk i dir 's Kreiz aus, daß dein Arsch en dr Schleng hoimtraga muasch, nô schlag i di ogschpitzt en Boda nei, daß di dr Herrgott mit dr Beißzang rausziaga muaß ...« Der Professor entschuldigte sich, bat aber den Mann, doch nicht so schreckliche Drohungen auszustoßen. Der Gôg: »Drom secht mer's jô en Guatem!«

TÜBINGER GÔGENWITZ

Die Grobheit der Schwaben ist berüchtigt. Sie äußert sich in unflätigem Schimpfen, doch hinter ihr steckt – so paradox das klingen mag – oft dasselbe wie hinter der schwäbischen Lyrik, nämlich die Freude am Wortschöpferischen. Drohungen mit körperlichem Ungemach sind nie ernst gemeint. Denn der Schwabe ist nicht aggressiv, ist nicht gewalttätig. »Ama arma Mô wird doch au a reicha Red vergonnt sei.« Er hat halt eine Freude an drastischen Bildern. Er ist wie ein Hund, der bellt, aber nicht beißt. Raufereien, wie sie bei den bayrischen Nachbarn zum Kirchweihvergnügen gehören, sind hierzulande nicht üblich. Der Schwabe ist zwar ein Klob, zuweilen sogar ein

Sauklob, aber oft dient die Grobheit nur als Maske, um ein weiches Gemüt zu verbergen. Manchmal ist sie ein Experiment, ein Abtasten des Partners, um zu sehen, wie weit man gehen kann. Wird auf den groben Klotz ein grober Keil gesetzt, so imponiert es dem Grobian, und er schlägt meist einen anderen Ton an. In der unteren Beamtenschaft hatte die Grobheit Tradition, diente sie als Waffe. Denn bei dem kleinen Einkommen der Beamten und dem kargen Autoritätsglauben der Schwaben war der Respekt stets gefährdet. Wer hinter einem Schalter saß oder eine Schildmütze trug, versuchte ihn durch einen besonders barschen Ton zu heischen. Als einmal im Stuttgarter Hauptbahnhof der Mann mit der roten Mütze rief: »Aischteiga nôch Esslenga, Plochenga, Nirdenga, Reidlenga, Tibenga« und eine dieser Sprache nicht mächtige Dame den Mann fragte, ob dieser Zug auch nach Tübingen fahre, gab er ihr die Antwort: »Grad dur-e 's Maul zua« und ließ sie ratlos stehen. Straßenbahner standen ihren Kollegen kaum nach. »Send Sia grad eigschtiega?« fragt ein Schaffner einen weiblichen Fahrgast. »Freilich – oder moinet Sia vielleicht, i sei en dem Waga gebora?« – »Noi – so alte Kärra hen mir nemlich gar net!«

Da steigt der Verfasser aber tief in die Vergangenheit! Wo gibt's denn das noch: Ausrufer, Schaffner!!

Das Wort *Arschloch* ist eine freundschaftliche Bezeichnung. Abwertend wird es erst, wenn man von einem *krommbohrten* (krummgebohrten) Arschloch spricht. Auch der gebildete Schwabe ist häufig unfähig, eine Freundlichkeit zu äußern. Höflichkeit gilt unter den Schwaben als kriecherisch und devot. Wer die schwäbische Art unkonzilianter Formulierung nicht gewohnt ist, auf den wirkt sie oft schockierend. Der sensible Friedrich Sieburg kam einmal arg niedergeschlagen zu seinen Freunden an den Stammtisch der Dreizehn. Er hatte einen berühmten Internisten konsultiert, der einige Schäden festgestellt, nach dem Alter gefragt und dann gesagt hatte: »So, über fümfesechzich sind Sie scho. Nô machet mer nemme viel.« Die Schwaben in der Tischrunde mußten Sieburg aufklären, daß diese Bemerkung keinesfalls fatalistisch, sondern eher tröstlich gemeint war.

Gossensprache!

Nichts fällt dem Schwaben schwerer, als sich zu entschuldigen. Ein landesfremder Herr, den der Nachbar in der Straßenbahn gottsallmächtig auf die

Zehen getreten hat, sagte vorwurfsvoll: »Sie könnten sich doch auch wenigstens entschuldigen!« Der Gerügte verständnislos: »Ha, hen Sia denn net gheert, daß i ›hoppla‹ gsagt han?«
Schmeichelei gilt als verabscheuenswert. Wenn verletzende Wahrheiten in eine konziliante Form gebracht werden, dann springt der Schwabe schon über seinen Schatten. Eine häßliche Pfarrersfrau zeigt einer Bäuerin ihr Jüngstes. Diese kleidet ihren Schrecken in den Satz: »Verzeihet Se no, Frau Pfarrer, aber 's sieht Ehne halt so arg gleich!« In dieser Feststellung verbindet sich der Respekt, den eine schwäbische Pfarrfrau genießt, mit der Unfähigkeit der Befragten, heuchlerische Komplimente zu machen.

Das Wort *Sau* wird häufig benützt. Der Schwabe gibt seinen Kindern bisweilen klangvolle Vornamen. Es stört die Mutter aber nicht, einen solchen Vornamen mit einem ihm widersprechenden Tadel zu verbinden: »Aurora, du Drecksau!« Nicht abwertend wird das Wort *Sau* als steigernde Vorsilbe gebraucht: *Sauglatt* hat die Bedeutung von *sehr komisch,* und bei Friedrich Theodor Vischer erscheint »a saumäßig netts Mädle«.

Die Rede ist drastisch: »I schlag dr ois uff d' Gosch nuff, daß dr d' Zäh sektionsweis em Galopp da Hals naklapperet«, oder »I schlag dr d' Läuf ab, daß uff de Schtompa hoimkrattla muasch«, oder »I schlag de an d' nächscht Wand nô, daß de d' Leichafrau mitm Blechleffel abkratza muaß«. Auch solche Drohungen sind harmlos. Der Verkehrston ist rauh. Drei Söhne sitzen mit ihrem Vater beim Essen. Der erste: »Vadder, du hôsch a Hoar am Riassel.« Der zweite: »Secht mer au zom Vadder seira Gosch Riassel?« Der dritte: »Vadder, du bisch 's graischt Rendviech, wenn dr dees gfalla läsch.«

Verbale Gewaltdarstellungen schlimmer als im Krimi. Der feinfühlige Leser möge die nächsten Seiten überschlagen.

Wie im Schwäbischen Gruß spielt die anale Zone in der Umgangssprache eine bedeutende Rolle. Ein Schuß geht nicht nach hinten, sondern *ärschlengs* los. Bei feineren Leuten heißt dieser Körperteil *Fiedle.* »Dô mecht oim 's Fiedle schwätza!« ist eine Redensart, die Verwunderung mit Entrüstung gepaart kundgibt. Nicht unbedingt schmeichelhaft ist diese Feststellung: »Wenn i an Arsch hätt wia du a Gsicht, nô tät i mi sogar beim Scheißa schäma.«

Infolge der Inzucht und des erhöhten Mostkonsums gab es in Württemberg besonders viele Narrete, besonders viele, die *net recht bacha,* nicht recht gebacken sind. Von einem solchen sagt man: »Wo se den gmacht hen, isch dr Hemmedzipfel drzwischakomma«, eine Redensart, die einige Rückschlüsse auf das verschämte schwäbische Liebesleben zuläßt. Für geistig Beschränkte gibt es eine Fülle von Bezeichnungen, die unübersetzbar sind, sich aber durch feine Nuancen voneinander unterscheiden: *Dralle* (vom nordischen Troll), *Drallewatsch, Balla, Hamballe, Sirmel* (von *sirmeln* = taumeln), *Lällabäbbel, Sempel, Huatsempel, Bachel.*

„Der ist im Galopp durch die Kinderstube gefahren."

Das Wort *Dackel* ist als Schimpfwort besonders beliebt und kann durch eine Fülle von Bestimmungswörtern variiert und gesteigert werden: *Schmalzdak-*

kel, Allmachtsdackel, Granatadackel, Saudackel, Halbdackel, wobei zu beachten ist, daß die halbierte Form die beleidigendste ist.

Das Wort *Seckel* mit dem Superlativ *Lompaseckel* darf der Ausländer nur mit äußerster Vorsicht benützen. Während es in der Pforzheimer Gegend gesellschaftsfähig ist, ungefähr soviel wie unnützer Mensch bedeutet und sogar einen Schuß Sympathie mitschwingen läßt, ist es in Stuttgart das unflätigste und unanständigste Schimpfwort.

Weiter in unserem Auszug aus dem schwäbischen Schimpfwörterbuch.

Durchtriebene Menschen nennt man *Tropf, Lomp, Siach* (Steigerung: *Hurasiach*) oder *Fetz* (Superlativ: *Erdafetz*); diese Ausdrücke können mit den Adjektiven *faul, lahm* oder *kromm* beliebig gesteigert werden. Ein *Lôle* ist ein langsamer Mensch, ein *Trialer* (von *trielen* = sabbern) ein Langweiler. *Scheuraburzler* hieß man früher Angehörige von Schauspieltruppen, die in Scheunen spielten; heute ist es eine sympathisierende Bezeichnung für einen unterhaltsamen Nichtsnutz. Ein *Gscheidle* (Superlativ: *Obergscheidle*) ist ein Besserwisser, eine *Bähmulla* ein furchtsamer Mensch.

Das Wort *Hurgler* zeichnet sich durch seine besondere Bildhaftigkeit aus. Denn das Wort *rollen* kennt der Schwabe nur in der Bedeutung des Wasserlassens kleiner Kinder, schwäbisch *Pfetschakendla* = Babies. Eine Kugel rollt nicht, sie *rugelt.* Wenn sie angestoßen ist, Macken hat und die Richtung verliert, *hurgelt* sie. Ein Hurgler ist ein unzuverlässiger, unbedeutender, unberechenbarer, richtungsloser Mensch. Eine *Bolla* (Superlativ: *Dreck-* oder *Saubolla*) sagt man zu einem schmutzigen Kind. Wenn der Mensch versächlicht wird, bezeichnet man damit moralisch wenig standfeste Wesen: *das Mensch, Lompamensch* oder *Saumensch*; mit der Nachsilbe *le* wird aus der Ablehnung eine zärtliche Verachtung. Die *Schnall* (Schnalle, jägersprachlicher Name für das Geschlechtsorgan des Rehs) ist ein besonders ordinärer Ausdruck für Dirne.

Dies alles ist nur ein kleiner Auszug aus dem schwäbischen Schimpfwörterbuch. Für einen Ausländer genügt dieser Wortschatz im Verkehr mit Schwaben oder Schwäbinnen. Es sei ihm jedoch angeraten, sie nur passiv hinzuneh-

Pfetschakendle: vom lat. FASCES = Binden, mit denen die Babies umwickelt wurden.
Gleicher Wortursprung: FASCHIST (umwickelte Rutenbündel)

men und keinesfalls aktiv zu gebrauchen. Schwäbisch ausgesprochen, können nämlich auch derbe Schimpfwörter einen zärtlichen Beiklang haben. »Du Lombadierle« klingt aus schwäbischem Mund wie eine Liebkosung, während die hochdeutsche Feststellung »Sie Lumpentier!«, auch wenn sie berechtigt wäre, zum mindesten eine Flut verbalen Unrats von seiten der also Angeredeten auslösen würde.

Lombadier bitte nicht französisch aussprechen „Lõbadijeh“.

Die schwäbische Anatomie zeichnet sich, was männliche Gliedmaßen anbelangt, durch besonders drastische und für weibliche Gliedmaßen durch besonders verniedlichende Bezeichnungen aus. Sie anschaulich zu schildern, sei Aufgabe des Zeichners Schöllkopf. Es ist keine Schande für die Schwaben, daß die gotteslästerlichen Flüche, die man früher so oft hörte, selten geworden sind. Dafür wird wie in alten Zeiten *gebruttelt,* wie das gewohnheitsmäßige Vor-sich-hin-Schimpfen heißt. Schimpfen ist nicht nur eine Äußerung des Protests, es ist ein schwäbisches Grundrecht, eine genußreiche, sprachschöpferische Betätigung. Kennzeichnend dafür ist die Anekdote von dem Bauern, der in einer Wirtschaft sich unflätig über die Steuern ereiferte. Als das einem Fremden zuviel wurde, fragte er den Mann, wieviel Steuern er denn jährlich zahlen müsse. »Zwanzich Mark«, war die Antwort. Wortlos legte der Fremde dem Bauern einen Schein hin. Der wies es entrüstet zurück: »Moint der, i laß mr mei Recht uffs Schempfa nehma – om ganze zwanzich Märker!«

300 % mehr als in der ersten Auflage! Höchste Zeit für Steuerreform!

Wie oft genug in diesem Buch nachzuweisen versucht wurde, naht der schwäbische Witz oft hehlinge, auf leisen Sohlen, kommt nicht gerade, sondern von hinten her, entlädt sich aber dann ärschlings in besonderer Drastik, besonderer Derbheit. Hinter dem beißenden Witz schwäbischer Anekdoten versteckt sich zuweilen um die Ecke herum gedachter Tiefsinn, wie in der Redensart: »O wenn no älle Leit so wäret, wia i sei sott!« Selten ist schwäbischer Witz improvisiert, häufiger überlegt. Oft steht eine komplizierte Art, zu denken und langsam zu formulieren, der Schlagfertigkeit im Weg. Leichter Wortwitz ist im Schwäbischen nicht häufig. Eine Ausnahme:

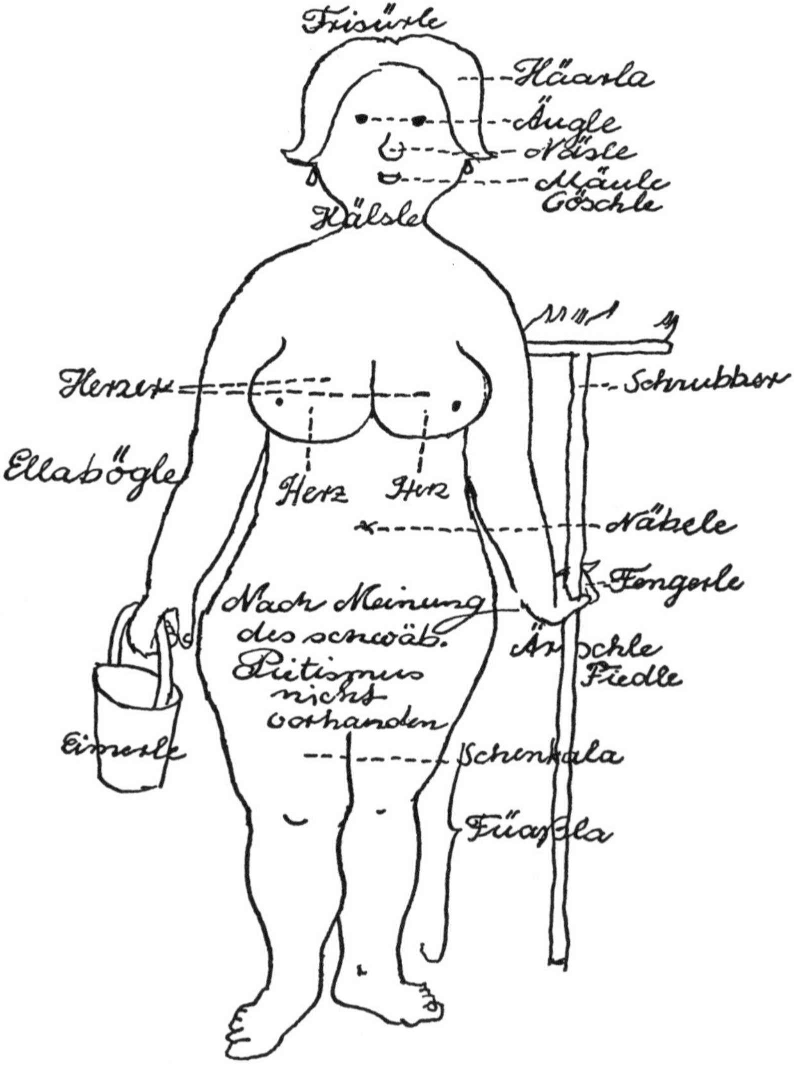
Frisürle
Häarla
Äugle
Näsle
Mäule
Göschle
Hälsle
Herzer
Schrubber
Ellabögle
Herz
Herz
Näbele
Fengerle
Nach Meinung
des schwäb.
Pietismus
nicht
vorhanden
Ärschle
Fiedle
Eimerle
Schenkala
Füaßla

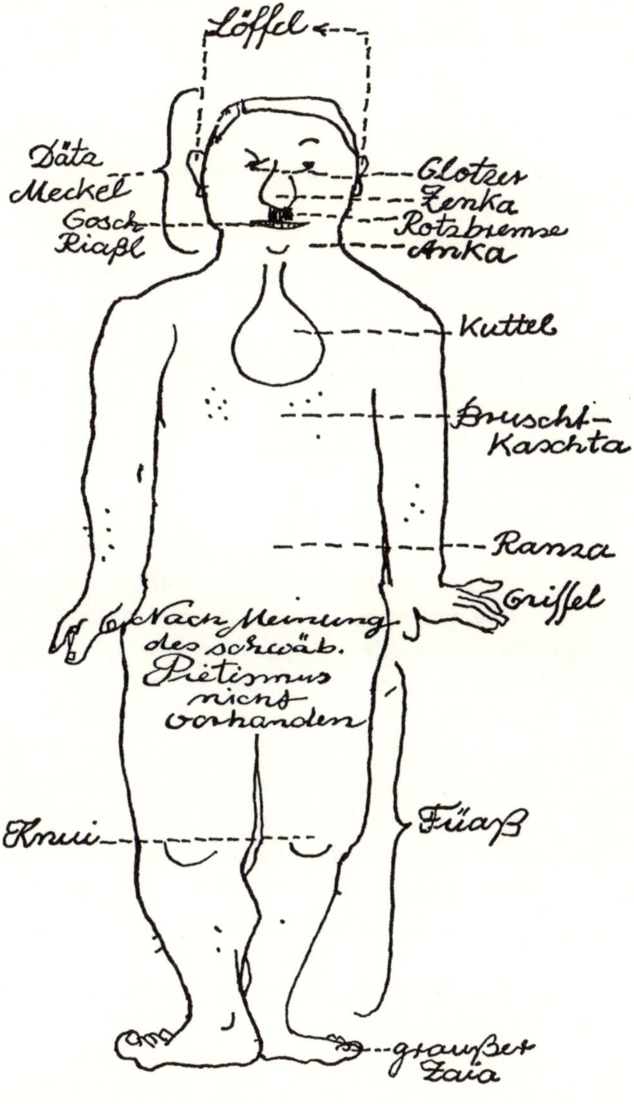
Löffel
Däta
Meckel
Gosch
Riaßl
Glotzer
Zenka
Rotzbremse
Anka
Kuttel
Bruscht-
Kaschta
Ranza
Griffel
Nach Meinung
des schwäb.
Pietismus
nicht
vorhanden
Knui
Füaß
graußer
Zaia

Der katholische Theologe und spätere Bischof Hefele war ein Streiter gegen das Dogma von der Unfehlbarkeit, der Infallibilität des Papstes. Als er einmal zusammen mit seinem evangelischen Kollegen Weizsäcker aus der Universität in Tübingen kam und auf dem Glatteis auszugleiten drohte, faßte ihn Weizsäcker am Arm, entschuldigte sich aber sofort: »'s isch bloß wega dr Hinfallibilität.»

Unfreiwillig komisch ist die Frage einer Frau, die von auswärts zu einer *Leich* gekommen ist, nach den ortsüblichen Sitten: »Heult mer bei eich scho em Trauerhaus oder erscht uffm Friedhof?«

Der Schwabe hat die Fähigkeit, mit wenigen Worten viel zu sagen, was Theodor Haering den *schwäbischen Lakonismus* nennt. Ein Gôg steigt mit seinem Sohn den steilen Weinberg hinauf. Der Sohn macht ihn darauf aufmerksam, daß der Nachbar ein Häule, eine Hacke, die man selbst gut brauchen könne, hat stehenlassen. Der Vater: »Em ra!« (Übersetzung für Ausländer: »Die nehmen wir erst beim Heruntergehen mit.«) Ein alter Krauter wird von einem argen Husten geplagt und geht mit seinem Freund entlang der Friedhofsmauer spazieren. Der Freund schüttelt ob dieser Husterei bedenklich den Kopf und verweist auf den makabren Ort. Der Huster, mit einer Kopfbewegung gegen die Gräber: »Dia, wenn se no kenntet!« Das ist schwäbischer Humor, bedächtig die eigene Gebrechlichkeit im Vergleich mit denen genießend, die nicht einmal mehr husten können. Friedrich E. Vogt und Eberhard Frey beweisen, wie man im Schwäbischen ganze Sätze auf nur dem Einheimischen verständliche Kürzel reduzieren kann. Aus den acht Silben von »Da habe ich es ihm gesagt« wird das viersilbige »Dô haonems gsagt«; aus den sechs Silben von »Das ist mir das Liebste« wird das dreisilbige »Desch mr 's Liabscht«; die sieben Silben von »Hast du es ihm gegeben?« schrumpfen zu ganzen zwei zusammen: »Hôschmsgä?«

Eine Geschichte aus der Albgemeinde Hülben möge den schwäbischen Lakonismus illustrieren. Dort sollte vor Jahren ein neuer Gemeindebackofen erstellt werden, und die Frage, ob er altmodisch mit Holz oder modern mit Elektrizität beheizt werden sollte, erregte die Gemüter. Nach manchen

Besichtigungsfahrten und Kostproben sollte endlich der Gemeinderat die Streitfrage entscheiden. Unter Anteilnahme der Gemeinde als *Schrannenfurzer* (wie man die Zuhörer nennt) dauerte die Debatte bis in den späten Abend. Plötzlich kam ein Gewitter, der Blitz schlug in die Lichtleitung, und der Sitzungssaal war dunkel. Da rief eine alte Bäuerin aus dem Publikum: »Etz bachet!«

22. Kapitel und Nachwort | Licht unterm Scheffel

»Wem man dieses Buch schenkt, bei dem braucht man sich nicht mehr zu entschuldigen, daß man ein Schwabe ist.«

URTEIL DES LESERS DR. E. B. ÜBER DIE ERSTE AUFLAGE DIESES BUCHES

Geibel und Mörike fuhren im Wagen von Stuttgart nach Cannstatt. Der Himmel war mit Wolkenflocken gemustert, die von der untergehenden Sonne bemalt wurden. Geibel ergriff Mörikes Arm und rief enthusiastisch: »Welch ein Schauspiel, lieber Mörike! Ist es nicht, als nähmen alle guten Geister wehmütigen Abschied?« Mörike, über diesen Gefühlsausbruch fast erschrokken, erwiderte verlegen: »Des heißt mer bei uns Schäfle!« und zog seinen Arm zurück.

?: Gegenbeweis: T.T.s Urteil über Rommel!

Das Gegenbeispiel Schiller schließt nicht aus, daß der Schwabe unpathetisch ist. Er gerät nicht ins Schwärmen, zeigt keine Begeisterung, lobt ungern und nimmt fremdes Lob mit der bescheidenen Abschwächung entgegen: »Mer tuat halt, was mer kô.« Die Nachsilbe *le,* die das Erhabene wenn nicht ins Lächerliche, so doch ins Menschliche zieht, ist ein gutes Medikament gegen

Überheblichkeit und Übertreibung. Zwar findet man auch unter den Schwaben einen kräftigen Stammesstolz, aber meist sind nur die davon befallen, die nicht als Individualitäten bestehen können und deshalb die Zugehörigkeit zu einem Kollektiv als Auszeichnung empfinden. Sie verbuchen jede Leistung eines Landsmanns, ob Benzinmotor, Lied von der Glocke oder Zeppelin-Luftschiff, auf ihrem eigenen Konto. »Ihr arme Deifel, wo wäret ihr bloß, wenn's koine Schwôba geba hätt? Ihr tätet jô heit no em Bärafell onter sellera Autobahbrick hocka, wo ibers Neandertal gôht, ond tätet ons zuagucka, wia mir Audo fahret.« Der intelligente Schwabe jedoch traut dem guten Wetter und dem Landsmann nicht. Seine Skepsis bricht den Stammesstolz und durchsetzt ihn mit Kritik, mit Ironie.

Der Schwabe entbehrt auch nicht der Selbstkritik. Wenn er morgens beim Rasieren in den Spiegel schaut, bemerkt er kaum den himmlischen Funken, den Gott, wenn man der russischen Literatur glauben darf, in jede Kreatur gelegt hat. Er bemerkt eher seine Falten und seine Warzen, versäumt auch nicht, einen zweiten Spiegel zu Hilfe zu nehmen, um hinter die Dinge zu kommen, zu denen er auch sich selbst rechnet. Dabei bemerkt er, daß der Hinterkopf arg schütter ist und daß der Hals jene Wülste zu bilden beginnt, wie sie der arrivierte Mercedesfahrer trägt, besonders wenn sein Wagen über einen Bolzen für den Anhänger zum Viehtransport verfügt. »'s isch nemme dees«, seufzt er dann, meditiert während des Schabens über die Vergänglichkeit des Irdischen und denkt an Ottilie Wildermuths Erzählung von der Bäuerin, der eine Pfarrersfrau ihr Jugendbild zeigte, wobei die Beschauerin bestürzt und unfähig, ein Kompliment zu machen, ausrief: »Om Hemmels willa, Frau Pfarrer – was doch dr Mensch vrwest!«

Gestatten Sie, der oder die Sie dieses Buch lesen, mir zum Abschied noch eine Confessio. Ich gehöre auch zu den Schwaben, die eher bereit sind, den Splitter im eigenen als den Balken im Auge des Nächsten zu erkennen. So bin ich an diesen Versuch über den Schwaben mit Skepsis gegangen, habe aber nicht vermeiden können, daß daraus eine verschämte Liebeserklärung geworden ist, auch wenn sie, echt schwäbisch mit unverschämten Selbsterkenntnissen

Das ist schwäbischer Chauvinismus schlimmster Art!

durchsetzt, einem Schwartenmagen oder einem durchwachsenen Rauchfleisch gleicht. Aber je mehr ich mich mit den historischen und geistesgeschichtlichen Emanationen des Schwabentums befaßt habe, wozu immerhin die benediktinischen Bodenseeklöster, die staufischen Herrschaftspläne, die habsburgische Reichsidee, die Ritterepen, die Figur des Magiers Faust aus Knittlingen, die schwäbische Lyrik, die Philosophie Schellings und Hegels, die schwäbischen Forscher und Erfinder gehören, um so mehr wurde ich beeindruckt von der Fülle an Kraft und an Anregungen, die von diesem kleinen Ländle in die ganze Welt ausgestrahlt haben.

Ungern spreche ich das aus. Denn Schwaben sind alles andere als großspurig – was in unserer Sprache *großkotzich* heißt. Wir mißtrauen der großen Schuhnummer derer, die auf großem Fuß leben. »Mer hält manchen fir fett, ond er isch bloß gschwolla.« Als geschwollen zu gelten, davor hat der Schwabe Angst. Schillers *Kriegslied*:

»Ihr – ihr dort außen in der Welt,
Die Nasen eingespannt!
Auch manchen Mann, auch manchen Held,
Im Frieden gut und stark im Feld,
Gebar das Schwabenland.«

löst bei manchem Schwaben weniger Stolz als Mißbehagen aus. »Die Nasen eingespannt!« – das klingt ja fast so arrogant wie »Ich bin ein Preuße, kennt ihr meine Farben?« Nein, denkt der selbstkritische Schwabe, »'s isch au net älles guat, was der Kerle zammadichtet hot!«. Ich las einmal in einer norddeutschen Zeitung, Bundespräsident Heuss habe sich als »Gottesgiebel der Demokratie« bezeichnet. Eine solche großkotzige und sprachlich schiefe Metapher traute ich dem Landsmann gar nicht zu. Ich war sehr erleichtert, als ich später aufgeklärt wurde, ein norddeutscher Journalist habe den schwäbischen Dialektbeiklang mißverstanden. Heuss habe sich nämlich als »Kotzkübel der Demokratie« apostrophiert. Das klingt sympathischer und schwäbischer.

War Heuss so vulgär?

Die meisten Schwaben, die etwas leisten, sind bescheiden und leiden nicht unter Eitelkeit. Hinter schwäbischer Selbstüberschätzung und Selbstgefälligkeit verbirgt sich allzuoft innere Unsicherheit.

Wenn ich ein paar Schwaben herausgreife, die etwas geleistet haben, die etwas bedeuten, so sind das Persönlichkeiten, bei denen ein berechtigtes Selbstbewußtsein unter dem Schonbezug der Bescheidenheit verborgen ist: der Theaterkritiker Siegfried Melchinger, der sich so sympathisch über sich selbst lustig machen kann und der als Feuilletonchef der *Stuttgarter Zeitung* mit seinem reigschmeckten Kollegen Richard Biedrzynski zusammen eine Garde hochtalentierter Kritiker, die heute in führenden Stellen in der deutschen Presse sitzen, ausgebildet hat; der Architekt Fritz Leonhardt, dem ich in der ersten Auflage dieses Buches das Verdienst um den Fernsehturm weghalbierte, worauf er mir als Rektor der Stuttgarter Universität einen schwäbisch-räsen Brief schrieb, den ich mit der Anrede beantwortete: »Jetzt leck me doch glei am Arsch, Eier Magnifizenz«, worauf er mir antwortete: »Du hättsch mr net so viel Rotz om d' Backa schmiera miassa – Gedanka hôsch gnuag, aber d' schwäbisch Grendlichkeit hôt gfehlt«; der hintersinnige und schalkhafte Maler Reinhold Nägele, der seine Sensibilität hinter Bruttelei versteckte; Hermann Lenz, ein literarischer Genius, den zunächst nur ein kleiner Kreis von Kennern, zu denen immerhin Thomas Mann und Peter Handke gehören, geschätzt hat; der Komponist Hermann Reutter, der gleichzeitig ein bedeutender Komponist, ein begehrter Liedbegleiter und ein erfolgreicher Pädagoge ist; der Schriftsteller Otto Rombach, dem sein Erfolg nichts von seiner Schlichtheit genommen hat; der Intendant Walter Erich Schäfer, der Thalien, Melpomenen und Terpsichoren in einem unwirtlichen Gelände angesiedelt hat; der bescheidene Präsident a. D. des Bundesverfassungsgerichts, Gebhard Müller; der frühere Leiter des Studios Tübingen des Südwestfunks, Artur Georg Richter, einer der Pioniere des Rundfunks, zudem ein bemerkenswerter Maler, der auch noch gute schwäbische Gedichte schreibt; der Schriftsteller Martin Walser, der wohl die beste Feder im Ländle führt und trotz seiner literarischen Autorität ebenso bescheiden wie streitbar

Kein Wunder, daß bei solchen Sätzen das Buch in der DDR verboten ist. Das richtet sich doch gegen den Staat!

geblieben ist. In einem Vortrag wurde ihm vom Südwestfunk unter anderem dieser Passus herausgeschnitten: »Ich frage mich, ob ich je etwas Obszöneres erlebt habe als das: den Betrug eines Volkes in der Maske des Volkstümlichen. Und dieser schamlose Betrug wurde verübt vor unser aller Augen mit der Formel *Freiheit* ODER *Sozialismus*. Betrug, weil die Filbinger-Leute genau wissen, daß der sozialdemokratische Sozialismus genau die Gefahr nicht enthält, mit der hier gewirtschaftet wird. Schamlos: weil von den Herren, die das wagen, einige einmal Handlanger der Unfreiheit waren, während Sozialdemokraten im KZ saßen.« Wohlgemerkt hat Walser das ein Jahr vor Hochhuths Erkenntnissen geschrieben. Diese Schwaben sind grundverschieden, sie haben gar nichts miteinander gemeinsam, außer dem Mangel an jenem penetranten Sendungsbewußtsein, das Persönlichkeiten wie zum Beispiel Richard Wagner, Rudolf Steiner oder Stefan George für uns Schwaben so unbehaglich macht. Sie sind liebenswürdig auch in ihren Schwächen, sind hehlinge bedeutend, heimlich in des Wortes ursprünglichem Sinn von *Heim* und *Heimat*, zwei Begriffe, die für den Schwaben wesentlich sind. Sie verstehen es meisterlich, ihr Licht unter den Scheffel zu stellen, was man wieder als besonderes Geschick auslegen könnte, denn das Licht ist so groß, daß der Scheffel Feuer fängt, wodurch es viel eher bemerkt wird, als wenn es so still und ohne Scheffel vor sich hin leuchtete. Der Stuttgarter Oberbürgermeister Manfred Rommel ist ein wahrhaft leuchtendes Beispiel dafür. Hinter dieser Bescheidenheit verbirgt sich – so isch's nô au wieder! – Selbstsicherheit, wenn nicht gar ein Überlegenheitsgefühl, das bis zum Hochmut der Feststellung reicht: »'s isch net drwert!« Mit dieser Redensart lehnt der überlegene Schwabe nur scheinbar bescheiden ab, sich über Dinge zu ärgern, die anderswo Ärger hervorrufen. Diese Redensart stößt Tatsachen vom Podest ihrer Bedeutung auf schwäbischen Boden, wo man sie mit einem geringschätzigen Hochmut im Kostüm der Bescheidenheit unbeachtet liegenläßt.

Dieses Kapitel sollte eigentlich die Überschrift bekommen: *Schwäbische Prominenz*. Aber wo anfangen und wo aufhören? »Dr Schiller ond dr Hegel...« Verzichten wir also auf eine lange Aufzählung, nennen wir auch die nicht, die sich als Reigschmeckte im Ländle angesiedelt haben und sich wohl fühlen oder wohl fühlten wie der Philosoph Ernst Bloch und der Theologe Ernst Käsemann, der schwäbische Begabungen bewundert und das kirchliche Leben hier höher als anderswo eingeschätzt hat, wenn er auch einschränkend bemerkt: »Um so schmerzlicher empfinde ich es, daß die Mittelmäßigkeit einer Schicht von Verteidigern jedweden Besitzes sich die eigene Nestwärme zu erhalten sucht und alles ihr Ungewohnte dafür den Preis zahlen läßt.« Nur einer soll hier noch einmal angeführt werden, weil er so typisch schwäbisch war, so hochtalentiert und kleinkariert, so erfolgreich und sparsam: der Gaswerksangestellte Karl Erb aus Ravensburg. In seiner Jugend sang er in der Chorvereinigung seiner Heimatstadt, bald verstärkte er mit seinem knabenhaften, engelsgleichen Tenor den Chor der Landesoper, nicht lange darauf sang er den Tannhäuser, wobei er sich im Venusberg sicher nicht allzu heimisch fühlte. Mit eisernem Fleiß arbeitete er in Lübeck an seiner Stimme, heiratete die nicht weniger berühmte Maria Ivogün, sang in München und Berlin, fuhr mit seiner Frau auf einem Tandem ins Theater, um ein zweites Fahrrad und die Straßenbahn zu sparen, und nachts dritter Klasse ohne Schlafwagen von einer Stadt in die andere. Im Krieg feierte seine Mutter den 80. Geburtstag, und er spornte die Freunde zu tätiger Gratulation durch eine Anzeige an: »Meine über alles geliebte Mutter feiert heute ihren 80. Geburtstag. Nicht durch bloße Glückwünsche und Briefe wird Liebe und Treue bewiesen, sondern einzig durch die Tat.« Und bei ihrem Tod gab er kund: »Abgesehen von Fehlern, für deren Vergebung ich um Verzeihung bitte, habe ich meine Pflicht als Sohn erfüllt. Ich werde weiterhin dem Herrn lobsingen, durch den ich wurde, was ich bin.«

So erscheinen die Schwaben in der ganzen Fülle ihrer Widersprüche, die Gott in sie hineingepackt hat, und in ihrem Bestreben, nicht nur einen Standpunkt zu beziehen und von diesem aus Pauschalurteile zu fällen. Sie gehen um die Dinge herum und betrachten sie von allen Seiten. Und so erscheint mir, je öfter ich die in eine Unzahl von Individualitäten aufgesplitterten Schwaben umkreise, dieser Versuch über meine Landsleute als unvollständig, als skizzenhaft, weil sich mir jeden Tag neue Quellen erschließen, mir neues Material zufällt, welche das Porträt um eine Nuance verändern. Deshalb gab ich das Manuskript dieses Buches nur ungern unter dem Drängen des Verlages heraus und tüftle bei jeder Neuauflage daran herum. Und dieses Mal wurde nicht nur getüftelt, sondern um- und neu geschrieben. Womit zum hoffentlich guten Ende noch ein Scheffel über das bescheidene Licht gestellt sei.

Aber Freunde, nicht diese Töne! Beschließen wir dieses Buch noch mit einer postumen Anekdote, die mir für das schwäbische Wesen charakteristisch zu sein scheint:

Der Großvater ist gestorben. Er war kein Schwabe, denn sein Lebtag hat er den Herrgott einen guten Mann sein lassen und ihm die Zeit gestohlen. Er wird verbrannt. Seine schwäbischen Nachkommen besinnen sich, wie man wenigstens die Asche nutzbringend verwenden könne. Da kein winterliches Glatteis – Pietät hin, Pietät her, streu den Großvater! – sich als Zweck anbietet, schlägt die Schwiegertochter vor: »Sei Lebdag hôt er nix to. Deant mer sei Äscha en d' Oieruhr, nô muaß er jetzt wenigschtens no ebbes schaffa!«

Hier fehlt das befriedigte SODELE des Verfassers. Warum?

Sodele!
Hans Bayer

Das neue Anzügle wurde von März bis Juli 1978 in Stuttgart und Hinterrohrbach angemessen, zugeschnitten, zur Probe genäht, anprobiert, gefüttert, genäht, gebügelt und gedämpft. Kraftstoffverbrauch des Schneiders: pro Meter 37 Flaschen folgender Provenienzen: 1977er Allmersbacher Schiller, Altenberg, Weinbau Herbert Schwarz; 1969er Château Pontet-Canet, Appellation Pauillac contrôlée; 1976er Horrheimer Stromberg, Trollinger mit Lemberger (WZG); Rosé de Loire, Chatelain-Desjacques, Appellation contrôlée.

Quellen

Als Quellen wurden Bücher, Aufsätze und Hinweise von folgenden Autoren benutzt:

Hans Friedrich Autenrieth
Max Baecher
Otto Borst
Sebastian Blau
Hansmartin Decker-Hauff
Albrecht Goes
Theodor Haering
Otto Heuschele
Theodor Heuss
Wilhelm Kutter
August Lämmle
Peter Lahnstein
Hubert Locher
Otto Lohr
Hermann Missenharter
Ernst Müller
Fritz Rahn
Otto Rombach
Erika Scheerer
Rudolf Schlauch
Heinz-Eugen Schramm
Anneliese Schuhholz
Hermann Seyboth
Otto Uhlig
Friedrich E. Vogt
Heinz Weil
Alfred Weitnauer
Karl Weller
Werner Wien
Richard Zanker

(Die Liste ist unvollständig)

Für die 19. Auflage kamen mir von folgenden Persönlichkeiten Bücher, Aufsätze, Hinweise und Ratschläge zugute:

Willy Bohn
Erhard Eppler
Eberhard Frey
Walter Hähnle
Willy Hellpach
Kurt Hertfelder
Goda Höffner
Georg Holzwarth
Erich Hungerbühler
Wolfgang Ignée
Walter Jens
Martin Kazmaier
Hanns-Hermann Kersten
Eberhard Kolb
Horst-Dieter Kreidler
Eleonore Lindenberg
Juan G. Loewenstein
Lisa Lukas
Hermann Mahle
Rudolf Meier
Alfred Munz
Günter Ogger
Günter Randecker
Kurt Roschmann
Klaus Schönhoven
Hans Schumann
Werner Skrentny
P. Basil Steidle
Susanne Ulrici
Martin Walser
Friedrich Weigend
Gero v. Wilpert
Friedrich Wilser

Da mancher Schwabe beim Entdecken von fremden Fehlern jene gewisse Wollust empfindet, die er in gemäßeren Situationen dank seiner pietistischen Erbmasse verdrängt, hat der Verfasser auf Anraten eines archäologischen Freundes und zur Befriedigung schulmeisterlicher Bedürfnisse absichtlich ein paar Fehler in seinem Werk versteckt. Wer den Autor jedoch auf unbeabsichtigte Fehler aufmerksam macht, der sei herzlich bedankt.

Der Rede wert waren in diesem Buch:

Abraham a Sancta Clara 139
Adamov, Artur 146
Adorno, Theodor W. 49
Albertus Magnus (Albert der Große) 124
Albrecht, Herzog von Württemberg 57
Albrecht, Friedrich 147
Alice s. Bauer-Sieburg, Alice
Amend, Heinrich Jacob 39
Andersch, Alfred 149
Andreae, Johann Valentin 84, 87
Anna, Königin von Großbritannien und Irland 215
Aristoteles 124
Auerbach, Berthold 147, 212

Baecher, Max 187, 194, 207
Baldung Grien, Hans 152
Bamm, Peter 136
Bassermann, Albert 142
Bäuerle, Theodor 72
Bauer-Sieburg, Alice 190
Baumeister, Willi 152, 190
Bausch, Johann Jakob 215
Bebel, August 91
Bebel, Heinrich 124
Beckett, Samuel 146
Beilharz, Manfred 133
Belzner, Emil 136
Bengel, Johann Albrecht 86, 87, 160
Berblinger, Ludwig 118
Berlichingen, Götz von 50
Bidermann, P. Jacob 124, 139
Biedrzynski, Richard 237
Bischof, Friedrich 149
Bjørnson, Bjørnstjerne 145
Blau, Sebastian (Josef Eberle) 88 f., 125, 136, 150, 157, 204
Bloch, Ernst 49, 134, 138, 239
Blumhardt, Christoph 91
Bofinger, Albert 175
Bofinger, Alfred 14
Böll, Heinrich 49
Bolz, Eugen 72
Bonatz, Paul 63, 153
Borst, Otto 16
Bosch, Manfred 151
Bosch, Robert 72, 115, 116
Böse, Georg 194
Braem, Helmut M. 194
Brandenburg, Friedrich 145
Brandt, Willy 49
Brecht, Bertolt 64, 125, 129 f., 135, 142
Brecht, Ulrich 146
Bremer, Claus 146
Brender, Irmela 136
Buck, Michael 150
Burte, Hermann 133

Calvin, Johannes 80
Carl, Herzog von Württemberg 57
Chaplin, Charlie 216
Chotjewitz, Peter 49
Christoph, Herzog von Württemberg 54, 79

Conradi, Peter 191
Cotta, Johann Friedrich 65
Cranko, John 147

Daimler, Gottlieb 15
Dammann, Anna 146
Daur, Rudi 72
Decker-Hauff, Hansmartin 95, 132, 203
Dehlinger, Alfred 70 f.
Dingelstedt, Franz von 67
Döcker, Richard 153
Doll, Hans-Peter 147
Domin, Hilde 136
Donath, Ludwig 145
Donndorf, Wolf 194
Dornier, Claude 120

Eberhard im Bart, Graf, später Herzog von Württemberg 33, 53, 57, 124, 137
Eberhard II., Herzog von Württemberg 61
Eberhard Ludwig, Herzog von Württemberg 10, 54, 56, 62, 64, 158, 166
Eberle, Josef s. Blau, Sebastian
Eggert, Fritz 194
Ehmke, Horst 190, 191
Eiermann, Egon 153
Einstein, Albert 127
Eisfink, Carl 45 ff., 78 f., 111 f.
Elisabeth, Markgräfin von Baden-Durlach 56, 200
Elisabeth II., Königin von Großbritannien und Nordirland 98
Elwenspoek, Curt 145, 194
Engels, Friedrich 130
Ensslin, Gudrun 73 f., 206
Enzensberger, Hans Magnus 135
Epple, Bruno 151
Eppler, Erhard 91
Erb, Karl 239
Erni, Hans Jacob 170
Eschenburg, Theodor 136
Eugen, Prinz von Savoyen 174 f.
Eugen († 1877), Herzog von Württemberg 79

Faust, Georg (Doctor Faustus) 39, 113 f., 236
Finck, Werner 194
Fischer, Cuno 194
Flattich, Johann Friedrich 84, 183
Flickenschildt, Elisabeth 146
Franck, Sebastian 40
Francke, August Hermann 86
Franckh, Gottlob 147
Frasch, Hermann 214
Frey, Eberhard 9, 232
Fried, Kurt 146
Friedrich II., römisch-deutscher Kaiser 52
Friedrich der Große, König von Preußen 105
Friedrich I., König von Württemberg 28, 34, 53, 57, 62, 66, 118, 166
Frischlin, Nikodemus 45, 124, 212
Fritz, Walter Helmut 136
Fröhlich, Hans 190
Fuchs, Karl Heinz 18
Fuchs, Marta 71 f.
Fugger, Jakob II. 117

Ganghofer, Ludwig 135
Geibel, Emanuel 234
Gemünder, Georg 215
George, Stefan 238
Gerok, Karl 203
Gerstenmaier, Eugen 103
Giesen, Hubert 194
Glaeser, Ernst 194
Goerdeler, Carl-Friedrich 72
Gorki, Maxim 145
Goes, Albrecht 72, 136
Goethe, Johann Wolfgang von 114, 123, 128, 171
Gotthelf, Jeremias 17
Gottschalk, Hans 149
Gracia Patricia, Fürstin von Monaco (Grace Kelly) 209
Grävenitz, Christiane Wilhelmine Friederike von 10, 54, 56, 62, 66, 158, 166, 200
Grieshaber, HAP 152
Gropius, Walter 153
Günther, Alfred 194

Hackländer, Friedrich Wilhelm 66 f.
Hahn, Philipp Matthäus 114 f.
Hähnle, Walter 93
Hajek, Herbert 47, 190
Handke, Peter 237
Hannsmann, Margarete 136
Haering, Theodor 127, 128, 218, 232
Härtling, Peter 135, 151

Hartmann, Lothar 149
Hauff, Wilhelm 123, 136
Hauptmann, Gerhart 145
Haydée, Marcia 147
Hebel, Johann Peter 17, 22
Hedinger (Hofprediger) 85, 86
Heerdegen, Edith 146
Hefele, Karl Joseph von 66, 232
Hegel, Georg Wilhelm Friedrich 5, 34, 86, 87, 123, 124, 127, 128 f., 132, 135, 136, 211, 219, 236, 238
Heine, Heinrich 134
Heinkel, Ernst 120
Heinrich Raspe, Landgraf von Thüringen, deutscher Gegenkönig 27
Heißenbüttel, Helmut 136
Held, Hans 194
Helfenstein, Ludwig Graf von 60
Hellpach, Willy 167
Henniger, Rolf 146
Henrichs, Helmut 146
Herburger, Günter 151
Herder, Johann Gottfried von 114
Herwegh, Georg 133
Hesse, Hermann 91, 135, 137
Heuschele, Otto 136
Heuss, Konrad 71
Heuss, Theodor 24, 71, 72, 106, 132, 135, 176, 193, 236
Heynicke, Kurt 136
Hirth, Hellmuth 120
Hirth, Wolfram 120
Hitler, Adolf 70, 71 f., 202
Hoch, Immanuel 147
Hochhuth, Rolf 238
Hoffmann, Paul 146
Hoffmann, Wilhelm 124, 194
Hohenheim, Franziska Reichsgräfin von 56, 65
Holbein, Hans (Vater) 152
Holbein, Hans (Sohn) 152
Hölderlin, Johann Christian Friedrich 28, 86, 123, 124, 132, 135, 138, 149, 151, 212
Hölzel, Adolf 152
Holzwarth, Georg 17, 151
Homo Steinheimiensis 27
Hoß, Walter 200
Huber, Johann Ludwig 48
Hübner, Kurt 146
Huchel, Peter 136
Humboldt, Alexander Freiherr von 114
Hutten, Hans von 54

Ibsen, Henrik 145
Idler (Schuster in Augsburg) 118
Ionesco, Eugène 146
Ivogün, Maria 239

Jäckel, Eberhard 194
Jägersberg, Otto 136
Jagow, Dietrich von 70
Janker, Josef 136
Jean Paul (Jean Paul Friedrich Richter) 164, 166, 177
Jedele, Helmut 149
Jens, Walter 39, 136
Jomelli, Niccolò 143
Jourdan, Jean Baptiste Graf 123
Jung, Michael 139 f., 144
Jünger, Ernst 136

Kadir, Inge 81
Kant, Immanuel 130
Karajan, Herbert von 146
Karl der Große 33
Karl V., römisch-deutscher Kaiser 117, 214
Karl, König von Württemberg 34, 67
Karl Alexander, Herzog von Württemberg 56, 66
Karl August, Herzog, später Großherzog von Sachsen-Weimar 114
Karl Eugen, Herzog von Württemberg 36, 56, 65, 66, 105, 143, 166, 183
Karl Eugen († 1875), Herzog von Württemberg 79
Käsemann, Ernst 239
Katzenstein (Hirschwirtin in Schorndorf) 162
Kazmaier, Martin 125
Kehm, Albert 145
Keil, Wilhelm 42, 63
Keller, Gottfried 212
Kepler, Johannes 48 f., 114, 123, 132, 135, 212
Kerner, Justinus 53
Kersten, Hanns-Hermann 7
Kiderlen-Waechter, Alfred von 169

Klemm, Hanns 120
Kleiber, Christian Friedrich 88
Kleist, Heinrich von 142
Klett, Arnulf 98, 200, 201
Klöpfer, Eugen 142
Klumbies, Heinrich 194
Knaus, Albrecht 194
Koch, August 190
Koch, Thilo 136
Köhl, Hermann 120
Konrad IV., deutscher König 27
Konrad, Graf von Württemberg 27
Kopp, Mila 146
Koppenhöfer, Maria 142
Körner, Hermine 146
Kreiser, Heinrich 215
Küng, Hans 84
Künkelin (Schultheißengattin in Schorndorf) 162
Kurtz, Heinrich 115, 190
Kurz, Hermann 132, 147, 212
Kurz, Isolde 132

Lachenmann, Franz 93
Lahnstein, Peter 53, 54
Laemmle, Carl 215 f.
Lämmle, August 121, 150
Laube, Heinrich 56 f.
Lavater, Johann Kaspar 114
Le Corbusier (Charles-Édouard Jeanneret) 153
Leibniz, Gottfried Wilhelm 114
Leins, Hermann 45 ff.
Lenin (Wladimir Iljitsch Uljanow) 130
Lenz, Hermann 207, 237
Leonhardt, Fritz 202, 237
Lindemann, Hugo 63
Lindenspür, Wolff Friedrich 202
Linsenmaier, Dr. 170
List, Friedrich 34, 86, 132, 136, 212, 214
Littmann, Max 145
Livingstone, Robert R. 215
Lolli, Antonio 143
Loos, Theodor 146
Lucullus, Lucius Licinius 184
Lüders, Günter 146, 194
Ludwig, Herzog von Württemberg 124, 143
Lukullus s. Lucullus, Lucius Licinius
Luther, Martin 41, 80, 84, 85, 124
Luxemburg, Rosa 49, 206

Mahle, Hermann 182
Mahnke, Hans 146
Maier, Reinhold 35, 42 f., 57, 73, 76, 101, 222
Maisch, Hanns 194, 210
Mann, Golo 134
Mann, Thomas 58, 237
Mao Tse-tung 130, 210
Marcuse, Herbert 49
Margarete Maultasch, Gräfin von Tirol 181
Marx, Karl 34, 49, 87, 100, 130
Marx, Max 145
Matthisson, Friedrich von 66
Maximilian I., römisch-deutscher Kaiser 60, 117
Maybach, Wilhelm 115
Medinger, Hermann 70
Meier, Rudolf 22
Mélac, Ezéchiel Graf von 161 f.
Melanchthon, Philipp 124
Melchinger, Siegfried 194, 237
Melle s. Widmer, Melle
Mendelsohn, Erich 153
Menz, Maria 151
Mergenthaler, Christian 70
Mergenthaler, Ottmar 215
Messemer, Hannes 142
Messerschmitt, Willy 120
Missenharter, Hermann 140, 143
Mies van der Rohe, Ludwig 153
Mohr, P. Caspar 118
Molière, Jean Baptiste 102
Montmartin, Friedrich Samuel Graf von 66
Moore, Henry 137
More (Morus), Sir Thomas 84
Mörike, Eduard 81 f., 123, 124, 132, 135, 149, 212, 234
Mostar, Gerhart Herrmann 194
Müller, Ernst 85
Müller, Gebhard 35, 73, 237
Müller, Kurt 72
Multscher, Hans 152
Murr, Wilhelm 70
Müthel, Lola 146

Nägele, Reinhold 91, 152 f., 193, 237
Napoleon I., Kaiser der Franzosen 28, 34, 57
Napoleon III., Kaiser der Franzosen 35
Nefflen, Johannes 147
Nesch, Rolf 152
Neurath, Konstantin Freiherr von 70
Nietzsche, Friedrich Wilhelm 11 f., 217, 223
Nonnenmann, Klaus 136
Noverre, Jean Georges 56, 143

Oberländer, Anita 145
Oetinger, Friedrich Christoph 87 f.

Palitzsch, Peter 146
Paulus, Eduard 136, 218 f.
Petzold, Günter 190
Peymann, Claus 134, 147
Pfaff, Karl 53, 54
Pfäfflin, Friedrich 194
Pfizer, Paul 34
Pfizer, Theodor 124 f.
Pfleghar, Michael 149
Pflug, Johann Baptist 152
Philipp Albrecht, Herzog von Württemberg 57
Pickford, Mary 216
Pirker, Marianne 65, 147
Planck, Heinrich 132
Ponto, Erich 146, 190
Possart, Ernst Ritter von 14
Poethen, Johannes 136, 194
Putlitz, Joachim Gans Edler zu 145

Rahn, Fritz 8, 12, 15 f.
Rall, Karl 115
Rapp, Johann Georg 215
Rapp, Moritz 10
Rapp, Wilhelm 211
Ratgeb, Jörg 152, 212
Reichert, Willy 10, 17, 47, 101 f., 106, 142
Reincke, Heinz 146
Reinhard, Karl Friedrich 123
Rennert, Günther 147
Reuchlin, Johannes 124, 132
Reuter, Fritz 17
Reutter, Hermann 147, 221 f., 237
Richert, Fritz 194
Richter, Artur Georg 237
Ringelnatz, Joachim 188, 204
Rinser, Luise 49, 133
Rippmann (Pfarrer in Aich) 93
Rockefeller, John D. senior 214
Rombach, Otto 96, 118, 136, 237
Rommel, Manfred 206 f., 234, 238
Roschmann, Kurt 138
Rösler, Gustav Adolf 147
Rössing, Karl 194
Rowohlt, Ernst 207
Rudolf V., Markgraf von Baden 200

Sailer, P. Sebastian 15, 17, 102, 139, 150
Schabel, Robert 194, 220
Schädlich, Hans Joachim 124
Schäfer, Walter Erich 145, 146, 237
Schaffner, Martin 152
Scharoun, Hans Bernhard 153
Schaumburg-Lippe, Charlotte Prinzessin von (zweite Gemahlin König Wilhelms II. von Württemberg) 79
Schelling, Friedrich Wilhelm Joseph von 5, 86, 87, 123, 128, 132, 211, 236
Schiegg, P. Ulrich 118
Schiller, Friedrich von 11, 34, 56, 64, 74, 124, 125, 130, 132, 134, 135, 136, 138, 139, 142, 203, 211 f., 219, 234, 236, 238
Schiller, Johann Kaspar 56
Schlauch, Rudolf 20
Schlemmer, Oskar 152
Schleyer, Hanns-Martin 72, 74
Schmid, Carlo 73
Scholl, Hans 66, 72
Scholl, Sophie 66, 72
Schöllkopf, Jakob Friedrich 214
Schongauer, Martin 152
Schramm, Egon 194
Schröder, Joachim 102
Schubart, Christian Friedrich Daniel 64 f., 147, 212
Schüle, Emil 98
Schultz, Hans-Jürgen 194
Schumacher, Kurt 35
Schwamberger, Wolfgang 194
Schwarzkopf, Anton 214
Schwedhelm, Karl 136
Searle, Ronald 202
Seeger, Ludwig 147
Sell, Hans Joachim 136

eybold, Friedrich 147
eyboth, Hermann 80
hakespeare, William 140
ieburg, Friedrich 194, 195, 207, 225
ilcher, Friedrich 148
impfendörfer, Wilhelm 73
inclair, Isaak von 123
ingle, Erwin 216
päth, Christian 130
pohn, Michael 150
proll, Johannes Baptista 71
tauffenberg, Berthold Graf Schenk von 65, 72
tauffenberg, Claus Graf Schenk von 65, 72
teidle, P. Basil 102
teiner, Rudolf 203, 238
torz, Gerhard 136, 194
torz, Oliver 149
trauß, David Friedrich 92, 123, 208, 212
trigel, Bernhard 152
troheim, Erich von 216
trölin, Karl 70
tubenrauch (Sängerin) 166
udermann, Hermann 145
üß-Oppenheimer, Joseph 66
utter, Anna 145

etzel, Johannes 117
homa, Ludwig 17, 145
homas von Aquin 124
reßler, Otto 142
ucholsky, Kurt 133

Jhland, Ludwig 65, 66, 135, 136, 184, 212
Jlrich I., Graf von Württemberg 27
Jlrich V., Graf von Württemberg 61
Jlrich, Herzog von Württemberg 54, 62, 122, 152
Ulrich, Prinz von Württemberg 79
Ulrich, Fritz 175
Urach, Albrecht Fürst von 190
Urlsperger, Johann August 64, 66

Varnbühler, Karl Freiherr von 65
Vestris, Gaetano 56, 143
Vischer, Friedrich Theodor 123, 208, 212, 227
Vogt, Friedrich E. 150, 232
Vollmann, Rolf 136
Vollmoeller, Hans 118
Voltaire (François-Marie Arouet) 105
Vollmoeller, Robert 118
Vollmoeller, Karl Gustav 118

Wagner, Christian 45, 124, 133, 150, 151
Wagner, Richard 12, 238
Wagner, Wieland 147
Waiblinger, Wilhelm 123, 150
Waldburg, Georg Truchseß von 61
Waldeck, Marie Prinzessin von (erste Gemahlin König Wilhelms II. von Württemberg) 79
Waldoff, Claire 221
Walser, Martin 21, 135, 136, 138, 149, 237 f.
Walz, Hans 72
Wanner, Paul 136
Wedekind, Frank 145, 158
Wehner, Herbert 91
Weill, Kurt 145
Weiser, Johann Konrad (Vater) 215
Weiser, Johann Konrad (Sohn) 215
Weitnauer, Alfred 150
Weizsäcker, Karl Heinrich von 232
Wells, H. G. 158
Welser, Bartholomäus 214
Werner, Gustav Albert 116 f.
Werner (Pfarrer in Zuffenhausen) 72
Wernwag, Ludwig 214
Wickenburg, Erik Graf 194
Widmer, Melle 190
Wieland, A. 196 ff.
Wieland, Christoph Martin 5, 79, 86, 125, 135, 140, 198
Wildermuth, Ottilie 235
Wilhelm I., König von Württemberg 34, 60, 62, 65, 113, 166, 214
Wilhelm II., König von Württemberg 52, 57, 62 ff., 79, 145, 207
Williams, Tennessee 146
Wilpert, Gero von 47
Wirtemberc, Konrad von s. Konrad, Graf von Württemberg 27
Wirth, Franz Peter 146, 149
Wisten, Fritz 145
Witz, Konrad 152
Wolf, Friedrich 145
Würben, J. F. F. Graf von 54
Wurm, Theophil 71

Zadek, Peter 146
Zahn, Peter von 9
Zaiser, Hanscarl 146
Zeitblom, Bartholomäus 152
Zeppelin, Ferdinand Graf von 115, 118
Zeppelin, Gustav Friedrich Graf von 166
Zinzendorf, Nikolaus Ludwig Reichsgraf von 86, 110, 216
Zwingli, Huldrych 22, 80

Inhalt

Kein Vorwort zur Neufassung – aber ein Bekenntnis an den Leser 5
1. Kapitel Schwabe ist, wer schwäbisch spricht 8
2. Kapitel Das Ländle 19
3. Kapitel Der Schwabe und Deutschland 29
4. Kapitel Das Bäuerliche 38
5. Kapitel Die Herren 48
6. Kapitel Unbequeme Untertanen oder Moina derf mer, aber net moina, mer derft! 60
7. Kapitel Der einzige Herr 75
8. Kapitel Die Stillen im Lande 83
9. Kapitel Das Sach 95
10. Kapitel Schaffa, schaffa 108
11. Kapitel Dialektisches Denken 121
12. Kapitel Der Schwabe und die Musen 132
13. Kapitel Noch mehr über die Musen 142
14. Kapitel Schwäbischer Sex 155
15. Kapitel Schwäbischer Wein 170
16. Kapitel Die schwäbische Küche 180
17. Kapitel Wirtschäftla 188
18. Kapitel Die größte deutsche Kleinstadt 196
19. Kapitel Schwäbische Indianer 208
20. Kapitel Auf Umwegen 217
21. Kapitel Wenn's sei muaß, saugrob ... 224
22. Kapitel und Nachwort Licht unterm Scheffel 234
Quellen 241
Der Rede wert waren in diesem Buch 242